MOISSONS NOIRES

Créé et dirigé par Romain Naudin

MOISSONS
NOIRES

SUIVEZ-NOUS SUR LES RÉSEAUX SOCIAUX

Nous aurons plaisir à vous donner l'actualité des auteurs :
les festivals, les dédicaces et les projets…
@ MoissonsNoires

You Tube

www.gesteditions.com

ROGER
ANGLUMENT

MEURTRES EN CHAMPAGNE

LES ENQUÊTES DE L'INSPECTEUR LEEK

ROGER
ANGLUMENT

MEURTRES EN CHAMPAGNE

LES ENQUÊTES DE L'INSPECTEUR LEEK

MOISSONS
NOIRES

C'est très captivant d'écrire un roman policier.
C'est aussi ingénieux et compliqué
que de construire un puzzle.
Agatha Christie

CHAPITRE 1

Vendredi 16 juin 2023

Le crime avait été d'une violence inouïe. Un coup porté derrière la tête avec une hache.

La sexagénaire retrouvée dans le vestibule de la vaste demeure, un manoir georgien du XIXe siècle posé majestueusement au cœur d'un vaste parc bordé de bois et de forêts, baignait dans son sang.

La surprise et la douleur se lisaient sur le visage statufié par une rigidité cadavérique qui faisait remonter la mort à plusieurs heures. Elle tenait encore dans sa main droite le combiné téléphonique à l'aide duquel elle était en conversation au moment de l'agression. La police n'avait pas réussi à identifier son correspondant.

Quelques jours s'étaient écoulés depuis ce meurtre atroce. Le détective, un petit homme rondouillard en costume-cravate gris rehaussé d'une boutonnière à épinglette, se tenait debout, les mains dans le dos, au milieu du grand salon. Dehors la lumière d'été déclinait sur le jardin à l'anglaise dessiné à la manière d'un tableau de William Kent. Au loin, une ligne sombre formée par les arbres traçait les limites de la propriété. L'après-midi s'achevait dans une étrange atmosphère qui voyait un vent soudain frais balayer la canicule étouffante de la journée.

Autour de lui, quatre femmes et cinq hommes l'écoutaient sans avoir l'outrecuidance de lui couper la parole. La concentration de son regard et sa manière d'articuler doucement chaque mot montraient sa détermination à révéler, le moment venu, la clef de l'énigme. Rien n'aurait pu stopper le déroulement de sa pensée exprimée à haute voix.

Un *Bobby* en faction sur le seuil de la pièce, les bras croisés sur la poitrine, promenait un regard noir sur l'assistance dans l'espoir de déceler le moindre signe de culpabilité.

Tour à tour, chacun des protagonistes fut mis sans ménagement sur le gril. La dame de compagnie de la victime triturait ses mains de façon maladive tandis qu'une jeune femme élégante affectait au contraire un détachement surprenant au fur et à mesure que la vérité s'apprêtait à être dévoilée. Un homme d'une soixantaine d'années, assis sur un canapé faisant face à la cheminée, frétillait sur place pour marquer son agacement. Les autres personnes présentes demeuraient impassibles sans qu'aucun signe d'inquiétude ne vint troubler leur comportement.

Malgré la sérénité et le rythme régulier de sa voix, la silhouette ronde ne se départait pas d'une autorité naturelle qui faisait bafouiller les messieurs et frissonner les représentantes de la gent féminine. Après un silence pesant, le détective s'avança lentement vers la dame de compagnie de plus en plus anxieuse. Son regard survola l'assistance pour se poser de façon insistante sur son interlocutrice à qui il demanda de lui raconter, une nouvelle fois, le détail de ses activités le jour du drame. Il arborait le sourire ravi de celui qui va enfin confondre l'assassin.

Deux mètres en retrait, Arthur Leek, inspecteur de Scotland Yard, installé dans un vieux fauteuil en cuir moustache affreusement griffé aux accoudoirs par un chat aujourd'hui disparu, suivait la scène avec fébrilité. De temps à autre, sa main droite armée d'une petite cuillère en argent piochait dans une assiette en porcelaine à bordure dorée sur laquelle un crumble aux pommes attendait d'être totalement englouti. Il s'était exceptionnellement permis ce péché de gourmandise alors que le moment ne s'y prêtait pas.

Il était maintenant question d'un poison administré à une seconde victime et de ses effets tragiques sur le corps. Depuis la bouche et l'œsophage jusqu'à l'estomac, l'organisme en feu n'avait eu cesse de vouloir recracher la lave incandescente.

Soudain, l'inspecteur Leek ressentit une profonde sensation de fatigue. Ses paupières se firent lourdes. Il secoua vivement la tête de gauche à droite pour se tirer de l'endormissement qui le gagnait tandis qu'il entendait, au loin, le petit détective expliquer comment l'assassin avait introduit le poison dans le gâteau.

Le gâteau, mon Dieu le gâteau. Comment n'y ai-je pas pensé ? Il jeta un coup d'œil au *Bobby* qui buvait toujours religieusement les propos du détective. Cependant la position debout du policier en uniforme trahissait une certaine fatigue et Leek le vit quitter son poste d'observation pour se rapprocher du manteau de la cheminée sur lequel il posa un coude en prévision d'une brusque défaillance physique.

Le gâteau a été empoisonné, murmura Leek. Vainement, il tenta de quitter son siège mais ses muscles ne suivaient pas. L'effort lui paraissait impossible à surmonter. Il demeura quelques minutes assis à se demander quelle attitude adopter. Et, alors qu'il cherchait une façon de surmonter ce moment de faiblesse, son esprit divagua.

Il revécut en accéléré les événements de ces derniers mois. Les bureaux de Scotland Yard à Londres et le *superintendent* Mackenzie lui intimant l'ordre de partir pour la région de Cognac en France afin de résoudre une affaire de la plus haute importance concernant le *Home secretary*, Lewis Brixton. Ce dernier, sur le point d'être nommé *Prime minister*, était menacé par un scandale médiatique mettant en péril sa vie privée et sa carrière politique. L'honneur de la Couronne était engagé à quelques semaines de la signature du Brexit, voté à une faible majorité par les Britanniques.

Francophobe, *Brexiter* convaincu, amateur de bière et détestant le vin, méprisant le *french way of life*, Arthur Leek s'était largement préparé à affronter les affres de la vie sur le continent. Cependant, il en avait convenu lui-même plus tard, les quelques mois passés dans le Cognaçais pour les besoins de son enquête avaient modéré ses préjugés négatifs. Malgré les crimes et délits auxquels il avait dû faire face – un meurtre, une tentative d'extorsion de fonds, un kidnapping et des actes de vandalisme sur la propriété viticole de Tante Agatha, une parente du ministre Brixton –, Leek avait noué de réelles amitiés et bouclé avec brio sa mission.

Soudain ses pensées s'interrompirent. Toujours cloué dans son fauteuil moustache, il avait maintenant fort à faire avec son estomac. Un gargouillis incessant lui annonçait le pire pour les heures à venir. *Le poison dans le gâteau*… se souvint-il.

Incapable d'ouvrir les yeux, seule la voix caractéristique du détective résonnait encore dans la pièce. Il remerciait son hôtesse pour son hospitalité. Puis soudain, ce fut un silence inquiétant de quelques secondes, suivi de la douce mélodie d'une sonate pour piano.

Arthur Leek comprit que le grand salon du manoir s'était vidé de ses invités et qu'il demeurait maintenant, oublié de tous, agonisant dans son fauteuil. Après une énième tentative infructueuse pour se redresser, il renonça à combattre la douleur qui lui tenaillait les entrailles. Dans un réflexe naturel, son corps tout entier se mit en mode pause. Ses muscles le lâchèrent. Le film des derniers événements reprit, mais cette fois au ralenti. Il entrevit le visage de sa charmante voisine sexagénaire de Londres, Mademoiselle Rose, puis de la pétillante Tante Agatha, installée à Rouillac en Charente, suivie comme son ombre par Imogen, sa rugueuse gouvernante. Un sourire radieux se dessina sur ses lèvres.

Combien de temps s'était-il écoulé ? Une heure ? Une nuit ? Dans la pièce, les mesures légères d'une ritournelle italienne le tira subitement de son sommeil. *É tenersi per mano, andare lontano, la felicità. La félicità…* Leek ne ressentait plus aucune douleur à son estomac. Il ouvrit un œil puis l'autre pour constater qu'il était avachi dans son fauteuil devant la télévision. Le décor britannique de son studio à Bordeaux lui redonna un peu de couleurs. Et quand il aperçut sur le buffet de son modeste salon les photos d'Élisabeth II et de Charles III, il revint littéralement à la vie.

Mon Dieu, je me suis endormi avant la fin d'un épisode d'Hercule Poirot, se lamenta-t-il. Et aussitôt, il chercha des yeux la pendulette de porcelaine aux motifs d'angelots dorés posée sur le bureau près de la fenêtre. Deux heures du matin. Une émission de variétés poursuivait son tour d'horizon des succès de l'été 1982. Il avait dormi au moins quatre heures dans une position inconfortable provoquant au niveau des dorsales des douleurs lancinantes.

Avec difficulté, il se rendit dans la salle de bains et, quinze minutes plus tard, il savourait la fraîcheur des draps de son canapé-lit. Sur le point de se rendormir, un souvenir terrible lui traversa l'esprit. Le *superintendent* Mackenzie, – désormais nommé *chief superinentendent* –, venait lui rendre visite ce samedi matin à 11h dans son nouveau bureau, mis aimablement à sa disposition dans les locaux du Consulat britannique, rue Montesquieu.

À l'idée de rencontrer son supérieur qui faisait spécialement le voyage en avion Londres-Bordeaux, une subite anxiété s'empara de sa personne. D'un geste preste, il régla l'alarme de son réveil à six heures trente. Encore quelques heures à dormir.

Et dire que notre roi Charles III avait prévu d'inaugurer les nouveaux locaux de notre Consulat bordelais en mars. Les manifestations l'en ont empêché, déplora-t-il. *Foutus républicains.* Quelques secondes plus tard, ses songes le transportaient sur les terres anglaises de son enfance, du côté du Bedfordshire.

CHAPITRE 2

Samedi 17 juin 2023

John Mackenzie, nouvellement élevé au grade de *chief superintendent,* affichait une mine contrariée. Le fait d'avoir dû abandonner son bureau londonien pour quelques jours l'agaçait. Mais comment faire autrement ? L'importance du sujet avait imposé ce déplacement en urgence Londres/Gatwick-Bordeaux/Mérignac par avion. Il était venu signifier un nouvel ordre de mission *d'une importance capitale pour la Couronne* à l'inspecteur Arthur Leek.

Dehors le soleil de juin rendait l'atmosphère irrespirable. À l'intérieur des bureaux, malgré la climatisation, les corps souffraient et la transpiration rendait chacun irritable. Avant de débuter l'entretien avec son subalterne, Mackenzie se remémora sa rencontre avec le ministre Lewis Brixton, quinze jours auparavant.

Ce dernier, avec ce ton doucereux qu'il savait utiliser pour faire passer ses instructions les plus délicates, lui avait expressément demandé de se rendre en personne dans la capitale de la Nouvelle-Aquitaine pour mettre leur fin limier sur une nouvelle enquête.

— L'entourage de Sa Majesté, avait-il indiqué, m'a sollicité pour régler en France une affaire très délicate. J'ai aussitôt pensé à vous Mackenzie et surtout à votre inspecteur Leek détaché auprès de notre nouveau Consulat à Bordeaux. Si je ne me trompe, il a particulièrement bien résolu notre histoire... enfin mon histoire... Enfin, vous voyez ce que je veux dire.

Le *chief superintendent,* comprenant le sous-entendu, avait acquiescé avec déférence. Ce dossier sensible, classé « Top secret », touchant à la vie privée du ministre était enfermé à double tour dans le coffre-fort de sa mémoire. Toutes les traces matérielles, étant en mesure de provoquer un scandale, avaient été détruites.

— Cette fois, avait poursuivi Lewis Brixton, si je vous ai convoqué c'est pour vous entretenir d'un sujet très particulier qui concerne une des familles les plus en vue de l'aristocratie britannique. Vous connaissez bien entendu Lord Archibald Thomson, n'est-ce pas ? Un homme charmant.

— Je... enfin... oui. Je lis régulièrement dans le *Times* le compte rendu de ses interventions à la

Chambre des lords. Notamment en qui concerne son intransigeance à l'encontre des délinquants et…

— Justement, j'y viens, le coupa le ministre. Le champagne, vous aimez ?

Interloqué par la question, le *chief superintendent* était demeuré quelques secondes silencieux. Il ne savait pas encore que la suite de la conversation lui réserverait bien des surprises.

Quinze jours plus tard à Bordeaux, c'était au tour du *chief superintendent* de poser la même question à l'inspecteur Leek.

— Le champagne, vous aimez ?

Mackenzie, malgré la climatisation du bureau, s'épongea pour la énième fois le front et leva les deux bras pour laisser filtrer un peu d'air sous les aisselles en attendant la réponse.

L'incongruité de l'interrogation affecta l'entendement de l'inspecteur Leek. Un instant, il crut que la fatigue du voyage jouait des tours à son supérieur. Cette question, posée au cœur d'une région viticole reconnue internationalement pour ses vins classés de 1855, ses cognacs et ses armagnacs, avait de quoi dérouter.

— Je ne suis amateur que de whisky, Monsieur.

— Certes, mais le champagne… c'est autre chose. Sa Gracieuse Majesté, vous le savez, en raffole.

L'inspecteur avait bien lu, ici et là, des échos mondains à ce sujet, mais l'allusion le laissa pantois. Il fit simplement *oui* de la tête.

— Bien alors, poursuivons.

Le *chief superintendent* se délectait de l'effet produit par son introduction. Il lut dans le regard de l'inspecteur que les mots résonnaient dans sa tête sans qu'il parvint à les remettre en ordre.

— Votre séjour en France et votre installation dans ces nouveaux bureaux du Consulat à Bordeaux, semblent vous avoir ramolli le cerveau. D'ailleurs, à ce sujet, il est dommage que Sa Majesté Charles III n'ait pu procéder comme prévu à l'inauguration des locaux fin mars. Ce foutu pays de mangeurs de grenouilles était, paraît-il, en effervescence. Pourquoi je vous le demande ? Parce que les Français ont le travail en horreur…

— Ce n'est pas exactement cela, Monsieur…

— Oui, je sais, je sais. Les retraites… Bon, abordons à présent la raison de notre rencontre.

Le visage du *chief superintendent* passa subitement au rouge vif. Un peu comme s'il allait révéler un défaut personnel honteux. Ses mains s'agitèrent. Son regard balaya la décoration accablante du bureau pour y chercher une source d'inspiration. Mais les mots restaient prisonniers dans sa bouche.

— Où en étions-nous ? demanda-t-il, en donnant l'impression d'avoir été stupidement interrompu.

— Au champagne et à Lord Archibald Thomson, avança prudemment l'inspecteur.

— Effectivement. Il y a deux semaines de cela, le ministre m'a convoqué à son domicile pour évoquer un sujet extrêmement contrariant.

Inquiet à l'idée d'être une nouvelle fois impliqué dans une affaire d'adultère concernant la famille Brixton, Arthur Leek sursauta légèrement.

— Vous semblez surpris d'apprendre que le ministre m'a reçu chez lui ?

— Pas le moins du monde, Monsieur.

— Bon, qu'importe. Donc je vous disais que nous étions là, assis tous les deux sur un canapé en velours Chesterfield du salon – joliment décoré par son ex-épouse dans des teintes automnales du plus bel effet –, quand il m'a interrogé à propos de Lord Thomson. Voyez-vous, ce haut représentant de l'aristocratie de notre pays a trois enfants délicieux. Philip, l'aîné, aujourd'hui banquier, Charlotte, la cadette, mariée à un comte, et Andrew, le benjamin, âgé de vingt-trois ans, sans activité notoire.

Le *chief superintendent,* visiblement impressionné par l'évocation de cette descendance, digressa longuement sur la difficulté dans le monde actuel à donner une éducation convenable de gentleman ou de lady à de jeunes esprits tournés vers la paresse et le divertissement.

— Et justement à propos du jeune Andrew, un garçon brouillon, Lord Archibald Thomson a quelques soucis... mineurs. Enfin quand je dis mineurs, ils pourraient devenir des tracas majeurs, si on n'y met pas le holà.

L'inspecteur devina rapidement que son supérieur était parti comme à son habitude dans un monologue pompeux. Aussi, il se retint de l'interrompre et reporta ses éventuelles questions à la fin de la longue explication à venir.

Et effectivement vingt minutes plus tard, le *chief superintendent* achevait son intervention par un : *Vous m'avez bien compris, n'est-ce pas ?* prononcé d'une voix épuisée par l'effort fourni pour rendre les faits compréhensibles.

En vérité, Arthur Leek avait appris depuis longtemps à déchiffrer les circonvolutions oratoires de son chef. Et s'il donnait l'impression d'assimiler ses propos avec lenteur, la raison tenait simplement au fait qu'il lui fallait remettre à la bonne place chacune des informations fournies dans le désordre.

— Puis-je me permettre de résumer, Monsieur ?

— Faites, faites.

— Andrew, le petit dernier de la famille Thomson fait comme on dit en France les « 400 cent coups » depuis quelques années. Entraîné sans doute par de mauvaises fréquentations.

— Hum, oui... Poursuivez donc.

— Ce garçon aurait dans l'idée de faire miroiter l'obtention d'un *Royal Warrant* donnant accès aux bonnes tables de la Cour d'Angleterre à des producteurs de champagne en France.

— Exactement. Vous savez que le label magique *By Appointment to Her Majesty* sur une étiquette représente un sésame commercial très convoité.

— Et vous me demandez d'intervenir pour déjouer les desseins de ce jeune Andrew et de sauver du même coup la réputation et l'honneur de son père, Lord Archibald Thomson.

— Ce n'est pas tout, mon cher… Vous avez bien saisi qui, derrière tout cela, a besoin de notre protection ? Qui risquerait d'être éclaboussé par un scandale d'une ampleur internationale ?

— Pas encore, Monsieur. Vous ne me l'avez pas dit, répondit naïvement l'inspecteur.

De nouveau le visage du *chief superintendent* passa au rouge vif. À ce moment-là, l'inspecteur repensa au jour où Mademoiselle Rose, sa chère voisine, lui avait fait goûter dans son minuscule appartement de Londres une moutarde française achetée dans un supermarché. L'un comme l'autre avait négligé de lire l'étiquette où il était écrit : *extra forte*. Il lui avait fallu plusieurs bouchées de pain de mie de chez Fortnum & Mason pour que sa figure empourprée retrouvât sa couleur de marbre habituelle.

Devant lui, son supérieur se trouvait dans le même état.

— Comme vous le savez… Depuis la mort de Sa Gracieuse Majesté Élisabeth II, Charles III est tenu de mettre à jour selon un protocole très strict le *Royal Warrant Appointment.* Cela concerne, entre autres, les champagnes dont notre Roi est un grand amateur tout comme sa mère qui, dit-on, en buvait une coupe chaque soir avant de se coucher. Vous saisissez l'enjeu de votre mission ?

Depuis plusieurs minutes, Arthur Leek avait bien sûr mesuré l'ampleur des risques encourus par la Couronne dans une éventuelle histoire d'escroquerie commise par un rejeton de l'aristocratie anglaise. Seulement, il voulait se l'entendre dire par son supérieur. Aussi, ouvrit-il de grands yeux en attendant l'explication finale.

— Eh bien, reprit avec lassitude le *chief superintendent,* les retombées d'une escroquerie menée par un fils de Lord pourraient atteindre Buckingham. Un *Royal Warrant* ne s'obtient pas grâce à de simples relations mondaines. La remise en cause de la probité de cette distinction royale serait une atteinte directe à l'honneur du Roi.

Satisfait par ces deniers mots, Arthur Leek caressa délicatement sa fine moustache noire puis demanda :

— Qu'attendez-vous de moi précisément, Monsieur ?

— Que vous évitiez cette menace en neutralisant le plus rapidement possible les agissements de ce jeune présomptueux. Il est sur le point de mettre le pied sur le continent. Vous devez l'intercepter sans attendre.

Arthur Leek n'en revenait pas. Après le cognac, le champagne. Décidément ses investigations secrètes en France pour le compte de la Couronne ressemblaient davantage à une tournée des bistrots qu'à des enquêtes policières proprement dites.

CHAPITRE 3

Leek n'avait jamais imaginé son supérieur hiérarchique, John Mackenzie, autrement qu'assis, le dos droit comme un « I », derrière son bureau au quatrième étage de l'immeuble de Scotland Yard, situé sur Victoria Embankment, en bordure de la Tamise.

Aussi l'annonce de son passage éclair à Bordeaux pour lui signifier une nouvelle mission sur le sol français l'avait quelque peu perturbé. Un simple appel téléphonique aurait suffi. L'affaire revêtait donc à ses yeux une si grande importance qu'il avait décidé d'abandonner son confortable fauteuil Gainsborough en cuir et sa flasque de whisky, habilement cachée sous des strates de feuilles de papier vierges dans le tiroir droit de son bureau.

Le voir ce matin-là, en chair et en os, dans les nouveaux locaux bordelais du Consulat britannique releva pour l'inspecteur d'une vision irréelle. Aussi, quand à 12h30, après avoir épuisé les sujets inscrits à l'ordre du jour, son *chief surperintendent* lui proposa de déjeuner ensemble, Leek crut être invité à entrer dans le cercle restreint des collaborateurs secrets au service de la Couronne. Un adoubement en quelque sorte.

Mais ce qu'il n'avait pas envisagé dans l'intention de son supérieur, c'était sa propension à vouloir expérimenter en vingt-quatre heures la fameuse hospitalité française.

— Pour critiquer à bon escient, il faut savoir étudier les mœurs locales, asséna Mackenzie. de manière professorale. Vous serez mon sherpa sur ces chères terres d'Aquitaine qui furent anglaises durant trois siècles.

Arthur Leek afficha un sourire complaisant et pensa immédiatement au livre de Robert-Louis Stevenson *Voyage avec un âne dans les Cévennes*. En l'occurrence, il s'apprêtait à jouer le rôle de l'âne dans le Sud-Ouest.

La virée débuta par des arrêts dans plusieurs bars animés du centre de Bordeaux puis par un déjeuner gastronomique dans l'une des salles climatisées de l'un des meilleurs restaurants de la ville, situé place de la Comédie. Confortablement installé dans un fauteuil en velours rouge et fines rayures noires, John Mackenzie, insatiable, voulut goûter à tout. Il passa allègrement de six huîtres du Cap Ferret à une souris d'agneau, confite aux agrumes, pour terminer par une tarte agrumes basilic. Le tout arrosé d'un exceptionnel Moulis-en-Médoc. Au fur et à mesure du repas, son visage se rapprochait de façon étonnante – et inquiétante – du rouge de la croix de Saint Georges de l'Union Jack.

À quinze heures, tandis qu'ils quittaient l'établissement, le *chief superintendent* admira une dernière fois l'imposante façade d'un joli crème avant de suggérer une pause.

— Je suppose que vous avez du travail, mon cher. Notre mission ne peut attendre. Je vous propose de nous retrouver ce soir à 19h, ici même. Vous aurez ainsi l'occasion de me faire découvrir le Bordeaux *by night*.

Cette fois, Leek eut du mal à cacher sa stupeur. La découverte de la face cachée de son supérieur hiérarchique le surprenait de minute en minute. Et la perspective d'une exploration de la vie nocturne locale le réjouissait d'autant moins qu'il n'avait encore jamais eu l'occasion de l'expérimenter lui-même. En vérité, il n'en avait jamais eu l'idée.

Toutefois, en homme lige respectueux de l'ordre établi, il se plia à l'exigence et, après quelques civilités, regagna le Consulat.

Aussitôt installé à son bureau, l'inspecteur, luttant contre la tentation d'une sieste, passa un appel à un collègue de Scotland Yard à Londres. Il lui fallait trouver rapidement la trace d'Andrew Thomson sur le sol français. Une enquête succincte menée auprès de la famille et des amis du jeune homme permettrait peut-être de le localiser.

— Ce bon Leek ! hurla à l'autre bout de la ligne David Brown. Un rouquin d'origine irlandaise toujours prompt à la plaisanterie. Alors tu te tapes le patron en ce moment ? Nous ici, ça nous fait des vacances.

— David, j'ai besoin d'un service...

— Qui toi ? Le super flic envoyé sur le continent pour... Pour quoi d'ailleurs ? Ici tout le monde s'interroge.

L'inspecteur avait reçu instruction de conserver la plus grande discrétion sur ses missions. Aussi, il mentit.

— Je suis en France pour régler des dossiers sensibles concernant nos ressortants suite au Brexit.

— Tu dois avoir pas mal de boulot alors, car ici c'est le foutoir à tous les étages. Sans parler de nos difficultés à travailler maintenant avec les polices du continent. Bon, ceci dit, que puis-je faire pour toi ?

— Voilà, j'ai été informé de la visite en France d'Andrew Thomson, le fils de Lord Archibald Thomson et j'ai quelques informations à lui transmettre pour sécuriser ses déplacements dans ce pays. J'ai besoin de savoir où il se trouve en ce moment.

— Eh bien, ces fils d'aristocrates ont de la chance d'avoir pour conseiller touristique un homme de Scotland Yard. Tu vas lui fournir des adresses coquines ? Mets-les de côté pour moi aussi, j'ai prévu un séjour d'une semaine fin août du côté de Poitiers.

— Hum… C'est… comment dire ? C'est sérieux David et très urgent en fait. Tu regardes ce que tu peux faire auprès de ses relations et tu me tiens rapidement au courant ?

— Bien chef ! Et, à propos, les Françaises sont comment ?

— Je… enfin… Ce n'est pas ma préoccupation première ici, tu sais…

— Tu n'as pas encore rencontré une *frenchie* ? À propos de relations féminines, tu sais que les marmelades de Mademoiselle Rose nous manquent. Dépêche-toi de revenir.

En raccrochant, Leek revit l'espace d'une seconde le visage gracieux de sa voisine londonienne lui sourire. La nostalgie le gagna. Mais les photos d'Élisabeth II et de Charles III sur son bureau lui rappelèrent que l'urgence n'était pas aux souvenirs, mais à l'action.

Pourtant, après le copieux déjeuner avec Mackenzie, un engourdissement général commençait à le gagner. Prudent, il ferma la porte de son bureau à clef et sombra en quelques minutes dans une sieste réparatrice sur le minuscule et inconfortable canapé offert par Tante Agatha quand elle avait appris sa nomination à Bordeaux.

John Mackenzie avait récupéré de ses débordements gastronomiques de la mi-journée. Quelques heures de sommeil lui avaient suffi pour retrouver son entrain. Son visage avait de nouveau la couleur immaculée de la croix écossaise de Saint André. Lorsqu'il rejoignit l'inspecteur à 19h, il piaffait d'impatience de découvrir la ville.

De son côté Leek, suite à une discussion impromptue avec la standardiste du Consulat, avait reçu l'assurance que le quartier Saint-Pierre était le lieu le plus agréable pour une excursion nocturne. Fort de ce conseil, il entraîna le *chief superintendent* dans un univers qu'il ne soupçonnait pas dans cette ville en apparence si bourgeoise.

Vers vingt-trois heures, après un dîner arrosé de deux bouteilles de Pauillac, le duo fit étape dans un bar du centre-ville au décor vintage de la rue du Cerf-volant, non loin de l'Hôtel de ville. Mackenzie, volubile, s'épancha longuement sur les derniers scandales qui avaient contraint le Yard à procéder à une réorganisation interne.

De manière catégorique, il sollicita l'approbation de son interlocuteur :

— Nous devons mettre un terme aux comportements sexistes, racistes et homophobes dans nos rangs, n'est-ce pas Leek ?

L'inspecteur, impatient d'aller se coucher et qui venait de jeter un coup d'œil à sa montre indiquant deux heures du matin, abonda dans ce sens, en prenant soin de ne pas rebondir sur le sujet. Mais c'était sans compter avec l'énergie décuplée par l'alcool de son chef et par la douce euphorie qui commençait à troubler son propre entendement.

— Mon cher Leek... Non, ce soir vous êtes mon cher... Arthur. Cela ne vous dérange pas ?

— Pas du tout, Monsieur. Je...

— Eh bien Arthur, il nous faut ici décider d'un nom de code pour votre mission.

— Un nom de code, Monsieur ?

— Oui. Absolument comme James Bond.

— Vous plaisantez, Monsieur, corrigea Leek, quelque peu gêné.

— Pas du tout. Après tout James Bond a toujours été au service secret de Sa Majesté. Eh bien, en ce qui vous concerne, vous êtes au service *discret* de la Couronne.

Flatté par ces quelques mots, Leek se sentit rougir.

— Je vous propose, poursuivit le *chief surperintendent* imperturbable, en fixant une jeune et jolie femme accoudée au bar, de donner comme nom de code : *Opération champagne*. Qu'en pensez-vous ?

— C'est... enfin... comment dire ?

— Excellent, vous êtes d'accord. Ce code ne sera à utiliser qu'entre vous et moi. Compris ?

Après quelques minutes de silence et l'absorption d'une dernière gorgée de whisky, Mackenzie se pencha à l'oreille de Leek et lui susurra :

— Je pense que cette charmante jeune femme, là-bas au bar, a un faible pour le modeste représentant de la police britannique que je suis. Qu'en pensez-vous ?

— Je crois, Monsieur, qu'elle est plus attirée par votre argent que par votre personne, si je peux me permettre.

La remarque eut pour effet de réveiller le peu de discernement qui restait à l'intéressé. Les deux hommes quittèrent l'établissement et sur le trottoir, dans l'air tiède de la nuit, Mackenzie reprit le fil de leur conversation.

— De toute manière, je prends l'avion demain. Il était inutile de briser le cœur de cette charmante jeune femme. Allons-y, Leek ! *Opération champagne*, vous vous en souviendrez ? Un code rien qu'entre vous et moi.

Comment l'oublier ? songea Leek. Et alors qu'il était sur le point de prendre le chemin de son domicile, il entendit la voix de Mackenzie résonner dans son dos.

— Mon cher ami, tout ce qui vient de se passer aujourd'hui reste, bien entendu, entre nous.

— Absolument, Monsieur, répondit l'inspecteur d'un air convenu.

— *Opération champagne*. Souvenez-vous Leek, termina le *chief surperintendent* dans un fou rire qu'il ne put contenir, que vous êtes plus que jamais au service *discret* de Sa Majesté.

Leek s'éloigna sans dire un mot. Ses pas pesants battaient la chaussée et rythmaient le déroulé de ses pensées confuses du fait de l'alcool. Empreint d'une loyauté indéfectible à l'égard de ses supérieurs, il n'avait pas imaginé une seule seconde raconter à quiconque les péripéties de ces dernières vingt-quatre heures.

Quand il poussa la porte de son studio, les protagonistes de sa précédente enquête qui l'avait mené dans le Cognaçais surgirent dans sa mémoire. Il revit le noble visage de Tante Agatha, les traits sévères de sa gouvernante Imogen, la silhouette avenante de la journaliste Clara Dévigne, la mine volontaire de la capitaine de gendarmerie Adèle Lenormand et la douceur du sourire d'Adeline Le Page et de celui de sa fille Élisabeth-Europa.

Ce petit monde, réuni l'été précédent à la *Grande Maison*, à deux pas de Rouillac, lui manqua soudainement. Il décida de programmer prochainement un court séjour en Charente pour retrouver ses amis.

CHAPITRE 4

Dimanche 18 juin 2023

— Salut mon vieux ! Pendant que tu vides les caves des vins de Bordeaux, moi je bosse dur à Londres.

David Brown avait ceci de remarquable que derrière son côté facétieux, il possédait une solide capacité de travail et un flair étonnant. Il n'était que neuf heures du matin ce dimanche et Leek, en pyjama dans la cuisine de son appartement, eut besoin de plusieurs secondes pour remettre son cerveau en ordre de marche. Sa soirée de la veille avait eu pour conséquences de lui brouiller les synapses et d'empêcher la bonne connexion de ses neurones.

Il lui fallut donc du temps pour émerger d'une forme de léthargie.

— Tu travailles un dimanche ? demanda-t-il étonné.

— Il faut bien. Je suis de service et ça me fait des vacances, si tu vois ce que je veux dire. Pas de femme qui me hurle dessus ni d'enfants qui m'assomment avec leur raffut. Bon, pour en venir à ton affaire et pour tout t'avouer, je n'ai pas grand-chose à propos de ton Andrew Thomson, mais le peu que j'ai pourrait constituer un début de piste.

— Dis toujours...

— Ce que j'ai glané en une après-midi se résume à l'information suivante : notre rejeton d'aristocrates est endetté comme ce n'est pas possible.

— Des dettes, tu en es sûr ?

— Aussi sûr que je t'ai battu à notre dernier concours de fléchettes au *Anchor tap*.

— Il doit beaucoup d'argent ?

— Pas moins de 483 000 livres ! Une énorme dette de jeu suite à une partie de poker dans un pub du côté d'Hackney. Et ce n'est pas tout. Ses créanciers le cherchent partout en ce moment et il est question d'un contrat sur sa tête.

— *My God*, je ne m'attendais pas à ça. Pas d'autres infos ? Il est toujours en Angleterre à ce jour ?

— Non, comme tu me l'as dit, il a envisagé un séjour en France, mais pas pour roupiller sous les pins parasols de la *french riviera.* Plutôt pour se mettre au vert. C'est une drôle d'histoire ton affaire.

— Tu peux le dire. Tu n'as rien de plus ?

— Si, une autre info de première main. En faisant une enquête de voisinage, un policeman de mes amis a appris que le jeune Andrew a prévu de passer par Paris où il doit retrouver deux potes à lui. Et tu veux mon avis ?

— Non. Je sais déjà ce que tu vas me dire : il cherche un moyen de rembourser sa dette.

— Absolument. J'espère pour lui qu'il ne va pas persister au jeu et basculer dans la délinquance. À ce sujet, il paraîtrait qu'il a abondamment arrosé au champagne son départ de Londres avec quelques copains aristos. Il aurait même paraphrasé une citation de ce *bloody* Napoléon reprise par notre Churchill national : *Le champagne dans l'échec j'en ai besoin, dans la victoire je le mérite.* Ou un truc du même genre.

— La citation n'est pas dans l'ordre, mais je vois.

— Mackenzie ne t'avait rien dit quand il t'a demandé d'aider cette graine de voyou ?

— Non, mentit Leek.

— Ça ne m'étonne pas. Il veut sûrement que tu interceptes le garçon avant qu'il fasse de grosses bêtises. À mon avis, tu vas le retrouver devant une roulette de casino ou une table de jeu dans un tripot à espérer une quinte flush royale.

Leek fit semblant d'abonder dans ce sens. Il se garda de préciser qu'il disposait d'autres informations lui laissant supposer une escroquerie en Champagne. À l'autre bout de la ligne, le rire sonore de David

Brown indiqua que la situation l'amusait énormément. Il parla de *sale coup* de la part de Mackenzie et lui souhaita *good luck* avant de raccrocher.

Arthur Leek regarda fixement son mug de thé encore fumant et se dit qu'avec un fils de lord comme le dénommé Andrew Thomson, le Royaume-Uni avait du souci à se faire pour son avenir. Puis il se brancha sur BBC Radio 4 pour écouter les dernières nouvelles du pays. Il but trois gorgées de ce *PG tea* qu'il appréciait tant puis fila se préparer pour affronter sa journée de travail. Depuis qu'il était en France, il travaillait sept jours sur sept pour combler sa solitude.

Une heure plus tard dans son bureau du Consulat, vidé de son personnel en cette journée de repos, il imaginait une stratégie pour retrouver la trace d'Andrew Thomson en France. S'il s'en remettait aux propos de David Brown, après avoir rejoint ses deux amis à Paris, le jeune homme prévoyait une virée dans les casinos ou tout autre lieu consacré aux jeux. *Pourquoi pas ?* admit l'inspecteur. *Espérer un coup de pouce de la Providence pour résoudre des problèmes d'argent est une idée comme une autre.* Mais la probabilité d'une escroquerie de grande ampleur liée au champagne tenait davantage dans son esprit le haut du tableau.

Convaincu que le vignoble champenois se résumait à quelques grandes maisons aux ramifications internationales ou de vignerons de souche fortunés, il pianota sur le clavier de son ordinateur pour en savoir plus. Ce qu'il découvrit le consterna. En tapant le mot « champagne », Leek tomba sur un site officiel de la profession. La page d'accueil affirmait en termes éloquents qu'il jugea excessifs que ce *vin était unique au monde* et que *les Coteaux, Maisons et Caves de Champagne étaient inscrits au patrimoine mondial de l'Unesco.*

Il survola le bla-bla traditionnel mais l'information qui le remua le plus tint en une poignée de mots, à savoir que *le vignoble champenois comptait 280 000 parcelles cultivées par plus de 16 000 vignerons.* Des chiffres qui lui donnèrent le tournis et rendirent immédiatement sa mission d'une incroyable complexité. Plus loin cependant le site web signalait que l'Union des Maisons de champagne représentait *les intérêts de 370 Maisons de référence élaborant de grandes marques.* Un chiffre plus raisonnable.

Leek ferma les yeux et tenta de se mettre dans la peau du jeune Andrew Thomson. Ce dernier qui n'y connaissait sans doute rien au champagne était forcément dans la même situation que lui. Comment trouver le pigeon idéal pour se renflouer financièrement parmi les 370 Maisons annoncées par le site web ? À moins, qu'étant donné le milieu huppé dans lequel il évoluait, ses relations lui eussent permis d'entrer déjà en contact avec ses futures victimes. Rien de mieux pour se faire ouvrir les portes que de placer dans la conversation la possibilité d'un *Royal Warrant.*

Afin de laisser filer tranquillement cette idée entre ses petites cellules grises – si chères à Hercule Poirot dont il se demandait encore comment il avait pu s'endormir devant l'une de ses enquêtes diffusée à la télévision l'autre soir –, Leek se prépara un thé qu'il alla déguster dans une salle de réunion dont la vue donnait sur la rue Montesquieu. Bordeaux n'avait pas à ses yeux le charme de Londres, mais le calme bourgeois de la ville commençait à le séduire. N'était toutefois cette arrogance qu'affichaient les habitants de la cité lorsqu'il était question de la supériorité des vins de Bordeaux, de l'inscription de la ville au Patrimoine mondial de l'Unesco, du rayonnement de ses intellectuels, nés ou ayant vécus dans la région, depuis Montaigne jusqu'à François Mauriac, et bien d'autres grandes plumes d'aujourd'hui, ou encore de l'excellence de sa gastronomie.

Tout à cette introspection, Arthur Leek analysa ensuite les changements qui s'étaient opérés en lui depuis son arrivée en France. Son parachutage, un an auparavant à Cognac, lui avait d'abord paru pénible puis moins désagréable avec le temps et enfin réjouissant.

Absorbé par son travail à Bordeaux, il avait négligé d'entretenir les liens avec ses amis charentais. Mais comment oublier les hôtes de la *Grande Maison* et les personnalités britanniques rencontrées, membres du *D-Day*, et leur hymne fétiche : *He's A Jolly Good Fellow* ? Voilà que maintenant, ils lui manquaient. Après tout Rouillac était sur la route d'Épernay, il décida d'y faire étape.

Il quitta la salle de réunion et retourna rapidement dans son bureau pour composer un numéro de téléphone qu'il connaissait par cœur. Au bout de quatre sonneries, une voix féminine qu'il reconnut avec plaisir l'interrogea sèchement.

— Ah, docteur ! Enfin vous appelez ! Madame a prévu un voyage et j'ai demandé à votre secrétaire que vous veniez la consulter dans les meilleurs délais. Un simple examen de routine, je vous rassure. Juste pour savoir si Madame peut envisager un court séjour à l'autre bout du pays.

— Je ne suis pas… désolé… C'est moi…

— Moi qui ? demanda la voix d'un ton agacé.

— Leek… Arthur Leek.

— Ah, décidément inspecteur, vous tombez toujours comme un cheveu sur la soupe !

L'inspecteur demeura coi. Une fois de plus, il était confronté à l'humour français et à ses phrases alambiquées incompréhensibles. *Un cheveu sur la soupe ?* se répéta-t-il doucement. *Mais de quoi parle-t-elle ?*

Bien que confuse et brève, la suite de la conversation permit d'arrêter la date de son séjour à la *Grande Maison*…

CHAPITRE 5

Mercredi 21 juin 2023

Deux journées furent nécessaires à Leek pour préparer son déplacement.

Le dimanche précédent, en surmontant les obstacles de la langue de Molière, il avait informé Imogen de son intention de faire une visite de courtoisie à Tante Agatha à la *Grande Maison*. Ce à quoi il s'était entendu répondre d'un son sec : *Ce n'est pas trop tôt, depuis le temps que vous êtes parti !* Légèrement souffrante, l'octogénaire n'avait pu prendre elle-même la communication et il avait fallu négocier avec la gouvernante l'heure d'arrivée, les conditions pratiques de l'hébergement et les sujets à éviter pour ne pas froisser son hôtesse. Satisfait de ce contact, l'inspecteur était rentré directement chez lui.

Après avoir choisi sur internet un hôtel à Épernay et rassemblé quelques affaires déposées avec délicatesse dans un sac de voyage *Cambridge*, vert jaguar, acheté avant son départ de Londres chez Swaine, rue New-Bond, il s'était octroyé enfin un *islay whisky* dont les notes parfumées et le goût tourbé l'avaient transporté aussitôt sur sa chère île.

Heureux à la perspective de retrouver ses amis cognaçais, il avait passé un long moment à rêvasser puis, soucieux de se restaurer, il avait mis à chauffer dans le micro-ondes un plat cuisiné charentais. Une mouclade au pineau blanc qu'il dégusta dans le salon en écoutant des podcasts de la série *The Archers.* Perturbé par la venue de son *chief surperintendent* à Bordeaux, il avait raté l'écoute quasi religieuse de quelques épisodes.

Par chance, les jours suivants, aucun dossier épineux n'était venu ternir son moral ni contrarier l'organisation de son voyage.

Ce mercredi matin, enfin, Leek respirait à pleins poumons l'air rempli de promesses des premières heures de l'été. Il flottait une impression de bonheur qui lui fit oublier les aléas de l'existence. À bord de son 4x4 d'occasion nouvellement acquis – un Range Rover V8 Vogue de 1985 de couleur verte –, il retrouvait l'esprit de la grande époque de l'automobile anglaise achevée, selon lui, avec le rachat des grandes marques nationales par des pays étrangers.

Quoi qu'il en fût, malgré l'hérésie pour un Anglais de conduire avec un volant à gauche, la possession de ce véhicule représentait à ses yeux l'équivalent d'un titre de noblesse. Au fil des minutes, et tandis qu'un paysage valloné de vignobles et de terres agricoles défilait sous ses yeux, Arthur Leek sentit monter en lui le sentiment de faire partie d'un petit cercle de privilégiés attachés aux valeurs ancestrales. Les grandes et les petites, de celles qui formèrent siècle après siècle des esprits sains et éclairés. Loin du chaos quotidien auquel son métier le confrontait et où se mêlaient vols, viols, meurtres, escroqueries et kidnappings.

Certes, il savait bien que dès qu'il ouvrirait la portière de son 4x4, le monde rêvé à l'intérieur du véhicule céderait aussitôt la place au monde tel qu'il est, chargé de la lie de l'humanité. Mais pour l'instant, il voulait profiter de ce moment de bonheur.

En apercevant la pancarte « Cognac 72 km », il prit une grande inspiration puis laissa son souffle expulser toutes les dernières pensées sombres qui menaçaient de lui gâcher cet instant de bonheur. La perspective de revoir Tante Agatha le maintint dans une douce euphorie jusqu'au moment où, une fois stationné devant la *Grande Maison*, il toqua à la porte en bois.

Qui viendrait lui ouvrir cette fois : encore une Imogen en furie ?

Il n'eut pas le temps de réfléchir, un battant tourna sur ses gongs et laissa passer la tête de la gouvernante.

— Ah ! s'exclama-t-elle sans que le visiteur sût s'il s'agissait d'une interjection de plaisir ou de déception. C'est vous ? Posez votre valise ici, nous verrons plus tard pour votre installation dans le cottage.

— Bonjour Imogen, je vous ai pourtant prévenue de mon arrivée, n'est-ce pas ?

— Oui, parfaitement. Je n'ai pas encore perdu la boule. Mais j'avais la tête ailleurs.

— Où cela ? demanda-t-il sottement.

— Le regard d'Imogen le transperça avant qu'elle ne s'aperçut du malentendu.

— Vous n'avez pas amélioré votre français, ma parole.

— Je fais de mon mieux. Je vous assure. Mais *Molièèèère*, prononça-t-il avec difficulté, me joue des tours.

— Bon, nous n'allons pas rester sur le pas de la porte pour discuter de la qualité de votre vocabulaire. Entrez donc. Madame est légèrement souffrante. Rien de grave, mais un peu mal à la tête. Le docteur doit repasser d'un moment à l'autre pour se rendre compte de son état de santé. Allez la rejoindre dans le salon. Vous connaissez le chemin.

Leek retrouva avec plaisir le couloir menant au grand salon. Tante Agatha l'attendait un sourire aux lèvres malgré une douleur tenace, lui précisa-t-elle, au niveau des tempes. Un cachet d'aspirine, absorbé au petit matin, n'avait pas eu l'effet escompté et, étant donné l'insistance d'Imogen, elle avait fini par accepter la venue du médecin. Après quelques mots de bienvenue, ils abordèrent leurs projets respectifs. Il lui expliqua sans entrer dans les détails qu'il se rendait dans l'est de la France pour régler une nouvelle affaire.

— Encore une enquête à résoudre ?

— À vrai dire, pour l'instant, ma mission consiste justement à éviter... comment dire ?... une malversation.

— Ce n'est pas clair, mais qu'importe. Et où allez-vous très exactement ?

— Du côté de Reims car...

— Incroyable mon cher ! Je prévois de me rendre très prochainement dans cette région.

Et elle lui détailla l'objectif de son déplacement. Poussée par la journaliste Clara Dévigne, elle s'était mise en tête de créer un club de vigneronnes en Nouvelle-Aquitaine.

— Que des femmes, mon cher ! dit-elle avec emphase. Des propriétaires, des cheffes d'entreprises, des maîtresses de chai, des œnologues en jupettes, bref tout ce que la profession comporte de joyaux féminins. Comme dit un proverbe de ce pays : *À la meilleure femme, le meilleur vin.*

Arthur Leek n'avait jamais vu les choses sous cet aspect. Pour lui, le vin en général était une affaire d'hommes. Il n'osa pas contrarier son hôtesse. Au contraire, il l'encouragea à lui expliquer son projet.

Au bout d'une demi-heure, il ne retint qu'un point essentiel qui le rattachait à son enquête : Tante Agatha avait pris contact avec un club de vigneronnes de la région rémoise afin d'obtenir des conseils pour la rédaction des statuts de sa future association.

— Mais installez-vous d'abord dans votre cottage. Le même que l'an dernier. Cela vous rappellera des souvenirs. Et je vous propose de nous revoir ce soir pour dîner. À vingt heures précises ici même.

L'émotion le submergea dès qu'il passa le seuil de la porte du charmant cottage mis à sa disposition. Les souvenirs remontèrent à la surface. Et les personnes présentes aussi : Caroline Meyer et Pierre Martin, les journalistes qui avaient partagé les lieux avec lui, Lian Chen, le régisseur attentif à la sécurité du domaine installé à proximité, et sa charmante épouse Liu.

Quelques mois plus tard, rien n'avait changé. Toujours le même décor au style suranné qui lui rappelait sa chère Angleterre. *Mademoiselle Rose se serait plu ici*, se dit-il.

Les heures de l'après-midi s'écoulèrent paisiblement avec juste ce qu'il fallait de nostalgie pour ne pas se sentir seul. Les fantômes du passé l'accompagnaient dans chacune de ses pensées.

Sur le palier du premier étage, l'horloge édouardienne sonna dix-neuf heures brisant le silence sépulcral des lieux. Arthur Leek considéra qu'il était temps de se préparer. Cinquante-cinq minutes plus tard, il toquait à la porte d'entrée et une Imogen, exceptionnellement aimable l'accueillit. Elle l'accompagna jusqu'au salon et l'invita à entrer.

— Vous êtes pile à l'heure, mon cher, le félicita Tante Agatha en le voyant s'approcher pour la saluer. Vous aviez peut-être peur de vous faire appeler Arthur.

— Arthur ? Oui, mais c'est effectivement mon prénom, chère Madame, réagit l'inspecteur, craignant de déceler chez l'octogénaire un début de perte de mémoire.

— Ou Jules si vous préférez, s'amusa-t-elle en notant son air perplexe.

— *Sorry,* reprit-il spontanément en anglais.

Depuis la porte du salon, la voix d'Imogen précisa à l'intention de l'inspecteur :

— Madame utilise d'anciennes expressions françaises : *se faire appeler Arthur* ou *se faire appeler Jules.* Autrement dit avoir peur de se faire réprimander.

— Ah, je vois, indiqua Leek qui ne comprit rien à l'explication. Arthur et Jules sont des prénoms anciens.

Tante Agatha leva la main en direction d'Imogen pour l'empêcher de faire une remarque désobligeante. Puis elle jeta un œil sur la pendule victorienne posée sur la cheminée du salon.

— En revanche, la ponctualité n'est pas l'apanage des Français, reprit-elle. Vingt heures dix et notre deuxième invitée n'est pas encore arrivée.

L'inspecteur n'osa pas questionner son hôtesse sur l'identité de la personne attendue et se contenta d'opiner de la tête. Et alors qu'il s'apprêtait à aborder l'objet de sa visite prochaine dans la région rémoise, le heurtoir de la porte d'entrée signala une présence.

Moins d'une minute plus tard, une silhouette familière faisait son apparition dans le salon. Clara Dévigne, la journaliste pigiste, rencontrée ici même plusieurs mois auparavant, auteure de nombreux reportages dans la presse quotidienne et divers magazines. L'inspecteur cacha comme il put son émotion de revoir la jeune femme brune d'une quarantaine d'années qui avait suscité en lui de tendres sentiments. Elle, au contraire, ne cacha rien. Après avoir salué Tante Agatha, elle fonça droit sur Leek, heureuse de cette rencontre imprévue. Toujours fidèle à sa spontanéité qui déroutait certains et en réjouissait d'autres.

Leek bafouilla quelques mots que personne ne comprit, mais qui laissèrent supposer qu'il appréciait ces retrouvailles.

— Clara a rejoint le *Ladies Club* et, à ce titre, elle viendra avec moi pour rencontrer nos homologues féminines de la région champenoise. Comme je vous l'ai déjà indiqué, c'est elle qui m'a incitée à créer un club de vigneronnes dans la région.

— Nous serons donc appelés à nous retrouver dans ce joli coin de France, réagit l'inspecteur dont le visage exprimait un vif contentement.

— Mais je ne savais pas que vous feriez partie du voyage, s'étonna la journaliste.

— À vrai dire, expliqua Leek, je ne serai pas souvent avec vous. Scotland Yard m'a chargé d'une enquête délicate et, le hasard fait, que mes investigations vont me mener comme vous au pays du champagne.

Mon Dieu, les coupa Tante Agatha. Quelle coïncidence ! Une visite pour nous et une enquête pour vous. Les voies du Seigneur sont décidément impénétrables.

— Les voix du Seigneur ? interrogea Leek, perplexe. Encore faudrait-il les entendre !

— Non les voies, comme on dirait les chemins.

— Pour ma part, précisa l'homme de Scotland Yard, je ne sais toujours pas précisément quelle route emprunter pour me rendre à Reims.

Tante Agatha et Clara Dévigne se lancèrent un regard complice. Mais ni l'une ni l'autre n'osa souligner le quiproquo. Même Imogen qui avait assisté à la scène ne broncha pas, seul un sourire moqueur était apparu sur son visage.

La conversation du dîner représenta pour Arthur Leek un moment d'extase. Assis face à Tante Agatha et placé à la gauche de la journaliste, il savoura cette soirée avec délectation. C'était pour lui un de ces instants précieux dont il savait qu'il ne durerait pas mais dont le souvenir resterait à toujours gravé dans sa mémoire. Leur hôtesse affichait une meilleure mine que dans la matinée. Son mal de tête s'était envolé et elle comptait bien profiter de cette rencontre avec l'inspecteur pour s'informer de l'actualité de sa chère île, désormais – et à sa grande déception – hors de la Communauté européenne.

Elle en voulait à ses compatriotes de s'être laissés berner par les discours trompeurs d'élus politiques dont elle ne partageait pas les idées.

— Le monde cherche un nouvel équilibre économique et militaire et que fait le Royaume-Uni ? interrogea-t-elle en regardant ses deux invités. Il tourne le dos au continent ! Rendez-vous compte que seulement 32 kilomètres séparent Douvres et Calais.

— Il est vrai que les Britanniques nous surprendront toujours, surenchérit Clara Dévigne, en jetant un regard complaisant à son voisin de table.

Gêné d'abord, l'inspecteur toussota puis exprima un point de vue prudent :

— Le peuple a tranché, de peu certes, mais il a tranché.

— La faible majorité acquise, insista Clara Dévigne, en faveur du Brexit – 51,88% – oblige toutefois les dirigeants du 10 Downing Street à ne pas oublier les 48,11% qui ont voté contre.

— C'est un fait, reprit Leek, mais… comment dire ?… Je fais confiance à notre gouvernement pour mener à bien l'avenir du pays.

— Vous ne doutez jamais ? demanda sèchement Tante Agatha.

— Jamais Madame quand il y a lieu de commenter la politique du Royaume-Uni en terre étrangère.

— Je vous propose de clore le sujet, suggéra Clara Dévigne. Nous savons bien que la politique est une source de désaccords entre amis et même en famille. Acceptez-vous, Madame, que nous passions à autre chose ?

— Volontiers, déclara Tante Agatha, car, voyez-vous, ma tension fait des bonds quand je pense à ces incapables qui gouvernent mon pays. Ils feraient mieux de nommer comme Premier ministre ce cher *Chief Mouser to the Cabinet Office.*

— *Chief Mouser to the Cabinet Office ?* questionna avec surprise la journaliste.

— Ah, vous ne connaissez pas Larry ? s'amusa Leek. Il s'agit d'un chat qui a pour mission de chasser les souris au 10 et au 11 Downing Street. *Chief Mouser to the Cabinet Office*

À partir de cet instant, la discussion prit un ton plus léger. Tante Agatha évoqua en long et en large son projet d'association de femmes vigneronnes en Nouvelle-Aquitaine. À plusieurs reprises Clara Dévigne l'encouragea en citant quelques figures féminines de la profession qui seraient certainement intéressées par l'initiative.

Leek, sur un petit nuage, se réjouissait pour sa part du heureux hasard qui lui ferait partager son séjour dans la Marne avec ses deux amies.

— Pour moi ce séjour est une occasion en or, précisa la journaliste. Pensez donc, je vais pénétrer dans les coulisses secrètes du monde fabuleux du champagne. Nous serons hébergées dans la propriété des champagnes Sandre.

Le très distingué saint-estèphe, servi à table, et la succession de plats succulents qui défilèrent – élevant à chaque fois la perfection d'un degré –, donnèrent des couleurs aux convives et animèrent la conversation.

Habituellement sur ses gardes, l'inspecteur se montrait affable et pour tout dire enivré par l'ambiance amicale qui régnait. Tante Agatha en profita pour lui demander avec espièglerie :

— Rappelez-moi donc mon ami : vous êtes toujours célibataire, n'est-ce pas ?

— Effectivement, chère Madame. Les femmes ont toujours été pour moi un mystère. Je n'ai jamais été en mesure de trouver la clef capable d'ouvrir le cœur de l'une d'entre elles.

— Et cette Mademoiselle Rose dont vous m'aviez parlé ?

— Oh, c'est une amie qui me manque beaucoup à ce jour.

— Accepterait-elle de quitter l'Angleterre pour la France, le temps d'un été ?

— Je ne le pense pas. Elle considère le reste du monde comme un danger permanent pour sa personne. En vérité, elle a toujours refusé de mettre un pied sur le continent.

Clara Dévigne esquissa un sourire. Sans connaître cette Mademoiselle Rose, elle l'appréciait déjà et se mit à l'imaginer. Une confidente discrète, petite et fragile, d'un âge avancé, aux beaux cheveux blancs et fins, au jugement solide, sensible au confort de son ami inspecteur de police, apportant un soin particulier au ménage de son appartement et lui préparant à l'occasion de succulents petits plats. Une Anglaise empreinte de tradition sur qui le temps n'avait aucune prise.

Si Arthur Leek avait eu la possibilité de lire dans les pensées de sa voisine de table, il aurait été très ému par ce portrait flatteur. Mais au même moment, le visage d'Adeline le Page occupait son esprit. Il repensait à cette jolie française, amour de jeunesse du neveu de Tante Agatha, Lewis Brixton, et maman d'une ravissante jeune fille d'une vingtaine d'années, Élisabeth-Europa.

— Vous êtes tous les deux très silencieux, s'alarma Tante Agatha auprès de ses invités. Ai-je dit quelque chose de blessant ?

— Pas du tout, chère Madame, réagit immédiatement l'inspecteur. Je pensais seulement à cette douce Adeline Le Page et à sa fille.

— Eh bien, comme vous le savez, Victory, la femme de mon chenapan de neveu, a demandé le divorce et aujourd'hui Lewis coule des jours heureux avec Adeline. Il se partage entre Londres et Paris. Vous savez, n'est-ce pas, qu'il est désormais le patron du *Foreign Office* ?

— Comment pourrais-je ne pas le savoir ? s'exclama Leek. Nous conservons d'ailleurs quelques contacts et...

À cet instant, Tante Agatha le coupa sans précaution :

— Votre venue ici n'a rien à voir, j'espère, avec ce bon à rien de ministre ? Lewis ne vous a pas demandé de me surveiller ? Mon Dieu ! Suis-je naïve. C'est la raison de votre voyage à Reims, n'est-ce pas ?

— Pas le moins du monde, s'insurgea l'inspecteur. Il s'agit d'une pure coïncidence. Je désirais vous revoir et faire simplement une halte chez vous.

Mal à l'aise, Tante Agatha remua nerveusement la tête de droite à gauche.

— Ne m'en veuillez pas mon cher. Avec l'âge, je deviens paranoïaque.

Le dîner s'acheva sur un dessert que Leek affectionnait particulièrement et qu'il ne pensait pas pouvoir savourer un jour sur le sol français. Un incomparable *trifle,* composé de fruits frais, de biscuits et de crème anglaise, qui rappela à Leek celui partagé, un soir d'été pluvieux dans un minuscule restaurant de Londres avec Maggie, le premier et le seul amour de sa vie. Un moment inoubliable.

Avant de se séparer, Tante Agatha proposa la dégustation d'un cognac. L'inspecteur qui n'avait pas goûté à cet alcool depuis son dernier séjour prisa l'attention. Les effluves de l'eau-de-vie dans son verre lui chatouillèrent agréablement les narines et ravivèrent chez lui d'agréables souvenirs partagés l'année précédente avec ses amis britanniques du *D-Day*.

CHAPITRE 6

Jeudi 22 juin 2023

Le copieux et succulent dîner concocté par Imogen, y était certainement pour quelque chose, mais plus sûrement les trois verres de cognac proposés par Tante Agatha. Lorsqu'il posa sa tête sur l'oreiller, Leek sentit son corps s'écraser lourdement sur le matelat du lit. Une petite voix – qu'il crut être celle de Mademoiselle Rose – lui reprocha sa gourmandise. Il regretta immédiatement d'avoir accepté une deuxième part de gigot à la menthe ainsi que trois cuillères supplémentaires de *trifle*.

Dans les songes agités qui suivirent, il s'imagina, avec stupeur, réincarné en la personne de l'incontrôlable *chief superintendent* John Mackenzie avec qui il avait passé récemment une folle nuit dans les pubs bordelais. Et bizarrement, dans le même temps, par un artifice onirique, il surprit dans un miroir le reflet du visage de son supérieur. Un flot de remontrances le rappela à sa mission première : retrouver urgemment Andrew, le fils de Lord Archibald Thomson.

Une angoisse lui noua la gorge. Il s'aperçut qu'il ne disposait pas de photographie du jeune homme. Ce constat le tira précipitamment des bras de Morphée.

Leek ouvrit un œil puis l'autre, se retourna dans son lit puis adopta la position assise pour réfléchir. Retrouver un sujet britannique en France relevait de la gageure. Retrouver un jeune fils de lord britannique fricotant dans les milieux louches français relevait de l'improbable. Il adressa un texto à son collègue londonien pour réclamer une photo de l'énergumène en cavale en France.

Puis il récapitula les rares informations à sa disposition. Le futur terrain de jeu d'Andrew Thomson était connu : la région rémoise. Ses intentions également : proposer l'obtention d'un *Royal Warrant* à des producteurs de champagne. Pour parvenir à ses fins, il lui faudrait donc pénétrer les hautes sphères fortunées du monde fermé du champagne. Leek décida de restreindre ses investigations à quelques grandes marques.

Tandis qu'il s'apprêtait à abandonner son lit avec regret, une autre idée lui traversa l'esprit : il jugea intéressant de mettre ses pas dans ceux de Tante Agatha. Le club de vigneronnes représentait pour lui une interface inespérée pour recueillir des ragots sur la profession. Un espoir de surprendre une ou deux rumeurs en rapport avec son affaire. Comme tous les fils de lord, conquérants et sans gêne, Andrew Thomson ne tarderait pas à faire parler de lui. C'était ce qu'il savait faire de mieux. De quoi permettre de le localiser.

Après son petit déjeuner, pris sur la terrasse qu'il affectionnait pour sa vue sur le parc, Leek se rendit à la *Grande Maison* pour annoncer à Tante Agatha sa décision de la retrouver sur le lieu de son séjour. En un bref éclair, le visage de Clara Dévigne s'imposa dans ses pensées et la perspective de profiter de la présence de la journaliste durant quelques jours lui fit accélérer le pas. Dans le salon où il fut accueilli avec une tasse de thé, il déclara d'entrée son intention – *si son hôtesse n'y voyait pas d'inconvénient* – de rencontrer les vigneronnes champenoises dont ils avaient parlé la veille.

— Pour un Anglais, mettre un pied dans ce milieu constitue une aventure, ajouta-t-il en caressant négligemment d'une main sa fine moustache.

— N'oubliez pas que je suis Anglaise moi aussi ! s'insurgea l'octogénaire. Et ce club n'a fait aucune objection pour m'ouvrir ses portes.

Embarrassé à l'idée d'avoir heurté la susceptibilité de son interlocutrice, l'inspecteur chercha des yeux le secours de Clara Dévigne. Mais cette dernière s'abstint de toute réaction. Faute de soutien, Leek nota sur un bristol l'adresse de l'hôtel à Épernay où il comptait séjourner. Enfin, il prit congé en remerciant Tante Agatha pour son hospitalité et précisa qu'il prendrait la route après avoir rassemblé ses affaires.

— Ce fut un plaisir, mon cher Poirot. Oui, je sais Poirot était Belge et vous êtes Anglais, il était détective et vous êtes inspecteur à Scotland Yard. Mais que voulez-vous, votre début d'embonpoint et votre fine moustache me font penser au héros d'Agatha Christie.

Pendant une bonne partie du trajet en direction d'Épernay, Arthur Leek repensa à la comparaison formulée par Tante Agatha. En sa qualité d'inspecteur du Yard, il n'avait jamais pris les aventures d'Hercule Poirot au sérieux. Comme tout policier qui se respectait, sa lecture d'un polar s'avérait toujours très critique. *Des invraisemblances à toutes les pages,* se plaignait-il auprès de Mademoiselle Rose quand celle-ci lui demandait de lui recommander un auteur à lire.

Pourtant un détail lui plaisait chez Poirot : l'allusion à *ses petites cellules grises.* Leek avait d'ailleurs adopté pour lui-même cette formulation. Son imagination avait fait le reste. Il s'était inventé une incroyable machinerie intérieure d'une extrême complexité utilisant un réseau très sophistiqué de connexions. Selon lui, chaque indice récolté était immédiatement analysé, décortiqué, débarrassé de tout artifice susceptible de brouiller l'enquête puis classé sommairement dans le cerveau. Ensuite, les petites cellules grises entraient en action pour achever le travail, trier les informations de façon scientifique, les mettre en perspective et fournir de façon objective la clef de l'énigme.

L'hôtel choisi se situait dans le centre-ville, non loin de la célèbre avenue de Champagne. Installé dès seize heures dans sa chambre dont il avait négligé de s'intéresser à la décoration, Leek avait trouvé un dépliant touristique sur un bureau poussé contre un mur. Textes et illustrations rappelaient qu'Épernay, la capitale du champagne, concentrait quelques grands noms du monde des bulles et que son sous-sol conservait précieusement dans des caves de craie pas moins de deux cents millions de bouteilles.

Pour Leek, cet engouement des Français et de la planète tout entière pour ce vin représentait un mystère. Cette notoriété s'avérait disproportionnée par rapport à sa valeur gustative. Le *sparkling wine* britannique cachait, selon lui, bien d'autres qualités supérieures et l'histoire s'était montrée injuste à son égard. Certes, le moine bénédictin Dom Pérignon en 1668 dans son abbaye Saint-Pierre d'Hautvillers avait été le premier à réussir une vinification équilibrée qui fit ensuite le succès du champagne, mais c'était vite oublier que six ans plus tôt Christopher Merrett de la *Royal society of London* avait déjà évoqué dans ses travaux l'idée de mélanger du sucre et de la mélasse au vin pour le rendre pétillant.

En même temps qu'un ressentiment à l'encontre de la suffisance *des mangeurs de grenouilles* commençait à le gagner, Leek repensa à la raison de son séjour en terre inconnue. Quelque part dans la région, Andrew Thomson tissait des relations dans le but de faire miroiter un *Royal Warrant* à des producteurs incrédules.

Pour se changer les idées, il commença à vider sa valise. Mais un léger malaise le saisit quand il prit conscience de la décoration de sa chambre. Le rouge des murs lui donna subitement le tournis et, un court instant, il s'imagina téléphoner à Tante Agatha pour solliciter un hébergement dans la propriété où il la savait confortablement installée.

Fort heureusement, la sonnerie répétée de son téléphone portable vint briser le flux morose de ses pensées. En consultant son écran, il vit apparaître dix chiffres qu'il connaissait bien et qui allaient le sauver, peut-être, de la déprime. Malheureusement la voix saccadée et troublée par l'émotion de Tante Agatha n'annonça rien de bon.

— Bonjour mon cher. Désolée de vous déranger à peine arrivé, mais je suis en ce moment avec la présidente du Club de vigneronnes dont je vous ai parlé.

Un drame épouvantable vient de se produire. Sa vice-présidente a été retrouvée morte à son domicile. Il faut que vous ouvriez immédiatement une enquête pour déterminer les circonstances du décès.

— Mais Madame, je ne suis pas habilité pour enquêter sur le territoire français, corrigea Leek.

— Qu'importe ! Vous êtes de Scotland Yard, oui ou non ? Pour un homme du Yard, les frontières n'existent pas. D'ailleurs, la victime est une ressortissante britannique installée en Champagne depuis de nombreuses années. Ne perdez pas de temps. Nous passons vous prendre dans quinze minutes au pied de votre hôtel. J'ai l'adresse que vous m'aviez donnée.

Le portable toujours à l'oreille, un bip prolongé accompagna les premières réflexions de l'inspecteur. Entre les informations transmises sur la présence d'Andrew Thomson au cœur du vignoble champenois et une vigneronne britannique retrouvée morte dans sa propriété viticole, ses idées se télescopèrent.

Tout concordait. *Il m'a devancé*, s'alarma Leek catastrophé par sa conclusion. *L'escroc en herbe est devenu un assassin. Il a commis l'irréparable.*

Vingt minutes plus tard, un 4x4 rouge Toyota Hilux, arrivant à toute allure et d'une saleté à repousser n'importe quel voleur de voiture, se gara en catastrophe devant l'hôtel sous les yeux scandalisés des passants. Au volant, une femme d'une cinquantaine d'années, lui fit signe de monter à travers la vitre passager restée baissée.

D'abord surpris par la rapidité de la scène, puis mis en confiance par la présence de Tante Agatha et de Clara Dévigne à l'arrière du véhicule, Leek s'avança en direction de la chaussée.

— Montez, nous n'avons pas de temps à perdre, cria la conductrice en ouvrant la portière avant.

L'inspecteur s'installa sur le siège et jeta un œil curieux derrière lui. Les visages des passagères qu'il avait connus jusqu'à présent roses et frais étaient livides.

— Bonjour Tante Agatha, je viens d'arriver à Épernay. Je ne sais pas quelle route vous avez prise, mais vous avez fait plus vite que moi apparemment...

— Et encore, lui répondit-elle, si notre conductrice actuelle avait été au volant, nul doute que nous aurions battu tous les records de vitesse entre Cognac et ici.

Leek chercha une marque d'ironie sur les lèvres de l'octogénaire, mais ses traits crispés écartaient toute tentative de plaisanterie. Tante Agatha était visiblement barbouillée par la conduite de son hôtesse. Et sur sa gauche, Clara Dévigne n'était pas mieux.

— Vous êtes donc le fameux inspecteur de Scotland Yard ? Agatha m'a raconté vos exploits à Cognac pour démasquer des assassins.

— Oui, enfin… commença Leek avec modestie. À vrai dire, je…

Mais il n'eut pas le temps de poursuivre, le 4x4 s'emballa dans un bruit effrayant du moteur. Ses 150 chevaux entendaient rivaliser avec la vitesse d'un TGV. Pendant une trentaine de minutes, le paysage défila sans discontinuer. Fort heureusement deux ou trois feux tricolores et quatre panneaux de Stop permirent aux passagers de rependre leur respiration.

Parvenu à destination, le véhicule s'engagea sur une route étroite du petit village de Vandières et amorça un ralentissement. Les trois passagers, soulagés d'être revenus à une conduite raisonnable, soufflèrent dans un même élan. C'était malheureusement sans compter avec les réflexes sportifs de la conductrice qui appuya de nouveau à fond sur l'accélérateur, faisant bondir le 4x4 sous le regard circonspect de deux gendarmes qui, devant la maison de la victime, étaient occupés à chercher des indices.

— Nous allons entrer directement par l'arrière de la propriété, décréta la quinquagénaire. Nous éviterons ainsi les questions des forces de l'ordre.

Elle parlait comme une militante sur le point de réaliser un coup médiatique. Leek bien qu'affecté au fond de ses entrailles par la vitesse excessive et les coups de frein à répétition la regarda d'un air entendu. Il voulait donner l'impression qu'il était habitué aux interventions rapides.

Le 4x4 prit un chemin discret pour se garer dans une cour d'un blanc immaculé et d'une propreté étonnante.

— Le champagne ne supporte pas la saleté, expliqua-t-elle en notant l'air étonné de l'inspecteur.

Leek, content d'être arrivé sain et sauf à destination, tourna son regard vers elle. Il nota son élégance et la subtilité de son parfum. Vêtue d'un blouson de cuir noir sur une chemise blanche largement ouverte sur la poitrine et d'un jean étroit, elle lui serra fermement la main. Et en le regardant droit dans les yeux, elle prit enfin le temps de se présenter.

— Jeanne Sandre. Malgré les circonstances je suis heureuse de faire votre connaissance. Vous allez nous dire ce qu'il s'est réellement passé ici.

— Oui, enfin... comment dire ? Vous comprenez que je ne peux pas enquêter dans ce pays. Ce rôle revient à la police ou la gendarmerie française.

— Bla-Bla-Bla. Tante Agatha m'a assuré que vous étiez le meilleur flic de Londres. Une sorte d'Hercule Poirot en quelque sorte.

— Non, Hercule était un détective et non pas un inspecteur de...

Il renonça à poursuivre. Cette étiquette de Poirot continuerait à le poursuivre tant qu'il serait en France.

Quand les deux passagères arrières, descendues du véhicule, parvinrent à leur hauteur, Jeanne Sandre, toujours dans sa conversation avec l'inspecteur, mit une main sur l'épaule de ce dernier et avec toujours le même regard direct émit de nouveau la même exigence :

— Monsieur Leek, je mets toute ma confiance dans votre diligence à résoudre cette enquête. Je ne peux pas croire à un suicide.

Déboussolé par le ton impérieux de la quinquagénaire et pensant voir surgir un clone féminin de John Mackenzie, Leek faillit lui répondre *oui, Monsieur*, mais il s'abstint.

— Je ferai de mon mieux en demeurant à ma place d'observateur.

— Bon, allons voir dans quel état se trouve cette pauvre Helen. Et dire qu'elle avait enfin trouvé le bonheur avec ce Lucas, de trente ans son cadet.

Clara Dévigne renonça à aller plus loin et retourna vers le véhicule. N'ayant aucun lien avec la victime, elle trouvait sa présence déplacée. Elle laissa le trio se diriger à pas précipités en direction de la large bâtisse blanche aux dix fenêtres et portes-fenêtres en façade.

Elles passèrent en trombe l'entrée principale devant un gendarme qui n'eut pas le temps de leur demander leur identité. Au passage, l'inspecteur lança un *thank you* qui se perdit dans l'agitation du moment.

— Ne traînons pas, lança Jeanne Sandre, habituée des lieux, en fonçant tout droit vers une porte donnant accès à une extension de la maison.

Elle avançait à grandes enjambées comme elle devait le faire lorsqu'elle arpentait son vignoble par temps d'orage. Le cadavre se trouvait dans un vaste salon bibliothèque auquel on accédait par un long couloir étroit décoré de tableaux représentant des scènes de vendanges.

Deux pas derrière, Tante Agatha suivait péniblement la cadence sans pour autant se plaindre. Leek fermait la marche en contemplant d'un œil rapide les toiles d'une facture ancienne qui auraient mérité selon lui plus d'attention.

Il entendit avec difficulté Jeanne Sandre murmurer : *nous sommes dans le couloir de la mort.* Il n'eut pas le temps d'apprécier le mauvais jeu de mots qu'un grand et solide gaillard en uniforme d'une quarantaine d'années vint à leur rencontre.

— Capitaine Charles Nova. Vous êtes de la famille de madame Helen Cruize ?

— Et vous, vous êtes nouveau ici, lui rétorqua Jeanne Sandre, vexée de ne pas être reconnue au premier regard.

— Effectivement, j'arrive tout droit du département de la Charente. Mais vous n'avez pas répondu à ma question.

— De la Charente comme c'est charmant. Moi aussi, précisa Tante Agatha oubliant où elle était et pourquoi elle y était. De quel coin, précisément ?

— Angoulême.

— Moi du côté de Cognac. Vous vous faites au climat de la région ? Mais dites-moi où se trouve la victime ?

Sans doute déstabilisé par cette familiarité à laquelle il ne s'attendait pas, le capitaine laissa les trois étranges visiteurs s'approcher du canapé où gisait dans une position incongrue Helen Cruize. Le visage déformé par une effroyable grimace.

Au premier coup d'œil l'inspecteur Leek considéra qu'il s'agissait d'un empoisonnement. Des vomissements avaient précédé la mort. En l'examinant distraitement pour ne pas attirer l'attention du gendarme, il aperçut des traces blanchâtres sur les ongles et des irritations rouges sur les doigts. Enfin le corps, soumis à des douleurs internes d'une extrême intensité, avait tenté vainement par de violentes convulsions à résister au mal qui le rongeait. Le dernier souffle de vie avait laissé la pauvre femme dans une position grotesque. Un petit guéridon sur lequel avait été servi le thé était renversé. Une tasse et une bouteille de champagne de la marque Cruize non débouchée traînaient sur le sol.

— Comment est-elle morte ? questionna la présidente du club de vigneronnes en regardant fixement le gendarme.

Sans lui laisser le temps de préciser qu'il fallait attendre le rapport du légiste, Tante Agatha intervint :

— Le poison voyons. Cela ne fait aucun doute. Votre amie s'est suicidée.

— Helen se suicider ? Mon Dieu, c'est impensable.

Le capitaine bondit sur l'allusion.

— Vous lui connaissiez des ennemis ? Quelqu'un aurait pu lui en vouloir ?

— Pas le moins du monde, répondit Jeanne Sandre en l'agrémentant d'un *pff* de mépris.

— Agacé sans aucun doute par l'attitude hautaine de la quinquagénaire, le capitaine pensa qu'il était temps de cesser les mondanités. Il réitéra sa question préliminaire.

— Vous êtes de la famille ?

— Absolument pas, répondit-elle. Je préside un club de vigneronnes et Helen en était la vice-présidente. Aussitôt que j'ai appris sa mort, j'ai foncé jusqu'ici.

— Et les personnes qui vous accompagnent ?

— Non plus. Madame Agatha Brixton est une amie vigneronne et ce monsieur arrive tout droit de Scotland Yard pour…

— De Scotland Yard, s'exclama le capitaine de gendarmerie. Vous êtes super efficace au Yard. Déjà sur l'enquête de la mort suspecte d'une ressortissante britannique ?

Le propos amusa l'inspecteur. Quelques mois auparavant en Charente, la capitaine de gendarmerie Adèle Lenormand lui avait fait à peu près la même réflexion devant le cadavre de ce malheureux irlandais Killian Murphy.

— Excusez-moi pour mon français, mais non je ne suis pas sur l'enquête. Euh… c'est comment dire ?…

— Le fruit du hasard ? tenta de l'aider le gendarme.

— Le fruit du bazar ? s'étonna Leek qui ne comprit l'allusion.

— *A mere coincidence*, précisa Tante Agatha.

— Ah, oui. Absolument, acquiesça Leek. Le fruit du bazar comme vous dites. Je suis ici en vacances.

Le gendarme ne put retenir un sourire. Très vite, il reprit son sérieux. Après avoir indiqué à l'inspecteur qu'il ne pourrait en aucun cas disposer d'éléments sur l'enquête malgré sa carte de Scotland Yard, il déclara accepter volontiers des conseils avisés de sa part.

— Les Britanniques sont parfois surprenants pour nous Français et vous pourriez m'apporter quelques lumières sur des zones d'ombre.

— Zones d'ombre ? demanda Leek en affichant une mine circonspecte. Puis il ajouta : les conditions de cette mort sont bien sombres en effet.

Amusé par l'anecdote, le capitaine se tourna vers les deux femmes pour leur signifier qu'il se proposait de les interroger le lendemain dans la journée. Tante Agatha indiqua qu'elle était hébergée chez Jeanne Sandre.

— Le mieux serait alors de vous rencontrer toutes les deux sur le lieu de votre hébergement mesdames plutôt qu'à la gendarmerie. Donc disons à onze heures demain ?

CHAPITRE 7

Le retour se fit aussi rapidement que l'aller. Le pied droit de Jeanne Sandre ne lâcha à aucun moment l'accélérateur, même dans les passages routiers annoncés comme dangereux. Durant le trajet, avec la désinvolture d'une femme habituée à se faire obéir, elle avait lancé à Leek, sans quitter la route des yeux, une invitation ou plus précisément une convocation. *Bien entendu, vous dînez at home ce soir.* Charmé, il s'était entendu répondre : *avec plaisir, chère madame.*

Si la maison d'Helen Cruize renvoyait à ses visiteurs l'image d'une propriété bourgeoise aménagée progressivement avec le temps par l'adjonction d'extensions, celle de la dynamique vigneronne affichait au contraire les caractéristiques solides d'un hôtel particulier cossu aux lignes d'un chic bien français. La façade de couleur blanc cassé faisait un joli contraste avec le vert du parc de deux mille mètres carrés qui s'étendait devant et sur les côtés du bâti.

Toute la conversation de la soirée improvisée, depuis l'apéritif – arrosé au champagne – jusqu'au dîner – accompagné de champagne –, porta sur la mort *de cette pauvre Helen* comme ne cessait de le répéter la propriétaire des lieux. Installés de manière inconfortable sur un tabouret devant un long comptoir au cœur d'une vaste cuisine ultra-moderne, les convives se rejoignirent sur un point : cette mort n'avait rien de naturelle. Et la présence d'une bouteille de champagne sur le sol donnait aux dernières heures vécues par la victime un caractère bien étrange.

Leek se garda d'avancer auprès de ces dames sa propre hypothèse, liée à un empoisonnement. Le capitaine Nova lui en dirait plus le lendemain. Pour l'heure, il restait préoccupé par sa consommation inhabituelle de champagne. D'autant qu'une troisième bouteille plongée dans un seau à glace venait de faire son apparition. Consommateur régulier de bière et de whisky, il en vint cependant à appréhender les effets sur sa personne de ce breuvage à bulles.

Pourtant, il dut l'admettre : son palais fut conquis dès la première gorgée. Aucune agressivité ni acidité. Plus agréable à déguster que les vins pétillants de son Angleterre natale. La seconde flûte lui procura une sensation de légèreté. Et à partir de la troisième, il commença à reconsidérer ses préjugés. L'harmonie des plats aidant, il se laissa envoûter par ce que les Français considéraient depuis des siècles comme le *Vin des Rois*.

Peu à peu les bulles provoquèrent chez lui un effet apaisant. Puis un autre phénomène vint le ravir : il nota qu'au plaisir des sens s'ajoutait une légèreté d'être qui le subjugua. Au milieu du dîner, son français lui vint naturellement aux lèvres et au moment du dessert, il nota que son élocution n'était en rien affectée par les quelques flûtes déjà consommées.

Remarquant son enthousiasme grandissant pour le champagne, Jeanne Sandre souhaita insister sur le caractère exceptionnel de ce vin :

— Comme dit Éric, mon mari, – qui soit dit en passant prospecte actuellement en Chine et aux USA pour développer notre marque – le champagne est un compagnon léger pour un repas raffiné. Cela, bien sûr, à condition de ne pas en abuser.

— Certainement madame, apprécia Leek avec satisfaction.

— Et il demeure le meilleur compagnon de l'homme ou de la femme, ajouta Tante Agatha pour éviter une gueule de bois.

— Gueu-le-de-bois ? ânonna l'inspecteur.

— *Hangover*, traduisit Clara Dévigne avec un large sourire aux lèvres.

— Monsieur Scotland Yard, reprit Tante Agatha très en verve, conserve le souvenir de lendemains matins nauséeux lors de son passage à Cognac.

L'intéressé lui adressa un petit geste amical de la main.

Vendredi 23 juin 2023

À son réveil, Arthur Leek constata effectivement que le champagne n'avait en rien altéré son équilibre physique et psychique. Il se sentait le corps léger et l'esprit clair. Profitant de cette lucidité, il tourna dans tous les sens les indices relevés la veille sur le lieu du décès d'Helen Cruize. Sans résultat probant. Mais quelques bribes d'un rêve qui l'avait tenu en haleine une partie de la nuit vinrent soudainement le perturber.

D'ailleurs était-ce un rêve ou un cauchemar ? Le décor dans son esprit en demeurait flou. Une pièce sombre faiblement éclairée de quelques cierges. Mais un détail particulier l'avait fait frissonner : la présence sur une table d'un tableau de Jheronimus Bosch représentant « La Tentation de Saint Antoine ». Les personnages représentés sur le panneau principal semblaient se mouvoir péniblement. Autour d'un jeu de gobelets, un homme à tête de porc, tout vêtu de noir, faisait des efforts pour s'éloigner d'un groupe de personnes qui l'entourait sans pouvoir y parvenir. Il appelait et semblait demander de l'aide. Leek crut un moment qu'il citait le nom d'Andrew Thomson.

C'est ce patronyme crié à plusieurs reprises qui tira l'inspecteur de son profond sommeil, le corps en nage. Une fois de plus, comme depuis sa plus tendre enfance, il s'en remit à son intuition : ses rêves lui adressaient des messages qu'il lui convenait de décoder.

Le son d'une notification de texto vint briser la quiétude de sa chambre d'hôtel. Charles Nova le convoquait à 11h ce vendredi matin au domicile de Jeanne Sandre pour un interrogatoire. Dans la foulée, un autre texto émanant de cette dernière le sommait de déjeuner avec elle, en présence de Tante Agatha et de Clara Dévigne, et de s'installer pour le reste de son séjour dans l'une des chambres mises à sa disposition dans sa demeure.

À l'heure imposée par le capitaine de gendarmerie pour son interrogatoire, l'inspecteur Leek se crut plongé dans un épisode d'Hercule Poirot. Le même devant lequel, il s'était lamentablement endormi dans son appartement de Bordeaux. Tout était conforme : un grand salon dans une propriété au charme indéniable et quatre personnages en quête d'informations sur une mort suspecte. Seul dénotait l'uniforme de gendarmerie de Charles Nova. Une note française dans une affaire d'empoisonnement à l'anglaise.

Devant la petite assistance, le capitaine sembla un temps hésiter. Puis, il se lança :

— Tout d'abord, je dois vous informer que je ne peux divulguer des éléments de l'enquête à qui que ce soit. Même aux amies les plus intimes de madame Cruize. Toutefois, étant donné vos liens d'amitié avec la victime, je vous indique qu'à ce stade de nos investigations, il nous est encore impossible de classer le décès en tant que suicide ou homicide.

— Helen n'avait aucune raison de se suicider... souligna Jeanne Sandre.

— Madame, nous travaillons activement pour déterminer ce point essentiel. Pour l'heure, il me faut en savoir plus sur le compagnon de votre amie. C'est lui qui nous a alertés et...

— Eh bien, il suffit de l'interroger, insista la propriétaire des lieux.

— J'aimerais bien, mais malheureusement monsieur Lucas Sartis a disparu.

— Que voulez-vous dire ?

— Après son appel, les secours sont intervenus rapidement mais à leur arrivée, la maison était vide, exceptée, bien entendu, la présence de la victime. J'ai donc besoin d'en savoir plus sur ce monsieur.

Jeanne Sandre détailla dans un long portrait physique et psychologique celui qui depuis six mois avait conquis le cœur d'Helen Cruize. Un homme charmant de plus de quarante ans, d'une exceptionnelle élégance – *jamais un blue-jean ou des baskets aux pieds*, insista-t-elle –, d'un bagou sympathique – *il savait faire rire les femmes*, poursuivit-elle –, et d'une grande culture générale.

À chaque phrase, le capitaine opinait de la tête et à plusieurs reprises, il jeta distraitement un œil interrogateur à Leek. Les traits du visage de ce dernier s'étaient figés dans une écoute religieuse. Depuis l'annonce de l'identité de l'amant de la victime, l'inspecteur était soulagé. Il ne s'agissait pas de ce nigaud d'Andrew Thomson. Maintenant il souhaitait découvrir les relations de ce Sartis trop charmant et séducteur pour être – selon les critères moraux de Leek – profondément honnête.

Quant à Tante Agatha, un petit sourire en coin, semblait indiquer qu'elle trouvait également la description de son amie trop élogieuse pour être exacte. De son côté, Clara Dévigne qui brûlait d'envie de prendre des notes tentait de retenir tout de ce qui était dit dans l'espoir de le reporter plus tard sur son bloc-notes. Guère habituée à traiter des faits divers, elle ne rechignait pas cependant quand le devoir l'appelait à noircir un ou deux feuillets pour des journaux friands de ce type d'information.

— Vous en pensez quoi ? demanda, à brûle-pourpoint, le capitaine en s'adressant à l'inspecteur de Scotland Yard.

Surpris d'être interpellé de cette façon dans une enquête où il n'avait pas à intervenir, Leek suspendit sa réponse. Au bout de quelques secondes, le capitaine le relança.

— Ne soyez pas gêné, cher collège, nous sommes tous les deux du côté de la loi.

— Eh bien, il serait intéressant d'en savoir plus sur les circonstances de la première rencontre de madame Cruize et de monsieur Sartis. Toutefois, pour l'heure, je dirais que, dans cette affaire, le compagnon de la victime me semble trop… comment dire ?… trop parfait. Mais ce n'est qu'une impression qui ne repose sur rien de concret.

— C'est aussi mon sentiment, renchérit le capitaine en se tournant vers la présidente du club de vigneronnes.

Tous les regards se braquèrent sur elle, sa réponse se fit explicite :

— Lucas, enfin je veux dire, monsieur Lucas Sartis a surgi un beau soir lors d'un apéritif dînatoire organisé par le club. En tant que présidente, je désirais informer nos adhérentes du soutien du Département et de la Région pour l'organisation d'une manifestation artistique de grande ampleur. En fait, l'idée avait été suggérée par Lucas Sartis à Helen Cruize qui me l'avait rapportée. J'y avais travaillé avec elle et nous avions abouti à ces premiers soutiens financiers. D'autres devaient suivre.

— Monsieur Sartis est donc un artiste ? questionna l'inspecteur Leek avec délicatesse. Comment s'étaient-ils rencontrés ?

— Artiste ? Non pas que je sache, mais il m'a affirmé, le soir du cocktail, disposer d'un réseau de connaissances dans ce milieu.

Le capitaine revint à l'interrogation de son collègue du Yard à propos de la rencontre de madame Cruize et monsieur Sartis. Jeanne Sandre raconta que son amie lui avait rapporté qu'il l'avait abordée lors d'un salon viticole à Paris. Elle avait été séduite par sa forte personnalité et ses connaissances en marketing.

— Ce fut sans doute un coup de foudre pour elle. Il l'a charmée au premier regard.

— Et pour lui ? interrogea Leek. Le regard fixé sur l'amie de la victime.

— J'ai toujours imaginé que la différence d'âge entre eux n'était qu'un détail... Bof, une vingtaine ou une trentaine d'années d'écart de nos jours ne signifie plus rien... Il avait vu la belle personne derrière la veuve séduisante mais toujours un peu triste.

— Et riche ? intervint Leek toujours à la recherche d'un indice.

— Très riche à vrai dire. Elle possédait ce domaine viticole et plusieurs propriétés à Reims, à Paris et sur la Côte d'Azur.

— Qui devrait hériter selon vous ?

— Son fils unique, Clément, je suppose. Il travaille en Thaïlande actuellement et, d'ailleurs, il me faudrait peut-être le prévenir…

Le capitaine Nova signala que cela avait déjà été fait et que le jeune homme devait arriver en Champagne d'ici quelques heures.

La conversation se poursuivit de façon informelle durant plusieurs minutes. Jeanne Sandre sur le même ton péremptoire dont elle usait dans son activité professionnelle décida brusquement d'achever, sous le regard consterné du gendarme, l'interrogatoire.

— Nous allons clore, capitaine, cette petite réunion. Vous resterez bien avec nous pour déjeuner n'est-ce pas ? Et vous monsieur Leek également ? J'ai oublié de vous signaler avec tout ça que j'ai joint votre hôtel en début de matinée. Vos affaires vont être transportées jusqu'à nous. Vous êtes mon hôte.

L'inspecteur resta un long moment interloqué. Tante Agatha, à qui rien n'échappait, sauta sur l'occasion pour ironiser :

— Et n'essayez pas de filer à l'anglaise, très cher. La proposition, somme toute forcée de notre hôtesse n'est pas négociable. Nous avons noté hier soir que vous étiez un grand amateur de bulles ?

— Jusqu'à hier soir, mes occasions d'en boire avaient été très rares, s'excusa-t-il pour ne froisser personne.

— Vous disiez déjà cela du cognac, mon cher, et on a vu le résultat. Mais vous le savez comme moi, le champagne est la boisson préférée des reines et des rois de notre vieille Angleterre. Sans parler de Churchill que j'ai eu le plaisir de côtoyer. Outre son goût très, très prononcé pour le whisky, le champagne avait aussi ses faveurs. Il avait même proposé à Odette Pol-Roger, lors d'un dîner à l'ambassade de Grande Bretagne en 1944, *de venir fouler les raisins de ses pieds nus.* Iriez-vous jusque-là ?

Leek fut sauvé par l'intervention du capitaine Nova qui déclina l'invitation à déjeuner et quitta la petite assemblée. Mais il eut le temps d'entendre avant de quitter le salon une question qui ne le concernait pas.

— Une coupe de champagne pour Scotland Yard ? proposait Jeanne Sandre sans mesurer l'impact de cette question dans le cœur de l'inspecteur.

Ce dernier sous le regard narquois de Tante Agatha se rappela avec émotion ses premiers pas d'enquêteur au pays du cognac.

CHAPITRE 8

Tout l'après-midi de vendredi, Leek tenta de tirer un enseignement des informations recueillies le matin même auprès du capitaine de gendarmerie. Si le déjeuner raffiné et servi avec un champagne millésimé avait dans un premier temps amoindri sa capacité de concentration, très vite cependant son esprit – grâce à une courte sieste – retrouva la clarté nécessaire à une bonne analyse des faits.

Une fois ses affaires, transférées depuis l'hôtel d'Épernay, rangées sur les étagères de sa nouvelle chambre de la propriété de la famille Sandre, il adressa à son collègue londonien un texto pour savoir si le nom de Lucas Sartis comptait parmi le cercle des relations d'Andrew Thomson. Pour terminer, il inscrivit ses impressions sur un petit bloc-notes à la couverture de cuir d'un brun patiné.

Pour un observateur curieux non aguerri, les signes griffonnés relevaient davantage de l'équation algébrique que d'un compte rendu rédigé dans la langue de Shakespeare : « Cruize + Sartis = 2 - 1 = 1 + (*x*) = (*y*) + (*x*) ? ». Mais pour Leek, ces chiffres et ces lettres constituaient les prémisses de la résolution de l'enquête.

Ensuite, il se souvint que le capitaine Charles Nova avait laissé planer le doute sur l'éventualité d'un suicide ou d'un meurtre de la viticultrice sans pour autant aborder la question du mode opératoire. Si de toute évidence, nous étions dans le cas d'un empoisonnement, restait à savoir quelle était la composition du poison.

Dehors le parc, agréablement caressé par le soleil chaud de cette belle journée d'été, invitait à la promenade. L'inspecteur jeta un œil à sa montre et s'aperçut que les aiguilles marquaient dix-sept heures. Il considéra qu'il était temps de prendre l'air et de rejoindre Tante Agatha et Clara Dévigne qu'il distinguait depuis la fenêtre de sa chambre en compagnie de leur hôtesse. Toutes les trois étaient attablées devant une tasse de thé et un large plateau où quelques gâteaux attendaient d'être savourés. Poussé par une gourmandise qu'il n'était jamais parvenu à réfréner, Leek sortit d'un pas alerte et rejoignit avec une légère excitation le trio.

En chemin, il remercia une fois de plus la dame de compagnie de la Reine Victoria, la duchesse de Bedford – lui-même étant originaire du Bedfordshire – pour sa charmante initiative d'instituer dès 1840 cette incontournable pause de l'après-midi : le célèbre *Tea time du five o'clock,* copié désormais par le reste du monde.

— Alors mon cher, lança à haute voix Tante Agatha à peine l'eut-elle aperçu, Scotland Yard a-t-il résolu cette abominable affaire de suicide ?

— Ou de crime, avança Clara Dévigne jusque-là très discrète.

Tante Agatha et Jeanne Sandre la regardèrent avec étonnement. Les réflexes professionnels de la journaliste étaient revenus au galop.

— Vous allez vite en besogne, ma très chère. Cette pauvre Helen a simplement eu à subir un chagrin d'amour dévastateur et ne l'a pas supporté, affirma l'octogénaire en posant son regard sur leur hôtesse qui s'était jusque-là abstenue de prendre part à la conversation.

— C'est un fait, intervint Leek. Nous manquons d'informations pour nous faire une idée précise des faits. Ce charmant capitaine Nova ne nous a certainement pas tout dit.

— Il a tout à fait l'allure d'un cachotier, adhéra Tante Agatha.

— Un *cachotier* ? interrogea Leek. C'est ainsi que vous qualifiez un gendarme en France ? Parce qu'il met des personnes au cachot ?

— Amusant, rebondit Tante Agatha avec un large sourire. Non parce qu'il nous fait des cachotteries, des mystères si vous préférez.

— Une information que l'on garde pour soi, précisa la journaliste amusée par la confusion.

Leek remercia de la tête la jeune femme pour son éclaircissement. Intérieurement, il appréciait son soutien. Elle lui rappelait par instant Mademoiselle Rose mais en beaucoup plus jeune... Pendant l'intermède qui suivit le quiproquo et alors que chacune le regardait avec amabilité, il prit délicatement un biscuit à la crème. Puis à l'adresse de Jeanne Sandre, il demanda d'une manière faussement ingénue :

— Êtes-vous sûre madame d'avoir tout dit au gendarme Charles Nova ? Absolument tout ?

Le sourire aux lèvres que l'intéressée conservait depuis quelques minutes s'estompa subitement. Visiblement elle ne tenait pas à s'exprimer sur ce point, cependant elle répondit :

— Que voulez-vous dire ? Que j'ai omis de rapporter tout ce que je savais sur la victime ?

— Sur votre amie et sur monsieur Lucas Sartis également. Il arrive que des détails nous échappent...

— Je ne vois pas où vous voulez en venir monsieur l'inspecteur.

— Voyez-vous mon jugement sur cette affaire est le suivant : si madame Helen Cruize a succombé au charme de monsieur Sartis, il y a fort à parier que celui-ci possède un... comment dire ?... Un savoir-faire en la matière.

— Vous sous-entendez que cet individu est un coureur de jupons ? demanda Tante Agatha, titillée par le tour que prenait la discussion.

Sans prêter attention aux propos qui venaient d'être proférés, mais qui allaient dans son sens, Leek poursuivit :

— On ne peut pas écarter l'idée que ce monsieur Lucas Sartis soit un séducteur. Son objectif n'étant pas seulement de séduire des femmes, mais plus sûrement de mettre la main sur leurs biens. Ce qui signifie, à mon sens, que cet homme a essayé non seulement d'obtenir les faveurs de madame Cruize, mais qu'il a certainement aussi recherché d'autres proies.

— Quel est le moteur de ce personnage guère recommandable ? questionna Tante Agatha. Le sexe ? L'argent ? La réussite sociale ?

— Peut-être que madame Sandre est capable de vous répondre, insinua l'inspecteur. Je suis sûr qu'elle a un avis sur le sujet.

Incapable de se défiler, Jeanne Sandre chercha ses mots. Puis, comme si elle venait de penser à un fait nouveau, elle évoqua l'attitude parfois désinvolte de l'individu :

— Il est vrai que Lucas… enfin je veux dire… Lucas Sartis se montrait parfois trop séducteur à mon goût avec les femmes de mon club…

— Et avec vous-même sans aucun doute, suggéra Leek sans prendre de gants.

— Oui… enfin… C'est certain. Je n'y pensais plus. Vous avez raison. Parfois, lorsqu'Éric était absent pour ses affaires, il faisait en sorte de s'isoler avec moi lors de réceptions pour me chuchoter des mots galants. Mais ce n'était qu'un jeu de sa part. Je suis persuadée que son amour pour Helen était sincère.

— Mais vous ne le savez pas vraiment, conclut l'inspecteur. Vous le supposez. Vous l'espérez pour votre amie. Pourtant vous possédez la preuve que, souvent, il regardait ailleurs.

Une lueur vive apparut dans le regard de Clara Dévigne. La journaliste sortit définitivement de la léthargie dans laquelle elle était tombée depuis son arrivée en Champagne.

— Peut-on alors supposer que monsieur Lucas Sartis ait eu une maîtresse parmi les membres de votre club ?

Jeanne Sandre la regarda étonnée puis tourna la tête vers Leek. Celui-ci n'avait pas osé poser la question directement et se montra très satisfait de l'intervention de Clara Dévigne.

— Ce n'est pas impossible… Je n'avais pas imaginé ce cas de figure. Puis en fixant l'inspecteur elle ajouta : c'est la raison pour laquelle, je n'ai pas abordé ce sujet avec le capitaine Nova.

— Bien sûr, madame, renchérit avec douceur Leek. Il arrive souvent que la vérité dont nous sommes témoin échappe à notre analyse. Nous ne lui prêtons pas toujours l'attention qu'il faudrait.

Quelques secondes passèrent avant que l'inspecteur osa conclure avec délicatesse sur le sujet.

— Je me propose d'alerter le capitaine de gendarmerie sur le portrait que nous venons de dresser de Lucas Sartis et sur l'éventualité d'une liaison avec une adhérente de votre association. Je pense qu'il appréciera notre collaboration.

D'une façon inattendue, Clara Dévigne se rapprocha de l'inspecteur. Elle affichait l'air réjoui d'une étudiante venant de décrocher une bonne note à un examen. En veillant à ne pas être entendue, elle le félicita pour sa clairvoyance et lui suggéra que *Madame Sandre était peut-être moins innocente qu'elle en avait l'air.* Ce à quoi Leek lui murmura qu'il avait écarté d'entrée cette éventualité : *Elle a été certes flattée, sans plus, par les marques d'intérêt de cet individu. Si une quelconque relation avait existé entre eux, son comportement depuis la découverte du corps aurait été totalement différent.*

Tante Agatha les observait du coin de l'œil. Cette connivence nouvelle entre ses deux compagnons de voyage la ravit. Décidément, ce séjour prenait un tour particulier. Une victime, un gigolo en cavale, une présidente de club au cœur d'une enquête et maintenant une alliance entre un représentant britannique de la loi et une journaliste. Les conversations à venir se présentaient sous les meilleurs auspices. Elle adorait, plus que tout au monde, les potins scabreux partagés entre amis.

Satisfait de sa prestation, Leek informa au téléphone le capitaine Nova du contenu de sa discussion de l'après-midi. Bien qu'il craignît une mauvaise réaction du gendarme pour cette intrusion d'un représentant du Yard dans l'enquête, il fut au contraire agréablement surpris.

— J'avais été prévenu, déclara le capitaine, après avoir sagement écouté les informations fournies par l'inspecteur.

— Prévenu ? Comment cela ?

— Quand j'ai appris votre fonction au sein de la police britannique, j'ai pris mes renseignements auprès de mes collègues de Bordeaux puis d'Angoulême et enfin de Cognac. Adèle Lenormand m'a dressé un portrait flatteur de votre personne. Je savais que vous vous impliqueriez dans l'enquête. C'est donc chose faite.

— Je suis très heureux d'entendre le nom d'Adèle Lenormand. Une femme adorable et une gendarme d'un professionnalisme scrupuleux.

— Mais dites-moi monsieur Scotland Yard, vous-même, vous ne m'avez pas tout dit. Quelle est la raison de votre présence ici ?

— Leek réfléchit un instant avant de répondre. Mais son réflexe professionnel prit le dessus :

— Le simple plaisir de partager un court séjour dans le monde du champagne en compagnie de Tante Agatha et de son amie Clara Dévigne.

— Clara Dévigne est une journaliste tenace, m'a rapporté Adèle Lenormand. Elle ne lâche jamais le morceau.

— Le *Meursault* ? Mais ce n'est pas la région et je ne pense pas que mon amie...

— Non, le coupa le capitaine Nova. Je voulais dire simplement qu'elle est très sérieuse dans son travail.

Amusé lui-même par la confusion, Leek s'excusa et la communication téléphonique se poursuivit quelques minutes sur un ton amical. Avant de raccrocher, le capitaine Nova lui déclara *être preneur d'autres infos du même genre.*

David Brown, quelques minutes plus tard, apporta des nouvelles de première main. Très excité, sa voix un ton trop fort manqua de percer le tympan de l'inspecteur qui éloigna promptement le combiné de son oreille. Grâce à ses relations dans et hors de Scotland Yard, Brown se targuait d'avoir pu obtenir des indications sur les fréquentations d'Andrew Thomson. Leek lui demanda une courte pause pour aller chercher son bloc-notes puis il reprit son téléphone portable.

Au même moment, une notification sonore lui signala la réception d'un document. Brown venait de lui envoyer des photos d'Andrew Thomson. Souvent débraillé, les cheveux en bataille, l'air hagard et quelques rares fois en smoking, la mine morose, le fils de lord traînait son ennui.

— Il te plaît le fils à papa ? demanda David Brown. Bon, je te fais le topo.

Effectivement, Lucas Sartis faisait partie du cercle des amis d'Andrew. Il se pouvait même que le second eût hébergé, à plusieurs reprises, le premier lors de ses passages à Londres. Selon la rumeur, le mode opératoire du Français était simple comme bonjour : élégant et beau parleur, il séduisait de riches femmes – veuves de préférence – et en tirait tout le profit possible puis, une fois le résultat obtenu, il partait vers de nouvelles conquêtes.

— Ça ne m'étonnerait pas, avança Brown, qu'il se soit lié d'amitié avec Andrew Thomson pour le plumer ou plumer des femmes de son entourage. D'ailleurs la dette de jeu au poker du jeunot n'est peut-être pas le fruit du hasard. Il s'est fait essorer abusivement sans s'en apercevoir.

Ce n'était pas impossible, pensa Leek.

— Mauvaise nouvelle, Andrew Thomson est sorti des radars. Et on ne sait pas qui il devait rencontrer à Paris.

— Dommage, conclut Leek. Si une connexion existe entre Sartis et Andrew, il est possible que le premier ait intimé l'ordre à son débiteur d'utiliser la même méthode de séduction que lui pour se procurer de l'argent auprès de veuves isolées et ainsi le rembourser. Andrew Thomson – bien que guère souriant – est un beau gosse selon les clichés que tu m'as envoyés.

— Ouais, admit Brown. Je ne suis pas le mieux placé pour donner mon avis.

— D'ailleurs, tu m'as bien dit la dernière fois au téléphone qu'Andrew a arrosé son pot de départ pour la France avec du champagne ?

— Exact !

— Alors c'est bien en Champagne que tout va se dérouler. Notre fils de lord doit en ce moment même, conseillé par Lucas Sartis, dresser une liste de femmes à séduire. Il me faut demeurer en éveil sur le moindre ragot colporté dans cette région à propos d'une relation sentimentale d'un Anglais avec une riche héritière.

— Mon Dieu comme je te plains. Être obligé d'enquêter, entouré de femmes riches et célèbres, écouter aux portes, surveiller les allées et venues, rester réceptif à la plus petite défaillance sentimentale, subir les caprices des unes et des autres, devenir le confident de ces dames, et…

Malgré son devoir de réserve, Leek ne résista pas à détailler les conséquences qui découleraient d'un acte répréhensible du jeune anglais. Cependant, il fit semblant d'en découvrir seulement l'ampleur.

— À partir de ce que tu viens de me révéler, David, ma mission prend une autre dimension. La réputation d'un membre de la Chambre des lords est en jeu et les suites en seraient désastreuses pour Buckingham Palace. Les tabloïds s'empareraient immédiatement de l'affaire en faisant un lien bidon avec Sa Majesté Charles III qui, je te le rappelle, est un grand amateur de champagne.

Flatté par ces propos, David Brown abandonna le ton de la plaisanterie. Il espérait des explications sur la façon dont l'inspecteur entendait désormais mener sa mission. Mais Leek se contenta de rester dans le vague et se garda d'aborder le risque d'escroquerie aux *Royal Warrants.*

Les dernières informations recueillies sur Andrew Thomson confirmaient donc la thèse de son *chief surperintendant* John Mackenzie : le terrain de jeu du jeune écervelé pour éponger ses dettes était bien la Champagne. Restait à savoir comment il s'y prendrait ?

CHAPITRE 9

Samedi 24 juin 2023

Le Range Rover suivait les courbes de la route départementale qui serpentait tranquillement parmi les vignobles. La climatisation réglée sur 22° apportait une fraîcheur bienveillante face aux 30° que le soleil imposait à l'extérieur.

La conversation de la veille avec David Brown continuait à tourner dans la tête de Leek tandis qu'il roulait en direction d'Épernay où il devait rencontrer le capitaine Nova. Ce dernier lui avait donné rendez-vous afin de mieux cerner la personnalité de Lucas Sartis et d'évoquer l'éventualité d'une autre relation féminine entretenue par ce dandy au sein du club de vigneronnes.

À son arrivée, à 11h, l'accueil au 2 avenue de la Martinique fut très réglementaire. Avant de parvenir jusqu'au bureau de Charles Nova, il fallut subir un parcours du combattant. D'abord décliner son identité devant un portail blanc puis se stationner sur un parking étroit pour pénétrer ensuite dans un bâtiment discret gris décoré de bandes mauves. À l'intérieur, un planton releva son identité et après lui avoir jeté un coup d'œil soupçonneux composa le numéro du poste téléphonique du capitaine. À aucun moment, Leek n'évoqua sa qualité d'inspecteur de Scotland Yard.

Le visage courtois du capitaine l'accueillit en haut de l'escalier qui menait au premier étage. Nul doute que le portrait brossé par la capitaine Lenormand de Cognac y était pour quelque chose.

— Un inspecteur du Yard dans nos locaux. C'est historique, dit-il, la mine ravie.

Leek apprécia l'amabilité de l'accueil et le suivit jusqu'à son bureau. La discussion commença sur un ton badin puis dévia vers le sujet qui les préoccupait tous les deux. L'inspecteur lui répéta ses propos de la veille. À savoir qu'il était probable que Lucas Sartis eût noué une relation sentimentale avec une autre femme liée, d'une façon ou d'une autre, à sa maîtresse, Helen Cruize, retrouvée morte à son domicile. La thèse du suicide se précisait.

Le capitaine, très concentré, se garda d'interrompre son homologue. Les suppositions rapportées le confortaient dans son jugement qu'il ne tarda pas à formuler.

— Ce que vous me dites va dans le sens du rapport du médecin légiste que je viens de recevoir ce matin. Madame Helen Cruize n'a pas été victime de violence. Aucune trace de coup n'a été découverte sur le corps. Pas de marques sur les bras ou le visage, pas de griffures, rien. Tout semble indiquer qu'elle a volontairement absorbé la boisson à l'origine de son décès.

— Du poison dans le thé n'est-ce pas ? De l'arsenic ou quelque chose d'approchant peut-être ?

— Effectivement. Enfin presque. Elle a mélangé du pesticide utilisé autrefois pour les vignes à son thé qu'elle a volontairement sucré afin d'en couvrir l'amertume.

— De l'arsénite de sodium sans doute, suggéra Leek. Mais ce dangereux composant n'est-il pas aujourd'hui interdit par la loi ?

— La réputation de Scotland Yard n'est pas vraiment usurpée ! s'extasia le capitaine Nova. Oui, effectivement l'arsénite de sodium a été interdit en France en 2001. Bien que les viticulteurs l'aient écarté rapidement, il est possible que des stocks subsistent ici ou là. Mais comment l'aviez-vous deviné ?

— J'avais noté des taches rouges et quelques marbrures blanches sur ses ongles lors de ma découverte du cadavre. D'autre part, la position de son corps indiquait des convulsions d'une extrême tension caractéristique des conséquences de l'arsenic sur l'organisme.

— Tout porte à croire dans ces conditions à un suicide, conclut le gendarme. L'annonce d'une rupture est probablement à l'origine de la mort de la malheureuse Helen Cruize. Lucas Sartis lui a indiqué qu'il en aimait une autre. Elle ne l'a pas supporté. Et voilà le résultat.

En son for intérieur, Leek adhérait à cette analyse, mais quelque chose qu'il ne parvenait pas à définir brouillait sa perception des faits. Dans sa carrière il avait été souvent confronté à des suicides faisant suite à une séparation. Et, dans le cas présent, l'âge avancé de la victime avait sans doute augmenté la désespérance.

Pourtant si la méthode de l'empoisonnement, très commune chez les femmes, pouvait effectivement laisser supposer un motif sentimental, une impression ressentie sur le lieu du drame – dont l'inspecteur était incapable de définir la cause – semait le trouble dans son esprit.

— Vous me semblez dubitatif, avança le capitaine Nova. Le suicide ne vous convient pas.

— Précisément, il me convient, mais le mobile de ce suicide tel que nous le concevons ne me paraît pas entièrement acceptable. Et cette bouteille de champagne trouvée sur place qu'en pensez-vous ?

— Un invité devait la rejoindre peut-être. Vous imaginez un autre mobile ? Nous avons tout fouillé. Les comptes financiers sont florissants, la maison de champagne possède une excellente notoriété et elle a attaqué récemment le marché asiatique. Avec succès, semble-t-il.

Le visage de Leek exprimait un profond scepticisme. Il porta son regard sur la décoration dépouillée du bureau et nota sur une étagère quelques ouvrages sur le champagne. Une affiche entre deux fenêtres annonçait un circuit de vieilles automobiles à travers le vignoble champenois. Et sur le bureau du capitaine, il constata l'absence d'un portrait de famille ou d'un objet quelconque pouvant lui rappeler la chaleur d'un foyer aimant.

— Il faut creuser la piste d'une maîtresse parmi l'entourage de madame Sandre, reprit le capitaine. Elle-même n'a fait aucune allusion à une personne en particulier ?

Leek fit *non* de la tête. Cependant, il n'était pas convaincu que la présidente lui eût vraiment tout dit. Protégeait-elle la réputation d'une amie ?

*

Depuis le début de la matinée, Tante Agatha, intriguée par la perspective d'une seconde maîtresse ayant succombé aux charmes de Lucas Sartis, s'était donné pour objectif d'en savoir plus auprès de son hôtesse. Hélas, malgré tous ses efforts, elle n'était pas parvenue à lui arracher le moindre indice et, à bout de ressources, lui avait demandé de l'aider à la rédaction des statuts de l'association qu'elle comptait fonder en Charente.

À onze heures, les deux femmes s'installèrent devant une tasse de thé dans la véranda donnant sur le parc et passèrent leur temps à régler les détails administratifs du futur club. Au détour d'un échange, Tante Agatha tenta une digression plus ou moins heureuse.

— On ne connaît jamais vraiment les personnes avec lesquelles nous pensons être amies, se lamenta-t-elle. Nous ne sommes jamais à l'abri d'une révélation.

Par politesse, Jeanne Sandre acquiesçait en attendant la suite.

— Ainsi, par exemple, pour en revenir à notre affaire, une de vos adhérentes, Helen, a mené une aventure sentimentale avec ce Lucas Sartis, un personnage peu recommandable. Et je suis persuadée que vous ne l'avez pas appris immédiatement.

— Oui, cela est exact, précisa la présidente guère encline à poursuivre la discussion sur ce terrain.

— Quant à une nouvelle conquête de Lucas Sartis, peut-être qu'une de vos amies y a fait allusion et vous n'y avez pas prêté attention. Cela arrive souvent lorsqu'on est très occupée.

Constatant que la discussion était dans une impasse, et après quelques secondes de silence, Tante Agatha ajouta :

— Bon, quand aurais-je le plaisir de rencontrer l'ensemble du club ?

La présidente promit de réunir les adhérentes dans les jours prochains afin d'accueillir comme il se devait une future association amie. *Un apéritif dînatoire fera l'affaire,* minauda Tante Agatha, *je ne suis pas aussi importante que cela.*

De son côté, Clara Dévigne n'était pas restée inactive non plus. Aussitôt après avoir abandonné Tante Agatha à son projet de rédaction des statuts de sa future association avec Jeanne Sandre, elle se rendit au domicile de la victime Helen Cruize. Elle prétexta à un membre du personnel qui lui indiquait que la propriété n'était pas ouverte à la visite pour des raisons familiales, qu'elle avait fait sept cents kilomètres pour effectuer un reportage destiné à la presse nationale.

Sa simplicité et son charme l'emportèrent autant que l'argument. Le gaillard d'un bon mètre quatre-vingt qui lui barrait le passage l'invita à le suivre. Il se présenta comme le chef de cave et lui demanda de l'appeler Rémy. À partir de ce moment, le duo arpenta avec une note de complicité les installations rassemblées dans de vastes locaux. L'homme prit son rôle de pédagogue très au sérieux et expliqua à la journaliste les différentes étapes d'élaboration du précieux breuvage : le pressurage, la fermentation, l'assemblage, le tirage, le vieillissement, le remuage, le dégorgement et le dosage. Ils traînèrent ensuite un long moment devant la chaîne d'embouteillage qui, à cette heure, n'était pas en service.

Autour d'eux, quelques personnes s'affairaient à déplacer du matériel, à ranger des bouteilles ou à nettoyer des traces sur le sol. Rémy ne tarissait pas de précisions sur l'importance de chaque détail d'élaboration du *Vin des Rois*. Clara Dévigne l'écoutait et prenait des notes tout en préparant quelques questions liées au décès de la propriétaire des lieux et à son amant. Enfin quand elle se sentit prête, elle se jeta à l'eau.

— La mort de madame Helen Cruize va rendre maintenant incertain l'avenir de cette maison de champagne, n'est-ce pas ?

— Oui, bien entendu, s'accorda-t-il à dire, surpris de la question directe de la journaliste.

— D'autant que l'absence de son compagnon, Lucas Sartis, va ralentir l'organisation au quotidien.

Le visage du chef de cave se rembrunit soudainement. Le nom de Lucas Sartis parut provoquer chez lui une poussée d'adrénaline.

— Celui-là…, commença-t-il à dire, mais il n'alla pas plus loin.

— Il n'est pas du métier, supposa d'une manière ingénue la journaliste.

— Pas du même métier que nous en tout cas, réagit-il. Mais je préfère ne pas en parler. La patronne avait ses amis et il ne me revient pas de les juger.

Habilement, Clara Dévigne utilisa tout le charme féminin en sa possession pour montrer que, d'ores et déjà, elle était du côté du chef de cave. Insistant sur le fait *que le champagne ne pouvait pas être laissé entre les mains de n'importe quel amateur* et *qu'être chef de cave relevait du rôle de défenseur des traditions champenoises.* Ces propos eurent rapidement l'effet escompté et Rémy, un temps bougon, revint à de meilleurs sentiments. La jeune femme en profita pour relancer la conversation sur le positionnement de Lucas Sartis au sein de la maison de champagne.

— Rien de clair, assura Rémy. Il faisait semblant de s'intéresser au vignoble, mais ça ne prenait pas avec moi. La seule chose qui l'intéressait, c'était de traîner ici et là et de regarder les chiffres comptables dans un bureau qui lui avait été attribué. Il n'a même pas été fichu de prévenir les gendarmes quand un important stock d'étiquettes nous a été volé.

— Un stock d'étiquettes ? Pourquoi volerait-on un stock d'étiquettes ?

— Qu'est-ce que j'en sais moi ? Des milliers d'étiquettes envolées, rendez-vous compte.

Et soudain, il se tut. Enfermé dans une colère intérieure suscitée par les allusions à la personnalité de Lucas Sartis. De toute évidence, le courant n'était jamais passé entre les deux hommes. L'amant de la patronne ne s'occupait de rien et cette situation agaçait le chef de cave qui se dévouait corps et âme à son activité. Clara

Dévigne laissa passer quelques minutes avant de tenter une dernière question.

— Ce Lucas Sartis qui n'y connaissait rien recevait des amis ici ?

— Oui, des drôles d'hurluberlus à qui je n'aurais jamais prêté ma voiture.

— À ce point ? Et madame Helen Cruize recevait beaucoup ?

— Oh, non. Ce n'était pas son genre. Exceptés les deux ou trois individus amenés ici par monsieur Sartis, personne d'autre ne passait sa porte.

— Elle ne s'ennuyait pas toute seule ?

— Non pas du tout. Mais ces derniers temps, elle était devenue triste. Elle se désintéressait de tout et la venue des amis de son compagnon, articula-t-il avec difficulté, l'agaçait prodigieusement. Leurs mauvaises manières et leur consommation excessive d'alcool et de drogue la rendaient furieuse.

Clara Dévigne comprit qu'elle n'en saurait désormais guère plus. D'ailleurs Rémy – elle n'avait pas encore eu l'idée de lui demander son nom de famille – avait l'esprit ailleurs. Il regarda sa montre et s'excusa de ne pouvoir poursuivre plus longuement la visite. La journaliste prit congé et dans un réflexe professionnel classique le remercia pour ses informations et promit de le tenir au courant de la parution de son reportage.

Il la raccompagna sur une dizaine de mètres et lui indiqua d'un geste de la main la sortie située plus loin, après le stockage de milliers de bouteilles vides qui attendaient une fois remplies de finir leur existence sur une jolie table de fêtes de fin d'année, un bureau d'entreprise, les coulisses d'un théâtre ou une cérémonie quelconque. Partout où l'être humain qui avait quelque chose à fêter partageait avec des proches ces bulles magiques.

Ses talons claquaient sur le béton du sol. Clara Dévigne marchait d'un pas décidé vers la large porte indiquée par le chef de cave. Dans son dos, elle entendait encore le tintement du verre provoqué par la manipulation des casiers. Soudain, un bruit de moteur très proche la fit sursauter. Elle s'arrêta pour prêter l'oreille, mais ne perçut que le ronron tranquille d'un Clark qui s'apprêtait sans doute à récupérer une palette de bouteilles vides pour la rapprocher de la chaîne d'embouteillage. D'où elle était, elle ne voyait rien, elle devinait seulement.

Elle poursuivit son chemin en direction de la sortie et prit garde, sur sa droite, à une allée menant à une autre partie du hangar. Elle hésita à aller y jeter un coup d'œil et préféra finalement quitter les lieux. Un sentiment d'insécurité venait subitement de l'envahir. Au moment où elle reprit sa marche, le bruit du moteur, perçu quelques secondes plus tôt, devint de plus en plus proche. Elle accéléra l'allure, mais un cri puissant derrière elle la fit sursauter. Le temps de se retourner, elle eut juste le temps de bondir sur le côté pour éviter le chariot élévateur qui la frôla. Elle finit sa course assise, les genoux en sang sur le sol bétonné.

Dans son dos, un bruit de pas précipités se rapprochait. C'était Rémy qui, en même temps qu'il traitait de tous les noms d'oiseaux le conducteur du Clark, lui demandait si elle était blessée. Une explication très vive s'engagea entre les deux hommes. Il y était question pour l'un de l'éclairage défaillant dans cette partie de l'entrepôt et pour l'autre de l'absolue obligation de contrôler son engin.

Pendant ce temps-là, la journaliste qui tentait de recouvrer ses esprits se redressa tant bien que mal de sa position. Une douleur dans la cuisse gauche lui fit comprendre qu'il fallait s'attendre à un bleu dans les prochains jours. Quelques gouttes de sang s'écoulaient sur sa jambe droite qu'elle essuya avec un mouchoir. Avec difficulté, elle posa délicatement son pied gauche nu sur le béton. Sa chaussure avait valsé quelques mètres plus loin.

Enfin, rouge de confusion, Rémy se tourna vers sa visiteuse. Mais avant de terminer définitivement sa discussion houleuse avec le conducteur du Clark, il lui signifia une convocation pour le lendemain à son bureau. L'homme, penaud, s'excusa enfin de sa maladresse.

— Ce n'est rien, crut nécessaire de plaider Clara Dévigne, pour minimiser l'incident. J'aurais dû faire attention. Et elle envoya un large sourire à l'individu dépité.

— Cela aurait pu mal se terminer, lâcha le chef de cave encore sous le coup de la colère. Ce jeune écervelé vient tout juste d'être embauché. C'est Lucas Sartis qui nous l'a recommandé, il y a deux mois. J'aurais dû y regarder à deux fois avant d'accepter de signer son contrat de travail.

CHAPITRE 10

La visite à la gendarmerie ayant duré plus longtemps que prévu, Leek n'avait pas eu le courage d'affronter un restaurateur local qui lui aurait indiqué avec suffisance *que passé 13h le service du midi était terminé.* Aussi avait-il tiré un trait sur son déjeuner.

De retour dans la propriété de la famille Sandre, profitant du fait de ne rencontrer étonnamment personne, il se laissa aller à une sieste dans le calme de sa chambre. Ce qui l'amena jusqu'à l'heure du *five o'clock tea.*

Le thermomètre frôlait les 28° à l'extérieur et les trois femmes avaient préféré fuir la véranda pour la pénombre du salon. Une fois dans la large pièce aux lourds rideaux tirés, Leek ressentit immédiatement une ambiance tendue inhabituelle. La perspective de nouveaux ennuis le chagrina d'autant qu'il comptait bien rattraper son déjeuner raté avec quelques pâtisseries.

Dans son dos, la pendulette en bronze posée sur le manteau en marbre de la cheminée brisa le silence pesant qui régnait dans le salon cossu. Cinq tintements distincts sonnèrent l'heure de la tradition.

La première à réagir fut Jeanne Sandre.

— Mon Dieu, déjà dix-sept heures ! Mais que fait-elle donc…

La question resta en suspens. Une jeune femme d'une trentaine d'années en tablier blanc venait de pénétrer dans la pièce en poussant un chariot de service sur lequel trônaient un service à thé et plusieurs assiettes de desserts.

— Angélique, que ferais-je sans vous ? interrogea à haute voix la propriétaire des lieux.

— La suite va arriver, précisa cette dernière à l'intention de ses invités, un sourire de satisfaction sur les lèvres.

— La suite ? demanda Tante Agatha avec curiosité.

— Oui, ma chère. Nous sommes entre amis et pour célébrer votre visite, j'ai décidé de vous offrir un *Tea Time* au champagne à l'instar de celui servi au Great Scotland Yard Hôtel de Londres à l'occasion du Jubilé de la regrettée Reine Élisabeth II en 2022.

— Une attention très délicate, apprécia Tante Agatha, n'est-ce pas inspecteur Leek ?

Ému par l'initiative, subjugué par l'opulence des mignardises et des pâtisseries, l'intéressé n'eut pas le loisir d'entendre la question car dans le même temps, le bruit de roulement d'un second chariot attira son attention. Trois pyramides de petits sandwiches au saumon fumé et au caviar entouraient deux seaux à glace dans lesquels des bouteilles de champagne étaient maintenues à la température idéale de dégustation.

À ce moment précis, Arthur Leek comprit que le respect des traditions britanniques était un rempart éternel à la folie et à la violence des hommes. Durant l'heure qui suivit, la discussion porta sur l'incroyable personnalité de la Reine Élisabeth II et sur son successeur Sa Majesté Charles III. Enthousiaste, l'inspecteur évoqua quelques souvenirs professionnels liés à la Reine.

— Vous est-il arrivé de l'approcher de près ? s'enquit Clara Dévigne, le regard admiratif.

— Oui, effectivement. J'ai été pendant un temps affecté à la sécurité de Buckingham Palace, répondit-il, avec un brin d'orgueil.

Il dirigea son regard en direction du parc qu'il découvrait à travers la fenêtre pour cacher son trouble. Dans sa tête, des images surgirent de la petite dame menue en tailleur de couleur vive dont l'aura rayonnait encore – au-delà de sa mort – sur tous les continents

Avec délicatesse, Jeanne Sandre l'interrompit dans ses pensées. Quatre flûtes de champagne venaient d'être servies par Angélique. De fines bulles se dirigeaient en file indienne vers la surface pour former une fine couche de mousse légère à l'œil.

— Vous apprécierez sans doute une coupe de champagne en mémoire de Sa Majesté ?

— Ah, oui le *Tea Time du Jubilé* au champagne, souligna-t-il et ses lèvres se rapprochèrent de façon cérémonieuse du bord du verre.

Il savoura avec lenteur le *Vin des Rois* et dédia chacune de ses gorgées à un membre de la famille royale. À partir de cet instant, il considéra que le champagne constituerait à l'avenir une forme de lien secret entre la famille royale et sa personne.

Durant cette parenthèse, il sembla que les événements de ces dernières heures avaient été oubliés. Mais c'était sans compter avec l'opiniâtreté de Tante Agatha. Depuis plusieurs minutes, son attention s'était détachée de la conversation. À plusieurs reprises, elle refusa les gourmandises proposées par son hôtesse, mais ce fut toujours avec plaisir qu'elle accepta une flûte de champagne. Enfin, elle s'exclama :

— Tout de même, vous me l'accorderez, mourir de cette façon quand on est à la tête d'un domaine champenois florissant, c'est tout de même bizarre.

Les convives se tournèrent vers elle avec surprise, mais très vite ils abondèrent dans son sens. Helen Cruize avait tout pour être heureuse. La fortune, la notoriété et depuis six mois l'amour. Du moins, c'était ce qu'il ressortait des témoignages recueillis auprès de son entourage.

— Pourquoi se donner la mort lorsqu'on est heureuse ? renchérit Tante Agatha, satisfaite de son effet sur ses amis. Et d'ailleurs, peut-on réellement bâtir une relation amoureuse en six mois ?

— Était-elle vraiment heureuse ? interrogea Clara Dévigne. Qui le sait avec exactitude ?

Elle rapporta ensuite l'incident de la matinée survenu avec le Clark lors de sa visite du domaine et répéta les allusions peu flatteuses du chef de cave à l'encontre de l'amant de la propriétaire.

— À propos de ce conducteur de Clark maladroit, le chef de cave m'a dit textuellement : *C'est Lucas Sartis qui nous l'a recommandé il y a deux mois. J'aurais dû y regarder à deux fois avant d'accepter de signer son contrat de travail.* Je peux vous assurer qu'il ne porte pas ce Lucas dans son cœur. Il le considère comme un profiteur.

Leek demeura songeur. Dans son esprit, tout désignait effectivement ce monsieur Sartis comme un parasite venu profiter de la faiblesse d'une veuve.

— Ce n'est pas tout, reprit Clara Dévigne, le même chef de cave m'a précisé qu'Helen Cruize semblait triste ces derniers temps et qu'elle se désintéressait de tout. Elle ne supportait plus les amis bruyants et portés sur la bouteille du dénommé Lucas.

Ces nouveaux éléments résonnèrent comme une révélation dans l'esprit de Tante Agatha. Soucieuse de ne pas paraître inconvenante, elle évoqua avec douceur le souvenir d'une ancienne relation à elle dont personne n'avait jamais soupçonné la profonde tristesse et qui s'était donné la mort.

— Le malheur des autres nous échappe souvent, conclut-elle, car nous nous satisfaisons du superficiel. Nous entendons, mais nous n'écoutons pas.

— C'est exact, acquiesça Clara Dévigne. Si vous saviez combien de questions il me faut parfois poser pour obtenir des réponses circonstanciées.

— Tout le monde n'est malheureusement pas journaliste, souligna Tante Agatha. Puis se tournant vers Jeanne Sandre, silencieuse depuis plusieurs minutes, elle lui demanda : vous-même n'avez rien vu venir ?

Leur hôtesse parut subitement gênée par la tournure de la discussion. Son regard chercha une réponse adéquate sur le tapis à ses pieds, joliment décoré de volutes de couleurs, mais n'en trouva pas. Elle leva les yeux et observa l'inspecteur Leek. Elle tenta de mesurer l'impact de ses propos à venir pour la suite de l'enquête. Un sentiment de culpabilité l'envahissait.

Habitué aux interrogatoires, l'homme du Yard n'exprima aucune réaction susceptible d'influer sur le cheminement de la pensée de cette femme qu'il savait torturée par des souvenirs. Sa longue expérience lui permettait de déceler avec précision quand la vérité s'apprêtait à surgir.

— Helen n'était effectivement pas heureuse ces derniers temps, commença-t-elle en cherchant un peu de compréhension dans les yeux de ses invités.

— *L'amour est une fumée faite de la vapeur des soupirs*, intervint Leek en citant Shakespeare à la surprise générale.

Il espérait ainsi rendre la vérité moins difficile à exprimer.

— Inspecteur, suggéra Tante Agatha, laissez ce bon William où il est et permettez à notre chère Jeanne de nous en dire plus.

— Helen, murmura leur hôtesse d'une voix lasse, a compris au bout de plusieurs mois la motivation première de son amant... L'amour l'avait rendue longtemps aveugle et elle n'avait jamais attaché d'importance aux rumeurs malveillantes qui couraient sur Lucas Sartis. Pourtant il a bien fallu se rendre à l'évidence, il y a quelques semaines quand...

Elle eut du mal à poursuivre. Les mots ne sortaient pas. Elle savait que son témoignage entacherait l'honneur de son amie décédée.

— Quand ? demanda l'inspecteur sur un ton neutre.

— Quand elle a appris... l'escroquerie dont elle a été victime. De quoi la ruiner et ruiner sa réputation.

— Lucas Sartis est donc bien un gigolo doublé d'un escroc, affirma Tante Agatha comme je le supposais.

— En quoi a consisté son escroquerie ? interrogea Leek.

— Je ne sais pas si je peux le dire ici…

— Madame, reprit l'inspecteur, vous pouvez attendre la présence d'un représentant de la loi pour vous exprimer. Je ne suis pas habilité ici en France pour prendre en considération votre témoignage. Souhaitez-vous que je convie le capitaine de gendarmerie Charles Nova à nous rejoindre ?

— Non. Plus tard. Je vous dois d'abord la vérité à vous mes amis que j'ai accueillis dans ma demeure.

Elle alla chercher dans la manche de son chemisier un petit mouchoir blanc qu'elle porta rapidement à sa joue pour essuyer une larme.

— Il y a de cela une semaine, mon syndicat professionnel a été informé d'une escroquerie comme il en arrive quelques rares fois dans notre milieu. Du champagne de mauvaise qualité a été embouteillé et vendu sous une étiquette emblématique. Celle justement du domaine viticole d'Helen Cruize. La fraude a porté sur des millions d'euros. L'essentiel de la production est parti sur le marché chinois. Tout s'est déroulé dans la propriété de mon amie, en cachette et de nuit. Elle n'a été au courant de rien.

— Voilà donc l'origine du vol d'étiquettes, expliqua Clara Dévigne, dont m'a parlé le chef de cave ce matin. Et elle n'a jamais eu le moindre soupçon ?

— Non absolument pas. Lucas a toujours été un charmeur. Quand je l'ai informée, elle a refusé d'imaginer que la malversation pouvait provenir de son domaine. Elle a cru à une cabale contre son amant qui se montrait extrêmement attentionné avec elle.

— Et vous n'avez pas prévenu la gendarmerie ? questionna Leek.

— Non. Tout s'est déroulé dans un laps de temps très court. Quand elle a accepté l'évidence, elle m'a demandé un délai de quarante-huit heures avant d'informer les gendarmes. Elle était tellement bouleversée que j'ai accepté. Sans doute ai-je eu tort, car elle serait encore en vie…

— Non, madame, la coupa Leek. Le choc a été très violent. Les témoignages concordent à dépeindre Helen Cruize comme une femme honnête et sincère. Le délai de deux jours qu'elle vous a réclamé lui était indispensable pour mettre fin à sa relation avec son amant et se préparer à affronter la justice.

— Vous n'avez rien à vous reprocher, très chère, insista Clara Dévigne.

— Il nous reste toutefois à définir les circonstances de sa mort, poursuivit Leek.

— Elle n'a pas pu supporter la douleur et s'est suicidée que voulez-vous de plus ? s'insurgea Tante Agatha. Inutile d'en savoir plus.

— Un suicide donc ? s'interrogea à haute voix la journaliste.

— Helen Cruize perdait, précisa l'inspecteur, à la fois un amour dans lequel elle s'était projetée de manière passionnelle et d'autre part sa réputation et son entreprise. C'était trop à supporter. Cependant j'aimerais savoir où se trouvait Lucas Sartis à l'heure de la mort de sa maîtresse.

Il s'interrompit un court instant puis reprit :

— Il faut, à présent, chère hôtesse, joindre le capitaine Nova pour lui faire votre déposition.

Maintenant qu'il y pensait la présence d'une bouteille de champagne de la marque Cruize non débouchée au pied de la victime donnait une autre dimension à la thèse du suicide. Il ne s'agissait plus seulement d'une question d'amour mais aussi d'honneur. Incapable de dénoncer, de son vivant, celui qu'elle aimait et qui pourtant la quittait, elle avait désiré signer pour ainsi dire son geste désespéré. Laisser une preuve de la forfaiture de son amant.

CHAPITRE 11

Charles Nova tomba des nues quand il apprit, tard dans la soirée, par l'inspecteur de Scotland Yard l'escroquerie commise à l'encontre de la maison Cruize. Pendant quelques secondes, il conserva le silence au téléphone. À tel point que Leek crut que la communication téléphonique avait été coupée. Puis, le capitaine se ressaisit et il indiqua qu'il venait tout juste d'être informé lui-même par un canal interne de la gendarmerie d'une enquête diligentée par les Douanes françaises, à propos d'une suspicion de trafic de champagne frauduleux mis en bouteille dans la région et circulant sur le marché chinois. Des informations complémentaires devaient lui parvenir dans l'heure qui suivait.

Conscient de l'agacement du capitaine pour cette révélation tardive de Jeanne Sandre, l'inspecteur Leek fit de son mieux pour amoindrir la responsabilité de son hôtesse.

— Tout s'est bousculé dans sa tête, plaida Leek. En quelques jours, elle a pris connaissance de la malversation de Lucas Sartis, dû consoler le désespoir amoureux de son amie et promettre de conserver le secret de cette lourde confidence. Pour au final, découvrir le cadavre d'Helen Cruize dans son salon. Reconnaissez qu'il y a là de quoi perturber n'importe quelle âme sensible. Cette mort brutale l'a fait basculer dans une peur panique…

— Certes, certes, reconnut Charles Nova, de façon laconique.

— Cette fraude porterait sur des sommes importantes, poursuivit Leek.

— Je devrais en apprendre davantage par mes informateurs dans les prochaines heures. Il semblerait que cette escroquerie ne soit pas la première. Plusieurs milliers de bouteilles ont déjà été vendues contenant du champagne bas de gamme ou sans Appellation d'origine contrôlée sous des étiquettes de grandes marques. Tout a été écoulé dans les pays asiatiques. Le montant de l'escroquerie serait selon les Douanes très important. De l'ordre de plusieurs millions d'euros.

— Eh bien, notre homme a bien rentabilisé ses six mois d'aventure amoureuse avec Helen Cruize, en conclut Leek.

— Avez-vous eu vent, demanda le capitaine, comme nous l'avions évoqué de l'existence d'une autre maîtresse de Lucas Sartis parmi l'entourage de Jeanne Sandre ?

— Malheureusement non. Je crois savoir qu'une réception va être organisée prochainement en l'honneur de Tante Agatha. Elle ne manquera pas de fouiner pour en savoir plus. Clara Dévigne également. Moi-même y serais et comptez sur moi pour mener mon enquête de façon discrète.

Le capitaine demanda à Leek de transmettre une convocation à Jeanne Sandre pour un interrogatoire à la gendarmerie le lendemain matin à huit heures.

— Huit heures, un dimanche ? s'étonna Leek. Vous êtes sans pitié.

— Disons dix heures, mais convenez que j'aurais pu la poursuivre pour entrave à la justice. Qui plus est dans une affaire qui pourrait toujours s'apparenter à un meurtre. Lucas Sartis a bien pu vouloir – pourquoi pas ? – se débarrasser d'Helen Cruize qui menaçait de tout dire à la justice.

Leek en convint. Suicide ou meurtre ? Seule l'interpellation de cet individu permettrait d'éclaircir l'enquête.

Avant de mettre fin à la communication, il remercia le capitaine pour sa mansuétude à l'égard de son hôtesse.

Un peu plus tard, alors qu'il s'apprêtait à rejoindre les trois convives qui l'attendaient pour passer à table, il repensa à l'objet de sa venue en Champagne : intercepter Andrew Thomson pour lui éviter de perpétrer un acte répréhensible. *Pourvu qu'il n'ait pas été complice dans l'affaire Helen Cruize,* espérait-il en regagnant le salon.

Les visages éclatants de Tante Agatha et de Clara Dévigne l'accueillirent avec amabilité. À l'écart, les traits tendus, Jeanne Sandre exprimait le désarroi d'une femme qui se rendait coupable de ne pas avoir sauvé la vie d'une amie très chère.

Dimanche 25 juin 2023

Un dimanche en pleine nature. Nostalgique des dégradés de verts et des paysages romantiques de la campagne anglaise, Leek opta dès son réveil pour une balade dans les environs. Les yeux grands ouverts dès 7h du matin, il ne lui avait fallu qu'une demi-heure pour se préparer et dévaler les marches de l'escalier en bois qui le menèrent dans la cuisine où il avala un jus de fruit, un yaourt aux abricots, son péché mignon, et un thé au lait. Puis, il accéda par une porte-fenêtre sur le perron de la luxueuse propriété où il inspira un grand bol d'air frais. À cette heure matinale, le parc, les arbres et les fleurs profitaient encore d'un répit avant que les rayons brûlants du soleil ne vinrent chasser les hommes des jardins et assécher la flore.

Alors qu'il ouvrait la porte conducteur de son Range Rover, la mine réjouie de Clara Dévigne vint se poster devant lui. Avec une moue de surprise, elle lui demanda s'il avait décidé *de filer à l'anglaise.* L'inspecteur, amusé par la remarque, annonça son intention de faire du tourisme pour se changer les idées. *Vos petites cellules grises,* affirma-t-elle avec humour en faisant tourner son index à la hauteur de sa tempe, *ont besoin d'air, n'est-ce pas ?*

Leek était sur le point de protester et d'écarter une nouvelle fois toute comparaison flatteuse avec le célèbre détective belge quand elle lui proposa le plus simplement du monde de l'accompagner.

— J'ai besoin moi aussi de penser pendant quelques heures à autre chose qu'à ce drame qui affecte notre hôtesse. Où allons-nous Arthur ?

L'écho de son prénom le remplit d'une sensation nouvelle. La dernière fois qu'une voix féminine l'avait interpellé de cette façon remontait à plusieurs décennies. Du temps de sa liaison avec Maggie, une jolie blonde grassouillette, qui s'était rapidement transformée en garce en le trompant avec le premier venu. Pourtant malgré la trahison, le souvenir des premiers émois s'était gravé dans sa mémoire. *Arthur !* Un sentiment tendre l'envahissait à chaque fois qu'un aléa de la vie le ramenait à cette parenthèse du passé.

Leek s'installa au volant et contempla pendant quelques secondes Clara Dévigne, assise sur le siège passager. Stupidement intimidé, Il ne savait quoi dire. Elle le regardait comme une adolescente attendant d'être invitée à rejoindre la piste du bal sous les flonflons de l'orchestre. En guise de musique, le ronron gracieux du V8 brisa le silence gênant qui s'était installé entre eux. *Où allons-nous ?* questionna-t-il. Elle lui répondit avec une mimique enfantine : *À l'aventure !*

Pendant une dizaine de minutes, ni l'un ni l'autre ne rompit le silence cossu de l'automobile qui se faufilait entre les rangs de vigne et les bois en suivant la courbe des collines pour dévaler tranquillement vers de charmants petits villages aux toits de tuiles ou d'ardoises. À un moment, la journaliste posa délicatement sa main sur le bras de l'inspecteur et avec une pointe d'ironie fit une nouvelle allusion à l'univers d'Hercule Poirot.

— À défaut de la Lagonda 2 litres Tourer châssis surbaissé de 1931 du capitaine Arthur Hastings, ce Range Roger me convient parfaitement.

Leek lui renvoya un sourire ravi. Il venait seulement de se rendre compte que Hastings avait le même prénom que lui.

Les heures qui suivirent se déroulèrent dans une douce complicité. Profitant de la climatisation du véhicule, ils ne mesuraient pas l'ampleur de la canicule qui sévissait à l'extérieur. Sous leurs yeux émerveillés, les paysages champenois s'étalaient dans une variété de verts altérés par la sécheresse qui sévissait depuis plusieurs semaines. Les bois assoiffés des collines laissaient la place un peu plus loin à des vignobles écrasés par un soleil implacable. Dans les villages traversés, les rues étaient désertes. Trop chaud pour mettre le nez dehors. Clara Dévigne proposa de faire un détour par une exploitation viticole tenue depuis très longtemps par un richissime britannique dont elle avait entendu parler.

— Les gens du coin disent que le domaine est hanté, affirma-t-elle. Normal, il appartient à un Écossais. L'homme est très âgé et peu loquace. Ce qui ne l'a pas empêché de séduire une dénommée Sylvia, de vingt ans sa cadette.

Leek rougit en entendant ces propos. Son écart d'âge avec Clara Dévigne était à peu près d'une bonne dizaine d'années. De quoi établir un parallèle audacieux qui l'embarrassa. Consciente ou non du malaise provoqué, la journaliste poursuivit son monologue :

— Ça vous gêne la différence d'âge dans un couple ? Moi pas du tout. Selon Jeanne, les gens jasent ici énormément à ce sujet. La Sylvia en question s'est faite beaucoup d'ennemis. En grande majorité des femmes. Tenez, je vois que nous arrivons dans le village où justement un comptoir de dégustation a été ouvert par cet Écossais. On s'arrête ?

Toujours mal à l'aise lorsqu'il s'agissait d'improviser, l'inspecteur Leek ralentit l'allure et chercha des yeux une éventuelle enseigne correspondant à l'établissement.

— Vous ne m'avez pas donné le nom du domaine.

— Le Waleys. Les champagnes Le Waleys.

— Mais c'est le nom anglo-normand du célèbre William Wallace, si cher au cœur des Écossais indépendantistes ?

— Je vous ai dit tout à l'heure – mais vous aviez l'esprit ailleurs – que le propriétaire est d'origine écossaise, installé en France depuis de nombreuses années. Là, regardez à droite. Arrêtez-vous ! Il est presque midi, nous pourrions prendre une coupette.

— Une cou-pette ? questionna Leek, les sourcils relevés.

— Une coupe, une flûte, si vous préférez.

— C'est plutôt du scotch-whisky qu'il aurait dû vendre ici, affirma Leek en détaillant l'enseigne.

Effectivement, à une dizaine de mètres, une large inscription en écriture gothique indiquait la destination commerciale du lieu : *Le Waleys – Bar à champagne.* Le tout sur un fond stylisé de tartan agrémenté d'une croix de Saint André à droite.

Lorsqu'ils passèrent à pied devant la large vitrine ouverte sur la rue, l'inspecteur s'étonna de n'y voir aucun client malgré l'heure. Et quand ils poussèrent la porte d'entrée de l'établissement, le tintement ridicule d'une clochette n'attira l'attention de personne. Ils en profitèrent pour admirer le lieu joliment décoré. Sur des étagères en bois peintes en noir, plusieurs marques prestigieuses du précieux breuvage, élaboré au XVIIe siècle par le très célèbre moine Dom Pérignon, s'offraient au regard des visiteurs. Sur le comptoir étaient exposées des bouteilles de la Maison Le Waleys et une dizaine de flûtes attendaient d'être remplies. Autour d'un tonneau ventru quelques tabourets s'offraient au confort des touristes pour une dégustation.

Mue par un réflexe professionnel autant que la beauté classique de la décoration, Clara Dévigne dégaina son portable et fit quelques photos. Dans son dos, elle entendit l'inspecteur Leek ânonner péniblement.

— Ji-rou-bouam, Mé-tu-sé-lèm, Bal-té-zeur, Mel-shee-sédek…

La journaliste ne put retenir un rire moqueur. Leek tentait de déchiffrer péniblement une affiche détaillant les différentes tailles de bouteilles de champagne. Le regard tendu vers le haut et avec la concentration touchante d'un écolier, il faisait de son mieux pour articuler chaque syllabe.

— Stop ! ordonna-t-elle. Vous n'y arriverez jamais ! Jéroboam (3 litres), Mathusalem (6 litres), Balthazar (12 litres) et la plus grosse des bouteilles de champagne est la Melchisédech (30 litres) ou plus simplement la Midas…

— *My god,* s'exclama Leek, quelle prétention !

Vous avez le don – vous les Français – de... comment dire ?... *To magnify everything.*

— De magnifier ? Oui c'est vrai. Rendre plus belle la vie. Simplement parce que tout ce que nous produisons est ma-gni-fi-que, s'exclama-t-elle. Mais chut... J'entends des voix.

Une porte discrète, sur la droite du comptoir, donnait sur une arrière-salle et quelques bribes de conversation effectivement leur parvenaient. Leek, las d'attendre, avança dans cette direction. Mais au moment où sa main actionna la poignée, une formidable poussée en sens inverse faillit le renverser.

— Que faites-vous là ? demanda la voix surprise d'une jeune femme d'une trentaine d'années. Qui vous a fait entrer ?

— La porte, crut bon de réagir avec humour la journaliste. Elle est ouverte et donc nous...

— Nous sommes exceptionnellement fermés ce matin.

— Ah bon ? Nous avons pourtant entendu des voix dans votre arrière-salle et nous avons pensé que vous proposiez une dégustation.

— Non, pas du tout. C'est une réunion de travail. Nous avons un négociant au téléphone qui nous propose en anglais – je n'ai pas bien compris car je n'y connais rien à cette langue épouvantable – de devenir notre garant.

— Je suis Anglais, intervint Leek aimablement, je peux vous aider si vous le désirez.

— Qui plus est de Scotland Yard, plaisanta Clara Dévigne. C'est du sérieux.

— Je n'en sais rien, répondit la serveuse. Pour l'instant, ma mission consiste à apporter une coupe de champagne à ces messieurs.

D'un geste leste, elle attrapa quatre verres qu'elle emplit d'un champagne tout droit sorti du réfrigérateur.

— Je vais leur dire que vous êtes là et que vous proposez vos services. Attendez-moi.

Après avoir renouvelé à deux reprises les mêmes gestes que précédemment, elle tendit à chacun une coupe de champagne et s'éclipsa.

Les minutes s'écoulèrent de nouveau sans que personne ne vînt à leur rencontre. Derrière la porte, les voix avaient baissé d'un ton comme pour protéger le contenu de la discussion. Puis, au fur et à mesure que leurs deux verres se vidaient, le silence s'installa de l'autre côté.

— Seuls à nouveau, constata la journaliste.

La porte s'ouvrit brusquement et la même jeune femme réapparut souriante.

— Vous êtes toujours là ? Comment trouvez-vous notre champagne ?

— Excellent, admit Clara Dévigne, mais où sont passés vos collègues ?

— Quels collègues ?

— Ceux qui étaient en réunion de travail dans l'arrière-salle.

— Ah eux ? Ils ont terminé. Tout le monde est parti.

— Leur anglais s'est subitement amélioré ? ironisa la journaliste. Pas besoin d'un coup de main alors ?

— Oui, oui. J'ai cru comprendre qu'ils ont remis à plus tard la désignation d'un garant. Et maintenant, je vais devoir vraiment fermer car mon mari et mes enfants m'attendent pour le déjeuner. Je vous offre les deux coupes !

Quand ils furent dehors, Leek prit un air sérieux puis se tourna vers la journaliste.

— Certes, en France vous *ma-gni-fiez* chacune de vos productions : le pain, les fromages, les vins, les voitures, les alcools et, que sais-je encore, mais vous ne savez pas les vendre, conclut-il avec dédain en prenant l'exemple du mauvais accueil qu'ils venaient d'essuyer.

— Je vous ai expliqué que ce Champagne Le Waleys appartient à un Écossais bizarre et excentrique…

— Oui, oui, c'est vrai. Un Écossais. Il ajouta avec ironie : c'est la raison pour laquelle l'arrière-salle était remplie de fantômes. Nous avons entendu des voix, mais nous n'avons vu personne ressortir.

— Arrêtez, vous me donnez froid dans le dos ! Bon, puisque nous avons déjà eu droit à un apéritif gratuit, partons à présent à la recherche d'un bon restaurant quelque part.

Le Range Rover prit tranquillement la direction d'Épernay. Au bout d'un moment, Clara Dévigne plongée jusqu'alors dans une réflexion interne lâcha avec sérieux :

— Je n'aurais pas dû leur dire que vous étiez de Scotland Yard. En France, les commerçants se méfient toujours de la police, du fisc, de l'Urssaf et des journalistes.

Sur le chemin du retour, Leek se souvint que leurs rapports à Cognac puis à Bordeaux, quelques mois auparavant, étaient déjà au beau fixe. En même temps que la journaliste l'intriguait par sa détermination qui ne correspondait pas à son physique fragile, il émanait de sa personne une spontanéité charmante qui la rendait attirante. Pas dans le sens habituel du terme, en ce qui concernait Leek, mais davantage sur un plan amical. Très vite d'ailleurs, il l'avait considérée comme une possible confidente. *Voilà c'est le terme exact,* avait-il conclu un soir où il se sentait nostalgique regrettant l'absence à ses côtés de Mademoiselle Rose. *Une confidente, une amie de confiance à qui on peut tout dire.*

Et, à présent, un nouveau pas avait été franchi. Une complicité plus profonde s'était établie entre le conducteur et sa passagère.

À leur arrivée au domaine Sandre, ils eurent à peine le temps d'échanger quelques civilités avec leur hôtesse que Tante Agatha fondit sur eux pour les bombarder de questions. D'un tempérament qu'ils savaient curieux, elle voulait tout savoir de leur escapade. Ce qu'ils avaient fait, vu, su ou n'importe quoi d'autre capable de lui fournir des informations sur l'état de leur relation.

De fil en aiguille, après avoir quelque peu étanché la curiosité de l'octogénaire, l'inspecteur et la journaliste évoquèrent leur halte au bar *Le Waleys*.

— Vous êtes allés chez ces irréductibles Écossais ? s'exclama Jeanne Sandre.

— Oui, précisa Clara Dévigne, vous m'en aviez parlé et j'ai eu l'idée de m'y arrêter.

— Et alors ? interrogea Tante Agatha. Que viennent faire des buveurs de whisky au pays du champagne.

— Voilà bien la question que tout le monde se pose dans la région, expliqua leur hôtesse. Le vieux Ewen MacDougall n'est pas commode. Il a racheté ce qui n'était qu'une petite propriété viticole dans les années 1960. On n'a jamais su avec quel argent et pourquoi. Toujours est-il que son affaire est rapidement devenue florissante et qu'il est aujourd'hui à la tête d'une célèbre maison de champagne qui fait des envieux. Depuis son installation, il ne s'est jamais montré dans des réunions publiques et il fuit les médias comme la peste. C'est un grand solitaire qui a accepté de partager sa vie avec une femme seulement depuis cinq ans.

— Quel âge a-t-il ? demanda Tante Agatha.

— Plus de quatre-vingts ans, je suppose. Personne ne le sait précisément.

— J'aurais pu représenter pour lui un bon parti, plaisanta l'octogénaire.

— Et son épouse ? interrogea Clara. Vous nous avez déjà dit, hier je crois, qu'elle est plus jeune que lui.

— Exact. Sylvia a passé la soixantaine. Une femme élégante et très soucieuse de son paraître.

— Mon Dieu, quel gâchis ! s'exclama Tante Agatha.

— Et cette histoire de fantômes de la Maison Le Waleys ? poursuivit la journaliste, Une blague pour attirer les touristes ?

— Au contraire. Je soupçonne le vieux MacDougall d'avoir inventé des apparitions nocturnes pour éloigner les curieux.

Leek n'avait pas pris part à la conversation. Il reconstituait dans sa tête le puzzle des événements de la journée. Soudain, alors que tout le monde l'avait oublié, il demanda :

— Qu'appelle-t-on un garant dans la profession ?

— Un garant ? répéta Jeanne Sandre. Je ne vois pas de quoi vous parlez.

— C'est plutôt un terme financier. En cas de besoin de trésorerie par exemple, argua Tante Agatha. Si vous saviez comme nous sommes régulièrement sollicités par les banques à ce sujet.

— Hum. Je comprends, acquiesça Leek. Votre profession doit toujours faire la balance entre la production et les ventes à quoi s'ajoutent les imprévus comme la météo, les maladies de la vigne ou le contexte économique.

— Absolument, confirma Jeanne Sandre.

Quelque chose chiffonnait l'inspecteur mais il ne jugea pas utile de poursuivre. Au moment où leur hôtesse amorçait un mouvement pour inviter ses amis à se préparer pour le dîner, il repensa à l'interrogatoire qu'elle avait subi le matin même.

— Votre rencontre de ce matin avec le capitaine Nova s'est bien déroulée, chère madame ? interrogea-t-il, captant subitement les regards de Tante Agatha et de la journaliste.

— Parfaitement. J'ai répété ce que je vous avais confié hier. Helen Cruize a été le jouet d'un être malfaisant et, sans doute, cavaleur. Le capitaine m'a confirmé qu'un avis de recherche le concernant a été lancé.

— Nous avions évoqué l'idée que cet individu ait pu vouloir abuser d'une autre personne de vos connaissances ? continua Leek.

— Oui. Mais je n'ai pas de nom à avancer. Et maintenant, je vous propose de nous retrouver à dix-neuf heures pour le dîner. Angélique est une excellente cuisinière et elle va encore faire des merveilles.

Tante Agathe trépignait sur son fauteuil depuis quelques minutes. Elle se leva pour se rapprocher de l'inspecteur. Avec discrétion, elle lui susurra à l'oreille : *Je me fais fort, croyez-moi, de vous fournir le nom d'une seconde maîtresse de ce Lucas Sartis après l'apéritif dînatoire prévu avec les membres du club de notre hôtesse.*

CHAPITRE 12

Lundi 26 juin 2023

La nuit qui suivit fut pour Leek, un long et interminable cauchemar, peuplé d'animaux d'une laideur indescriptible. Son calvaire ne s'acheva qu'au petit matin.

Le dîner de la soirée avait été – comme les précédents – copieux et largement arrosé de bulles. Trop sans doute. Aux huîtres au champagne, avait succédé une poularde généreuse au champagne, un plateau de fromages sur lequel trônaient quelques cendrés de la région, un chaumont et un maroilles et enfin – *pour ne pas alourdir l'estomac,* avait assuré doctement leur hôtesse – des sablés champenois. *Goûtez mes amis,* avait-elle ajouté, *ces gourmandises aux amandes en forme de bouchons de champagne sont parfaites pour accompagner le café.*

Vers trois heures du matin, tout juste tombé dans un profond sommeil, Leek vit apparaître de nouveau le tableau de Jheronimus Bosch représentant la « Tentation de Saint Antoine ». L'éternel combat du Bien contre le Mal.

Cette fois encore, l'homme à tête de porc semblait vouloir s'échapper de son enveloppe charnelle. Mais de ténébreux personnages tentaient de l'en empêcher. Et tandis qu'un mendiant lui subtilisait son luth qu'il tenait sous un bras, face à lui une femme et un homme en costumes d'apparat l'écoutaient en lui tendant un récipient. Plus loin, Saint Antoine agenouillé, solitaire et démuni, s'étonnait d'être abandonné de Dieu et soumis aux tentations du diable.

Plongé dans son cauchemar, malgré son estomac surchargé et sa digestion difficile, Leek ressentait une sensation de légèreté. Il survolait le paysage dantesque peint par Bosch dans lequel des animaux étranges rampaient, volaient ou étaient attachés à une laisse. Une seule certitude l'animait : l'espoir qu'un détail – le plus insignifiant à l'œil – lui permît de résoudre les énigmes auxquelles il était confronté.

Mais soudain, la sensation d'apesanteur cessa et son corps chuta comme une pierre. Une douleur au bras lui fit faire une grimace et il se réveilla en sueur. *Ces rêves me pourrissent le sommeil,* grommela-t-il en se massant l'avant-bras droit. Il se souvint du tableau de Bosch et en tira la simple conclusion que *comme l'homme à tête de porc,*

Andrew Thomson était la proie d'individus misérables et malfaisants.

Neuf heures. Quand il poussa la porte du salon où le petit déjeuner était servi près de la haute fenêtre donnant sur le parc, Leek aperçut Tante Agatha en grande discussion avec Jeanne Sandre. Les deux femmes partageaient un sujet étrangement sérieux à cette heure de la matinée. Clara Dévigne était absente.

— Mais peut-être que notre ami souhaiterait être de la partie, suggéra Tante Agatha en voyant Leek se rapprocher.

Leek sourit et écarquilla les yeux pour bien montrer qu'il ne saisissait pas ce dont il était question.

— Nous rendons visite ce matin à Sylvia MacDougall pour affiner l'ordre du jour de notre petite réunion à venir.

— Le champagne Le Waleys ? demanda l'inspecteur.

— Sylvia est une personne précieuse pour moi, expliqua leur hôtesse. Elle fourmille d'idées et a accepté de succéder à Helen dans l'association et de prendre en main l'organisation d'une exposition artistique au cœur des vignobles. Vous viendrez avec nous ?

— Dans la maison hantée ? Et son fantôme de mari sera là ? questionna-t-il avec humour.

— Pas sûr. C'est un ours et il est très malade. Mais nous rencontrerons un jeune homme charmant, un artiste dont Sylvia a fait la connaissance voici quelques mois. Il sera la cheville ouvrière du projet d'exposition…

Leek accepta avec plaisir. La perspective de rencontrer les propriétaires d'une maison prestigieuse de champagne le ravissait. Il avait lu dans une gazette britannique un reportage sur la visite du jeune prince Charles en 1979 – pas encore Charles III – dans la région de Reims. Marcher sur les pas de son roi ne pouvait que l'enthousiasmer.

Et puis, il espérait glaner quelques informations sur l'éventualité de la présence d'Andrew Thomson dans les parages.

Pour plus de commodité et avec beaucoup de tact, l'inspecteur proposa son Range Rover pour se rendre à la propriété de la famille MacDougall. Il conservait en mémoire le mauvais souvenir de ses précédents allers-retours à bord du 4x4 de Jeanne Sandre. Clara Dévigne, suite à une panne de réveil, s'était jointe en catastrophe à la visite. Pendant tout le trajet les trois femmes discutèrent de choses et d'autres sans même se soucier de la présence du conducteur.

Direction Mareuil-sur-Aÿ, avait lancé leur hôtesse au moment du départ. *Nous en avons pour quelques minutes. La commune fait partie désormais de la même commune que nous : Aÿ-Champagne. Je vous guiderai une fois sur place.* Leek s'amusa de cette manière tardive – et bien française – de courir derrière les regroupements de communes. En Angleterre, depuis longtemps de grandes entités de plus de 150 000 habitants avaient vu le jour. Et si la France comptabilisait près de 36 000 communes, le Royaume-Uni s'en prévalait d'à peine 10 000. Par politesse pour ses amies, il se garda d'en faire état.

Sept minutes plus tard, le Range Rover se stationnait devant un porche étroit fermé d'une grille en fer forgé joliment décorée d'arabesques dans sa partie basse. *Allez-y, avancez-vous le portail s'ouvre automatiquement, nous sommes attendus*, intima Jeanne Sandre à l'inspecteur Leek qui depuis quelques secondes calculait la meilleure manière de passer pile poil avec son véhicule. Dans son dos, il entendit distinctement – bien qu'elle essaya de se faire discrète – la voix de Tante Agatha prononcer à l'intention de Clara Dévigne : *On n'a pas idée d'acheter des voitures aussi grosses de nos jours.*

Une allée menait jusqu'à de longs bâtiments lumineux mêlant la pierre à de jolies ouvertures en forme d'arches décorées de briques d'un rouge tendre. Au-dessus de l'entrée principale donnant accès à la partie administrative, les lettres *Le W* écrites en italiques sur un écusson circulaire arborant, en bleu et blanc, la croix de Saint André affichait l'origine du propriétaire des lieux.

En claquant la porte de son Range Rover, l'inspecteur repensa à la sobriété massive de l'architecture des grandes distilleries visitées dans les Highlands ou en Irlande. À l'image de la simplicité et de la puissance gustative du whisky. Puis, il lui vint en mémoire le style architectural élégant des maisons de cognac qu'il avait eu l'occasion de visiter l'été précédent lors de sa première mission en France. En premier lieu celle de Tante Agatha. Le cognac comme le champagne qui bénéficiaient d'une image de produits de luxe avaient besoin de faire rêver le consommateur.

Depuis le vaste hall d'entrée où une jeune employée les attendait, ils s'engagèrent sur un escalier en pierre qui les mena sur un palier où Sylvia MacDougall les accueillit. Elle était accompagnée d'un jeune homme distingué du nom de Patrice Lelann dont les vêtements guère harmonisés trahissaient un tempérament d'artiste.

Très élégante, vêtue d'un gilet de coton et d'une jupe bleu marine sur un chemisier blanc, la sexagénaire aux cheveux blonds dressés dans un chignon parfait, se déplaçait avec une gestuelle calculée comme pour affirmer son importance. La poignée de main ferme que l'inspecteur Leek eut à subir prouva d'ailleurs sa détermination à s'affirmer aux yeux de son entourage comme une femme d'entreprise crédible. Pas une potiche, épouse d'un homme fortuné de vingt ans son aîné.

Après quelques effusions amicales et la présentation par Jeanne Sandre de Tante Agatha, de Clara Dévigne et de Leek, le petit groupe alla s'enfermer dans une salle de réunion climatisée. Les rideaux avaient été tirés pour se protéger tant de la chaleur que de la luminosité due aux rayons du soleil qui frappaient les pierres blanches d'un bâtiment situé en vis-à-vis. La semi-obscurité donnait à la rencontre un caractère intimiste.

Pendant que Jeanne Sandre évoquait le projet de Tante Agatha de créer un club de vigneronnes en Nouvelle-Aquitaine et étalait sur une grande table de travail les statuts de la future association, Leek passa son temps à observer les personnes présentes. Notamment le jeune artiste qui acquiesçait de façon mécanique à tout ce qui était dit et, bien sûr aussi, aux suggestions de la patronne des lieux.

À plusieurs reprises, il sembla à l'inspecteur que Sylvia MacDougall ne disposait pas totalement de son libre arbitre. Au fur et à mesure de l'avancée de la discussion, et encore plus lorsqu'il fut question du projet d'exposition dans les vignobles, le jeune homme s'imposa. Pour ne pas dire s'imposa. Intervenant de façon intempestive et sans s'excuser. *Normal,* l'excusa Leek, *c'est son domaine de prédilection.*

Une heure avait passé et la réunion touchait à sa fin quand Patrice Lelann proposa sans même en référer à Sylvia MacDougall de faire visiter les installations. *Oui, faites donc, je ne peux pas vous accompagner pour l'instant, je vous rejoindrai plus tard,* assura la sexagénaire en s'éclipsant très rapidement.

Dès lors le trio, guidé par le jeune artiste, s'engagea sur le chemin que des milliers de visiteurs avaient parcouru avant lui. Cuves, entrepôts, alignement de barriques, caves creusées sur deux kilomètres de long dans la craie au XVIIe siècle, bouteilles têtes en bas attendant d'être stockées à l'horizontale, tout y passa. Patrice Lelann abusait de termes superfétatoires pour présenter les lieux *incomparables dans toute la profession* et évoquer le travail fourni sur place *par une armée de passionnés d'une centaine d'hommes et de femmes.* Enfin, dans l'espoir de faire la promotion de l'hébergement, il invita ses visiteurs à jeter un œil sur les toutes nouvelles chambres d'hôtes ouvertes au public.

La visite achevée et impressionné sans doute par la présence d'un représentant britannique, il voulut maladroitement vanter les qualités du champagne français. Ajoutant à l'intention des dames qui l'accompagnaient que *les Anglais bien que jaloux de notre Vin des Rois prenaient plaisir à venir oublier ici leurs sparkling wines sans typicité.* Les mots percutèrent l'orgueil patriotique de Leek sans pour autant lui faire perdre son calme. Il rétorqua sans se départir de son sourire : *Vous parlez si bien de ce lieu magique, qu'il semblerait que vous en soyez le propriétaire.*

Le jeune homme blessé par la remarque se tut un long moment. Tante Agatha en profita pour signaler son intention de rejoindre madame MacDougall. Et sans aucune formule de politesse, elle s'éloigna du groupe.

— Madame, madame, lança après elle l'artiste, vous partez dans la mauvaise direction. Je vais vous y conduire.

— Mais vous êtes, ma parole, le geôlier de ces lieux ! s'emporta l'octogénaire. Je saurai retrouver mon chemin toute seule. Mes amis ont sûrement des questions à vous poser.

Et elle tourna les talons laissant Clara Dévigne et l'inspecteur Leek sans réaction. À vrai dire, ils n'avaient plus grand-chose à demander à leur guide. Pourtant, sans même se concerter, ils inondèrent le malheureux d'une multitude de questions dont plusieurs volontairement farfelues…

— Vous accepterez, à présent, une dégustation ? demanda le guide ramené à un comportement moins hautain. Suivez-moi.

— Avec plaisir en ce qui me concerne, affirma Clara Dévigne. Pour monsieur Scotland Yard, je ne sais pas s'il est grand amateur de champagne. Mais il est vrai qu'il ne rechigne jamais devant quelques coupettes…

L'allusion séduisit Leek. Pour ne pas être en reste, il adressa une pique qu'il savait douloureuse pour les Français :

— Est-il nécessaire de vous rappeler que le champagne a été inventé par les Britanniques bien avant les Français ?

— C'est encore à prouver, corrigea avec amusement la journaliste.

Patrice Lelann se garda d'une remarque désobligeante à l'encontre des Anglais pour ne pas s'attirer de nouveau les foudres de l'inspecteur de Scotland Yard.

CHAPITRE 13

Mercredi 28 juin 2023

En quarante-huit heures, l'organisation d'une réunion de travail, destinée à établir noir sur blanc les statuts de la future association de vigneronnes de Tante Agatha, fut mise sur pied. Les adhérentes invitées avaient dû revoir en catastrophe leur agenda pour se rendre disponibles le mercredi à 18h dans les locaux des champagnes Le Waleys.

Un apéritif dînatoire devait suivre qui consacrerait les liens nouveaux entre les deux clubs. *Une belle transversale géographique depuis la région du champagne à celle du cognac,* s'était réjouie Clara Dévigne, rédigeant déjà dans sa tête les premières phrases de son prochain reportage.

Dès seize heures le mercredi, la grande bâtisse de la famille MacDougall connut une agitation dont elle était habituée. Celle des réceptions et des séminaires. Un camion de livraison apporta le champagne pour la soirée ainsi que plusieurs plateaux d'amuse-gueules et de gourmandises. Vers dix-sept heures, deux extras se présentèrent à la grille de la propriété, un homme et une femme d'une trentaine d'années, chargés d'assurer le service.

À l'heure dite, dans une salle spécialement aménagée, Tante Agatha, Clara Dévigne et Leek furent accueillis par la présidente, Jeanne Sandre, entourée de cinq membres de son bureau et de Sylvia MacDougall, nouvelle vice-présidente en remplacement d'Helen Cruize.

Légèrement fébrile avant de débuter la réunion, Sylvia MacDougall demanda avec délicatesse à une des cinq membres présentes, Ève Lamotte, cheffe de cave aux champagnes Sandre, de s'assurer auprès des cuisines qu'un plateau de thé, de café et de jus de fruits serait bien servi dans la salle de travail. Très attentionnée, la jeune femme sollicitée, proposa de ramener elle-même les boissons.

Une discussion très théorique s'engagea, ensuite, et chaque article de la nouvelle association fut largement commenté, revu et corrigé si besoin. Seul homme au milieu de neuf femmes et nullement concerné par le sujet, Leek se sentit à l'écart dès le début des échanges. Outre qu'il ne connaissait rien au monde du champagne, il n'imaginait pas non plus l'exigence de l'administration française quant au fonctionnement des associations touchant à la consommation d'alcool. Aussi, l'ennui s'empara-t-il rapidement de sa personne.

Après avoir savouré son thé, il s'attarda en faisant mine de s'intéresser à l'ordre du jour de la réunion puis d'un geste discret signala son intention de s'absenter. À son grand étonnement personne ne le remarqua et, à l'issue de quelques secondes d'hésitation, il quitta son siège pour rejoindre la sortie.

Disposant de plus d'une demi-heure avant l'apéritif dînatoire, il erra dans le parc dont l'ordonnancement jugé trop rectiligne à son goût eut pour effet de lui faire regretter sa tendre Angleterre. Seul le jardin à l'anglaise trouvait grâce à ses yeux : un équilibre de lignes dans un ensemble faussement libéré de toute contrainte. La main du jardinier se cachant derrière la généreuse Dame Nature. Rien à voir avec cette façon ostentatoire très française d'imposer des règles de géométrie aux éléments naturels.

Lassé du tableau, l'inspecteur prit la direction du hall d'entrée des champagnes Le Waleys. Mais tandis qu'il longeait la partie privée de la propriété, il remarqua une silhouette féminine en blouse blanche tenant une sacoche qui s'introduisait dans les lieux par une porte dérobée. Poussé par la curiosité, il s'approcha pour découvrir un petit couloir dans lequel il s'engagea avec précaution.

Après quelques pas, il perçut une voix cristalline s'adresser fermement à une personne dont il supposa qu'elle fût malade. Lorsqu'il parvint devant une porte entrebâillée, il entendit plus clairement la voix grave d'un homme répondre : *j'ai toujours des hallucinations.* Un long silence succéda, uniquement perturbé par des bruits métalliques et un entrechoquement de contenants en verre.

Leek tendit le cou pour identifier les occupants de la pièce. En vain. Il s'approcha un peu plus de l'espace laissé par la porte entrouverte et renouvela la tentative. Cette fois, il aperçut une personne âgée alitée dans une vaste chambre sombre. Alors qu'il amorçait un léger mouvement pour en voir davantage, le grincement d'un des gonds du lourd battant en bois attira l'attention de la femme présente. Elle se retourna brusquement vers lui.

— Qui êtes-vous ? questionna-t-elle avec étonnement. Qui vous a autorisé à pénétrer dans cette pièce ?

— Je… Comment dire ?… bafouilla l'inspecteur pris sur le fait d'un voyeurisme éhonté. Je suis un ami de la maison et je me suis absenté d'une réunion de travail à laquelle…

— Votre place n'est pas ici, le coupa la femme en blouse blanche.

Et elle lui demanda, sans trop de forme, de se retirer. Leek, gêné, s'apprêta à faire demi-tour quand il s'interrompit et demanda :

— Et vous-même, vous êtes le médecin de la famille ?

— Je suis Christelle Lenoir, chargée de veiller à la santé de monsieur Ewen MacDougall, affirma-t-elle visiblement agacée par cette intrusion et en regardant l'homme allongé sous une lourde couverture malgré la chaleur ambiante.

L'inspecteur pensa le moment opportun pour pénétrer plus avant dans la chambre et aller saluer son hôte.

— Je suis très heureux de vous rencontrer monsieur MacDougall. Je suis un compatriote britannique. Arthur Leek, inspecteur de Scotland Yard en vacances dans la région, actuellement hébergé au domicile de madame Jeanne Sandre avec deux amies très chères.

— Ah oui, Sylvia m'a informé de votre venue, répondit l'octogénaire d'une voix traînante. Comme vous le voyez, je ne suis pas dans ma meilleure forme. Vous accepterez donc mes excuses pour ne pas être en mesure de vous recevoir comme vous le devriez.

— Bien entendu. Je comprends très bien.

— Maintenant, il serait bien que vous laissiez monsieur Dougall se reposer, revint à la charge la jeune femme, énervée par l'outrecuidance de cet inconnu qui n'avait pas tenu compte de son ordre de se retirer.

— Non, non attendez. Vous m'avez dit que vous étiez de Scotland Yard, n'est-ce pas ? reprit le malade.

— Oui tout à fait.

D'un geste lent de la main, il invita Leek à se rapprocher.

— J'ai bien connu certains de vos collègues. Green, ça ne vous dit rien ?

— Non, enfin... Nous sommes nombreux au Yard et...

— Peacock ? Non plus ?

Leek fit *non* de la tête mais Ewen MacDougall voulait absolument trouver une connaissance commune.

— White ? Mike ? Vivienne ? Non plus ?

À chaque fois, le visage de l'inspecteur exprimait son incapacité à mettre un visage sur un nom.

— Mon Dieu comme le temps passe, se lamenta le malade. Et cette triste affaire de monsieur Boddy, ça ne vous rappelle rien non plus ?

— Malheureusement non, cher ami. Je vais vous laisser à présent. Votre docteure a raison. Vous avez besoin de repos.

— Oui, je vous remercie. Si vous en avez l'occasion, jetez tout de même un œil à l'affaire John Boddy. Cela devrait vous éclairer en votre qualité d'inspecteur de Scotland Yard.

De toute évidence, l'homme s'égarait dans ses propos. Ses vieux souvenirs se mélangeaient au présent. L'inspecteur promit poliment de s'intéresser au dossier Boddy et se retira sous le regard soupçonneux de la docteure.

Lorsqu'il revint d'un pas tranquille dans le hall des champagnes Le Waleys, un brouhaha joyeux l'accueillit. Avec en bruit de fond, le tintement des flûtes qui s'entrechoquaient. Libérées des longues et ennuyeuses questions administratives, les participantes à la réunion de travail babillaient avec légèreté en présence de Patrice Lelann, l'artiste croisé lors de la visite des locaux. Sa présence étonna Leek, mais il lui revint à la mémoire que l'homme avait le projet d'organiser une exposition d'œuvres d'art de grande ampleur dans les vignobles champenois.

L'inspecteur se rapprocha de Tante Agatha. Visiblement préoccupée, un verre de champagne à la main, elle observait avec curiosité Sylvia MacDougall. Il suivit son regard et constata avec étonnement que le visage de la propriétaire des lieux reflétait une certaine tristesse.

— Vous semblez songeuse, madame, murmura Leek, à l'intention de Tante Agatha. Votre réunion s'est-elle bien déroulée ?

— Parfaitement, mon ami.

— Mais quelque chose semble vous préoccuper ?

— Oui, répondit-elle. Sans vouloir donner plus d'explications.

Après un court moment d'hésitation pourtant, elle avoua :

— Notre hôtesse me paraît soucieuse et à plusieurs reprises durant notre réunion, elle m'a paru sur le point de défaillir.

— Le mauvais état de santé de son mari en est sans doute la cause.

— Que voulez-vous dire ?

— J'ai fait la connaissance ici même de monsieur Ewen MacDougall sur son lit de souffrance. Le pauvre homme perd la tête.

— Ah, donc en voilà la raison. Jeanne Sandre m'a confié que Sylvia, après lui avoir demandé comment se déroulait le voyage commercial à l'étranger de son mari, souhaitait lui confier une *chose importante* dans le courant de la soirée. Elle semblait, m'a-t-elle affirmé, *très perturbée.*

À peine sa phrase achevée, Tante Agatha s'excusa pour rejoindre un groupe de trois femmes en discussion avec Jeanne Sandre. Resté seul, Leek observa la petite assistance et suivit des yeux Patrice Lelann qui se rapprochait de Sylvia MacDougall, en lui tendant, un large sourire affectueux aux lèvres, une flûte de champagne.

Aussitôt la sexagénaire, en levant son verre, sollicita un peu d'attention pour présenter l'artiste *initiateur*, selon elle, *d'un projet artistique sans pareil.* Le jeune homme, flatté par le compliment et invité à s'exprimer, développa son projet dans le détail, monopolisant la parole pendant une bonne trentaine de minutes.

— Nous avons hâte de voir l'aboutissement de cette idée soutenue comme vous vous en souvenez par notre très regrettée Helen Cruize, reprit l'hôtesse à l'issue du long monologue, je vous invite à en apprendre davantage dans des articles à paraître prochainement dans le quotidien régional *L'Union* et dans le magazine spécialisé *Bulles & Millésimes*. Patrice y annonce notamment la création d'une fondation artistique dont le nom n'étonnera personne : la Fondation Le Waleys.

À la surprise générale, l'artiste prit chaleureusement l'oratrice dans ses bras et lui posa avec force un baiser sur chaque joue. Sous l'effet de l'émotion, Sylvia MacDougall se débattit sans conviction et s'écarta visiblement gênée par cette marque d'affection en public. Puis elle jeta un regard éperdu sur ses amies et se laissa choir comme une marionnette désarticulée sur le sol carrelé. Son corps secoué de violentes convulsions et son visage transformé en une effroyable grimace de douleur.

La scène dura plusieurs minutes. La mort prenait lentement possession de la victime. Les invités, d'abord frappés de stupeur, ne réagirent pas. Puis l'effroi provoqué par la vision de la sexagénaire en proie sous leurs yeux à une terrible agonie suscita des cris et des lamentations. Deux personnes s'évanouirent. Clara Dévigne fut la première à se précipiter au secours de Sylvia MacDougall pour lui relever la tête, rejointe par

Jeanne Sandre, tandis que Tante Agatha, la main sur la bouche, suivaient les réactions désordonnées des unes et des autres.

Patrice Lelann était resté dans la même posture que lorsqu'il avait enlacé puis relâché leur hôtesse, les bras toujours ouverts, le regard terrifié et un masque d'impuissance sur le visage. Figé dans une attitude de désespoir et incapable de comprendre ce qui venait de se passer.

Au cœur du drame, l'inspecteur Leek, un instant bouleversé, retrouva rapidement ses réflexes professionnels. Il invita chacun à conserver son calme et devant le peu d'attention porté à ses propos, il leva le ton jusqu'à hurler dans un français rendu bancal par l'énervement :

— *Please.* Je demande à vous de ne plus s'agiter. *Don't move.* Restez à votre place sans bouger. Clara faites des *pictures before* l'arrivée de la gendarmerie. *Now*, il est formellement interdit de quitter le *property*.

Et aussitôt, il fouilla dans la poche de son veston à la recherche de son téléphone portable pour prévenir les secours et le capitaine Nova. La conversation avec ce dernier fut brève, ponctuée à plusieurs reprises de *Well, well... Ok... I understand.*

— Elle souffre mais elle respire encore ! s'exclama la journaliste dans son dos.

— Vite un verre d'eau, elle réclame à boire ! s'écria Jeanne Sandre. Je vais dans la cuisine...

— Non j'y vais, madame, l'interrompit Patrice Lelann sortant de sa torpeur. Restez auprès de Sylvia.

— Une docteure est en ce moment au chevet de monsieur Ewen MacDougall, signala l'inspecteur. Allez la chercher, il n'est peut-être pas trop tard.

Ève Lamotte, membre du club de vigneronnes, réagit la première à l'injonction et bondit en direction du couloir qui menait à la partie privée de l'habitation. Pendant tout le temps que dura l'attente, le regard de Clara Dévigne agenouillée auprès de la victime en disait long sur l'état de santé de cette dernière. Les secondes s'écoulaient et le pronostic vital s'annonçait de plus en plus incertain.

Enfin Christelle Lenoir apparut en compagnie de la jeune femme venue la chercher. Elle se précipita auprès de la victime et demanda à la journaliste de s'écarter. Malheureusement après seulement quelques minutes de soin, elle se tourna avec tristesse vers l'assistance pour annoncer le décès de Sylvia MacDougall.

— À partir de cette minute, déclara l'inspecteur Leek, tout le monde doit rester impérativement dans ce hall. Je vais demander à madame Sandre qui connaît bien la maison de faire procéder à la fermeture de toutes les issues pour éviter un départ intempestif. Nous allons attendre l'arrivée de la gendarmerie.

La voix timide d'une des membres du club de vigneronnes sollicita la possibilité de prévenir sa famille par téléphone. Plusieurs autres sollicitations du même genre suivirent. Leek accepta à la seule condition que chacun lui transmettrait le numéro privé à joindre. La journaliste Clara Dévigne se chargerait ensuite de composer les numéros pour contacter les familles.

Vingt minutes plus tard, le son de la sirène deux tons d'une voiture de la gendarmerie se fit entendre dans la cour. L'inspecteur se rendit à la rencontre du capitaine de gendarmerie et lui résuma en quelques phrases les événements de la fin d'après-midi jusqu'à la mort tragique de madame MacDougall.

— Eh bien, dites-moi, est-ce la présence d'un homme du Yard qui attire cette succession de morts suspectes ? Je ne vous dis pas l'armada de journalistes que je vais avoir à gérer à partir de maintenant.

Arthur Leek prit un air confus puis, ayant oublié d'en faire mention, il ajouta à son récit sa rencontre fortuite dans la soirée avec Ewen MacDougall, au chevet de qui officiait une docteure, Christelle Lenoir.

L'agitation feutrée dans le hall s'interrompit lorsque le capitaine Nova émit son intention d'interroger sur place chacune des personnes présentes. Face aux objections soulevées par cette décision, il ajouta avec fermeté que ce deuxième décès – à relier à celui d'Helen Cruize –, s'avérait particulièrement suspect.

— Aurions-nous affaire à un *serial killer* ? demanda d'une façon détachée la personne qui s'était chargée de prévenir la docteure Lenoir. Âgée d'une quarantaine d'années, son regard ne reflétait aucune inquiétude.

— Madame..., commença le capitaine de gendarmerie en laissant passer quelques secondes dans l'espoir que l'invitée déclinât son identité.

— Lamotte, Ève Lamotte...

— Madame Lamotte, nous ne sommes pas dans une série policière télévisée. Ce terme de *serial killer* est inapproprié à l'heure actuelle.

— Dans tous les cas, il s'agit d'un assassin sans scrupules, en conclut Tante Agatha.

D'un geste de la main, Charles Nova attira l'attention d'un jeune gendarme en faction à l'entrée de la salle et lui intima l'ordre de procéder aux interrogatoires des témoins et de faire fouiller chaque pièce de l'habitation. Il y ajouta les vêtements des invités. L'idée d'une fiole ayant servi à transporter du poison versé dans une boisson l'obsédait. Le corps sans vie d'Helen Cruize avait ressurgi dans son esprit.

Une fois l'information transmise, il se rendit près de l'inspecteur Leek et lui murmura quelques mots à l'oreille. L'un et l'autre quittèrent discrètement le hall pour se rendre au chevet d'Ewen MacDougall afin de lui annoncer la mort de sa femme. Quand ils parvinrent sur le seuil de la chambre, ils notèrent le geste symbolique de la docteure, revenue précipitamment dans la chambre, qui remontait un drap blanc sur le visage du malade. La mort les avait précédés.

— Il est décédé, affirma-t-elle. Je n'ai pas eu le temps de lui annoncer le décès de son épouse et je pense que c'est mieux ainsi.

— Autant qu'il soit parti en paix, admit le capitaine Nova.

Leek parut déconcerté. Il avait espéré pouvoir discuter à nouveau avec cet homme extravagant, ayant côtoyé au cours de son existence des collègues de Scotland Yard. Il se souvint de leur rapide échange peu de temps auparavant et il s'en voulut de ne pas y avoir attaché plus d'importance.

— Bon, retournons dans le hall, proposa Charles Nova, je dois…

La sonnerie du portable de Christelle Lenoir l'empêcha de poursuivre. La communication téléphonique leur sembla importante car la concentration se lisait sur le visage de la jeune femme.

— Bien, dit-elle pour terminer l'échange téléphonique, j'arrive immédiatement.

Elle attrapa sa sacoche et leur présenta ses excuses en précisant qu'une patiente âgée venait de faire une chute lors d'une randonnée et que son état s'avérait de plus en plus alarmant.

Parvenus dans le hall, les deux hommes furent surpris de constater qu'un silence de plomb remplaçait l'agitation brouillonne du début de soirée. Les interrogatoires qui avaient lieu dans la salle de réunion semblaient s'éterniser et des chaises avaient été installées, ici et là, pour soulager les jambes fatiguées. Les deux extras embauchés pour la soirée se relayaient afin d'étancher la soif des invités et répondre aux désidératas des uns et des autres. Une équipe de la scientifique s'affairait autour du corps gisant toujours sur le sol pour effectuer des prélèvements susceptibles d'être plus tard analysés en laboratoire.

Vers vingt-deux heures, le capitaine Nova considéra l'enquête de terrain bouclée et informa l'inspecteur Leek qu'il avait demandé, outre l'autopsie du corps de Sylvia MacDougall, celle également de son époux, Ewen. La concomitance des deux décès le chiffonnait. Il promit à l'inspecteur Leek de le tenir informé des résultats.

— Nous le savons tous les deux, insista-t-il, je ne vous transmettrai rien qui puisse être en mesure de contrarier nos investigations.

Leek acquiesça, il savait pertinemment que sa carte de police du Yard, ne lui donnait pas le droit d'enquêter en France. En vérité, cette situation ne provoquait chez lui aucune frustration. Le professionnalisme de la gendarmerie française valait bien celle de Scotland Yard.

Après tout lui aussi cachait des secrets. À commencer par la raison de sa présence en France. Celle d'intercepter un jeune insouciant d'origine britannique du nom d'Andrew Thomson, fils de lord, sur le point de basculer dans la délinquance en monnayant l'attribution illusoire de *Royal Warrants.*

Un moment cependant sa mauvaise conscience le tortura et il fut sur le point de mettre le capitaine Nova dans la confidence, mais il préféra au dernier moment se taire. En parler revenait déjà à faire du jeune Andrew, un suspect possible dans cette affaire.

CHAPITRE 14

Jeudi 29, vendredi 30 juin et samedi 1er juillet 2023

L'attente des résultats de l'enquête encombra les esprits durant les jours suivants. Jeanne Sandre évoquait dans chacune de ses conversations *les suicides tragiques de ses amies Helen et Sylvia,* qu'elle attribuait à *des peines de cœur.* Avec des sanglots dans la voix, elle se refusait à toute autre interprétation. Cette perspective romantique lui rendait ces deux disparitions moins tragiques à supporter.

Et quand elle était amenée à évoquer la mort du *malheureux* Ewen MacDougall, elle se lamentait qu'il n'ait pu, usé par la vieillesse, surmonter la maladie qui le rongeait de l'intérieur. À une ou deux reprises, elle confia à Tante Agatha et à Leek l'hypothèse d'un incroyable pressentiment. Selon elle, l'amour sincère et profond qu'il portait à sa femme lui avait fait pressentir depuis son lit le terrible drame qui se déroulait dans le hall. Sylvia décédée, il n'avait plus de raison de vivre. *Ces choses-là ne s'expliquent pas*, tranchait-elle vivement quand l'octogénaire osait manifester un doute à ce sujet. *Cela relève de l'irrationnel.*

Leek savait – grâce au témoignage de la docteure, Christelle Lenoir – que l'époux n'avait pas pu être informé de la mort de sa femme, mais il se garda bien de désillusionner son hôtesse. Au fond de lui, cette version romanesque le consolait de la malfaisance de l'espèce humaine.

De leur côté, Tante Agatha et Clara Dévigne devisaient au contraire à n'en plus finir sur la noirceur du monde actuel. La première regrettait le temps béni de sa jeunesse faite de civilités, de respect d'autrui, de reconnaissance dans le travail, d'amour éternel, d'honneur, de patrie, d'éducation stricte et de culture. La seconde déplorait, également, la perte des valeurs, mais mettait en avant la lutte contre les inégalités, la culture à la portée de tous, la formation permanente qui permettait de s'élever dans la société tout au long de sa vie et les progrès de la santé.

Incité à donner son avis, l'inspecteur Leek tergiversait puis déclarait forfait. Il ne souhaitait pas aborder les sujets épineux s'attendant à tout instant à être relancé sur le Brexit et ses conséquences pour son pays. *Vous êtes vraiment british jusqu'au bout des ongles,* ironisa Clara Dévigne. Et en faisant un parallèle osé poursuivit : *C'est comme au rugby, les Anglais préfèrent botter en touche ou marquer sur des pénalités, plutôt que d'aller droit à l'essai.*

C'est dans cette incertitude, mêlée de mélancolie et de nostalgie, que les journées s'écoulèrent à se sustenter, prendre le thé, errer dans le parc de la famille Sandre et se promener, en profitant de l'absence de journalistes dans les parages, à pied dans le bois jouxtant la propriété. Sollicité le samedi après-midi pour une sortie à vélo, Leek afficha son peu d'enthousiasme suscitant, une nouvelle fois, les sarcasmes de la journaliste. Tante Agatha apporta son soutien à l'inspecteur et ce fut finalement en Range Rover qu'ils empruntèrent la route des vins de Champagne.

— Cette escapade est une bonne idée et surtout moins fatigante à faire qu'à bicyclette, marmonna l'octogénaire, un sourire aux lèvres, en regardant du coin de l'œil l'inspecteur.

— On va dire qu'on a oublié pendant une heure ou deux les conséquences de l'automobile sur le réchauffement climatique, maugréa la journaliste en rigolant.

Dimanche 2 juillet 2023

Le dimanche matin, Leek composa le numéro de téléphone du Yard. Il était urgent d'obtenir des informations complémentaires auprès de David Brown à Londres. À l'autre bout de la ligne, il imagina son collègue rêvassant derrière son bureau, heureux d'échapper aux contraintes de la vie maritale et des enfants turbulents qui vont avec. Comme la communication tardait à aboutir, ses pensées allèrent à son amour de jeunesse, Maggie, avec qui il avait formé un joli couple londonien pendant quelques mois. Aujourd'hui, si la sexualité insatiable de la plantureuse jeune femme n'avait pas brisé leur union, il serait le papa d'un splendide rejeton, devenu avec le temps, un solide policier prénommé Alistair. Un David Brown en moins pataud, plus intelligent et bien mieux soigné de sa personne.

— Tu t'ennuies de la *Old England* ? plaisanta son correspondant. Tu n'as toujours pas mis la main sur le fils Thomson ?

— Non Alistair…, pardon David, s'excusa l'inspecteur toujours dans ses réflexions, et c'est précisément la raison pour laquelle, je t'appelle. As-tu du nouveau de ton côté ?

— Pas vraiment. Juste une petite information insignifiante. Je ne sais pas ce que ça vaut. Ton gus a écrit à une ex-petite amie qui est devenue la petite amie d'un policier de mes connaissances. Dans son mail…

— Son mail ?

— Oui, aujourd'hui les jeunes s'écrivent des mails pas des lettres ! Évolue mon pote. Bon, je continue.

Donc dans son mail, il dit être tombé sur une bande de copains éblouie par ses origines aristocratiques.

— Quel genre de bande ?

— Ça, je ne sais pas. Mais le plus intéressant est dans la suite. Tu veux l'entendre ?

— Bien sûr David, c'est bien pour ça que je prends soin de t'appeler ce matin.

— Je continue donc : il affirme que ses potes veulent l'amener à participer à un business qui leur rapporterait gros et à lui aussi. De quoi éponger ses dettes et changer de vie.

— C'est tout ? interrogea Leek qui se souvint que Brown n'était pas au courant de l'objet réel de sa mission en France.

— Non, monsieur. Il écrit, tiens-toi bien, que ses potes veulent profiter de sa renommée de fils de lord pour monter une affaire de grande ampleur qui concernerait la Couronne. Ça t'en bouche un coin, non ?

— Et pourquoi tu as pensé que cette information était, comme tu me l'as dit, insignifiante ?

— Parce que ça relève d'une gaminerie. D'un mec qui pour épater son ex-tente de l'éblouir en lui faisant croire qu'il est sur le point d'empocher des millions de livres sterling.

— Ok. Tu as sans doute raison, mentit Leek. A-t-il précisé un lieu où il pourrait se trouver ?

— Il lui a aussi raconté qu'il a quitté Paris pour Reims où il doit rencontrer un artiste peintre.

Bon c'est pas tout ça, mais je travaille moi. Je dois te laisser, à plus et n'abuse pas des *sugar babies* françaises.

Quand Leek raccrocha, il jubilait. La coïncidence était trop belle. Patrice Lelann était sans doute le fil d'Ariane pour remonter jusqu'à Andrew Thomson. Mais rapidement, il déchanta car il ne pouvait plus reculer. Il lui fallait à présent informer le capitaine Nova de la raison exacte de sa présence dans la région. Lui seul et ses hommes étaient en mesure de mettre Patric Lelann en filature pour localiser l'imprudent jeune homme parti le rejoindre à Reims.

Pendant que la maisonnée profitait des premières heures d'une matinée dominicale déjà ensoleillée, Clara Dévigne souhaita retourner au Bar à champagne Le Waleys. Elle espérait, de cette façon, effacer la visite ratée de la première fois, en compagnie de Leek, et obtenir des informations précieuses pour son reportage sur les vins de champagne. Les questions ne lui manquaient pas depuis les tendances actuelles de la consommation jusqu'aux circuits de commercialisation et de distribution. L'esprit même qui avait présidé à la création de cet établissement prouvait l'émergence d'initiatives privées originales destinées à démocratiser le marché.

Trente minutes plus tard quand elle poussa la porte du bar, la clochette, au son disgracieux, tinta pour signaler sa présence, mais cette fois il ne fut pas nécessaire d'attendre. La même femme que la fois précédente était occupée à répondre aux interrogations de deux touristes, admiratifs et déjà visiblement convaincus.

La journaliste attendit son tour puis commanda une flûte du milieu de gamme de la maison Le Waleys. Un sourire engageant lui confirma qu'elle avait fait un bon choix. Les deux touristes hésitaient entre deux achats et, au bout d'un moment, la serveuse les abandonna provisoirement pour venir prendre l'avis de sa cliente. La commande d'une seconde flûte de champagne millésimé facilita la discussion qui tourna autour des questions préparées par la journaliste

Au détour d'une phrase, Clara Dévigne évoqua, comme si elle venait de s'en souvenir, sa précédente visite et demanda des explications sur la nécessité ou pas de disposer d'un garant dans la profession.

— Ah oui, je me souviens maintenant. Vous étiez accompagné d'un beau et élégant gentleman anglais, un inspecteur à Scotland Yard.

— Exactement. Le terme de garant m'a interpellée. Je ne savais pas que…

— Ben, moi non plus. Jamais entendu parler. Je pense que quand on attaque les marchés étrangers, il faut disposer d'une grosse trésorerie car le retour sur investissement est long.

— Vous avez sans doute raison et, si je ne me trompe pas, ce sont des garants britanniques qui viennent faire leurs offres.

— Oui, dans le cas présent. Vous savez, je ne suis qu'une serveuse. Le garant anglais dont vous me parlez devait venir rencontrer la patronne, madame Sylvia, et au dernier moment il a renoncé à se déplacer. D'où la conversation téléphonique où vous avez gentiment proposé votre collaboration pour la traduction. Cet Anglais a exposé ses propositions au chef de cave qui ne comprend qu'un mot sur deux en anglais et au directeur financier, plus à l'aise dans les chiffres que dans la langue de Shakespeare. Heureusement que monsieur Lelann était là, il a pu tant bien que mal servir de traducteur.

— Ah, ce cher Patrice était ici ?

— Vous le connaissez ?

— Oui, je l'ai rencontré lors d'une visite des caves Le Waleys puis – oh c'est tragique ! – lors de l'apéritif durant lequel madame Sylvia MacDougall a trouvé la mort.

— Comme tout cela est triste, se lamenta la jeune femme. Il est l'homme providentiel à présent.

— Comment cela ?

— Eh bien, je suppose que comme il n'y a pas d'héritier à monsieur et madame MacDougall et qu'il a pris la tête de la Fondation Le Waleys, il va maintenant s'occuper de tout.

— C'est fort possible, s'accorda à dire la journaliste.

— Alors vous avez préféré laquelle ?

— Laquelle ?

— Je parle des deux flûtes que vous venez de déguster.

Clara Dévigne se réjouit de la question et, retrouvant son expérience d'œnologue acquise à Bordeaux, elle partit dans un monologue sur les qualités distinctes des deux cuvées. En rajoutant quelques mots savants pour impressionner la serveuse. Dans leur coin, les deux touristes s'interrogeaient toujours sur la marque de champagne à acheter.

À son retour, une bouteille de champagne à la main, la journaliste arpentait le salon désert de la famille Sandre à la recherche d'un réfrigérateur. Une fois le précieux breuvage mis au frais dans la cuisine, elle alla à la rencontre de l'inspecteur Leek et de Tante Agatha qu'elle aperçut en train de se promener de manière nonchalante dans le parc.

Même si elle trépignait d'impatience à l'idée de dévoiler les informations dont elle disposait, elle s'abstint de toute impolitesse et suivit sagement la conversation du duo qui ne faisait pas grand cas de sa présence. Pour Tante Agatha, le décès suspect de Sylvia MacDougall rendait les deux autres également suspects. L'inspecteur Leek allait dans le même sens, mais demeurait réservé en ce qui concernait le propriétaire des champagnes Le Waleys. Sa rencontre avec la charmante docteure, Christelle Lenoir, au chevet du malade ramenait le décès à une banale fin de vie. Il se rappela que le malheureux Ewen lui avait donné l'image d'un vieillard qui n'avait plus toute sa tête.

Lorsque les arguments s'épuisèrent au fil de la discussion, Clara Dévigne se manifesta enfin.

— J'ai quelque chose qui pourrait s'avérer intéressant, dit-elle la mine réjouie.

Tante Agatha laissa transparaître un sourire de politesse et Leek une moue interrogative.

— Je suis retournée ce matin au Bar à champagne de la maison Le Waleys. Pas pour l'enquête, mais pour mon reportage, prévint-elle pour ne froisser personne. J'ai discuté avec la serveuse et…

— Boire du champagne de bon matin ? Quelle horreur ! la coupa Tante Agatha.

— Il était dix heures tout de même. Bon quoi qu'il en soit, j'ai appris que notre artiste Patrice Lelann est depuis quelque temps très impliqué dans le fonctionnement de l'entreprise viticole Le Waleys. Il assistait – tenez-vous bien Leek – à la communication téléphonique avec un correspondant anglophone lors de notre visite de dimanche.

— Intéressant, reconnut l'inspecteur. Et son comportement lors de notre visite de la cave était d'ailleurs celui d'un propriétaire, plus que d'un ami de la propriétaire. Ceci expliquerait le fait que tout ce petit monde présent au Bar à champagne – à commencer par monsieur Lelann – ait choisi de s'éclipser discrètement pour ne pas nous rencontrer.

Un silence s'installa durant lequel chacun poursuivit intérieurement ses réflexions.

Tante Agatha et Clara Dévigne supposaient sans se concerter un lien entre l'intrusion de l'artiste dans la vie de Sylvia MacDougall et les tragédies de ces dernières heures. Leek, pragmatique, repensait à l'appel téléphonique qu'il allait devoir passer au capitaine Nova pour lui expliquer le pourquoi de sa venue en Champagne. L'information fournie par la journaliste sur Patrice Lelann serait une bonne entrée en matière avant d'aborder le cas Andrew Thomson.

CHAPITRE 15

Tandis que le trio regagnait lentement la demeure à la façade chauffée à blanc par le soleil de midi, Jeanne Sandre fit son apparition sur le perron en présence de deux inconnus. Elle héla ses amis de la main afin de leur présenter les nouveaux venus. Leek, toujours tourmenté par l'idée de révéler le but de sa mission au capitaine de gendarmerie, traînait le pas. Ramené soudain à la réalité par les voix qui l'entouraient et conscient de l'impolitesse de son attitude, il accéléra sous l'œil satisfait de son hôtesse.

— Je vous présente deux journalistes. Je vous rassure tout de suite, ils ne travaillent pas pour la rubrique des faits divers dans un journal. Ils sont venus m'interviewer afin de recueillir mes impressions sur le projet d'exposition artistique dans les vignobles champenois. Bien sûr, je leur ai dit tout le bien que j'en pensais…

— Si je puis me permettre, ce serait en effet dommage de ne pas poursuivre, renchérit Tante

Agatha, ne serait-ce qu'en mémoire d'Helen et de Sylvia, deux cheffes d'entreprise, amies des arts.

— Ceci me va droit au cœur, déclara la présidente du club de vigneronnes les larmes aux yeux.

Jeanne Sandre, soucieuse de tenir parfaitement son rôle de présidente, surmonta son émotion. Elle avait fait sienne depuis longtemps, cette maxime qu'affectionnait la reine Élisabeth II : *never complain, never explain*. Ne jamais se plaindre, ne jamais s'expliquer. Sur un ton qu'elle voulut léger, elle présenta le patron du magazine *Bulles & Millésimes*, Bastien Anglet, et son photographe, Pascal Legoat et fit de même pour ses amis venus du sud-ouest. Pour finir, elle proposa car l'heure s'y prêtait un apéritif sur la terrasse.

La conversation, un temps empruntée, autour d'une large table de jardin en fer forgé, tourna rapidement à des échanges amicaux. Clara Dévigne manifesta son intérêt pour la revue lancée par son confrère. Elle lui posa une série de questions très professionnelles et lui indiqua qu'elle effectuait un reportage sur les vins de champagne. Dans la foulée, Tante Agatha, soucieuse de faire la publicité du cognac, évoqua la création d'un club de vigneronnes en Nouvelle-Aquitaine à l'instar de celui présidé par Jeanne Sandre.

Le petit groupe était en terrain connu. La presse, le vin, le champagne, le marketing, la distribution, les marchés étrangers, le réchauffement climatique, les traitements bio, la gestion du personnel, les taxes, etc. Une journée n'aurait pas suffi pour épuiser tous les sujets.

Au cours de sa présentation, la propriétaire des lieux avait cité avec humour la profession de Leek. Dans un réflexe naturel, elle avait chuchoté en guise de confidence à ses invités la présence *d'un fameux et talentueux inspecteur de Scotland Yard.* À quoi, elle avait cru bon d'ajouter : *c'est notre Hercule Poirot local.* Une remarque qui avait eu pour effet de crisper les zygomatiques de l'homme du Yard et de dessiner, au contraire, un très large sourire amical sur les lèvres de Clara Dévigne.

Et c'est donc, tout naturellement, un peu plus tard, lorsque l'occasion se présenta, que le journaliste champenois souligna les liens entre le Royaume-Uni et le champagne.

— Vous savez que votre pays importe autour de vingt-cinq millions de bouteilles de champagne chaque année, commença-t-il en regardant d'un ton conquérant Leek. C'est le premier marché en volume, rendez-vous compte. Le Brexit a fait craindre le pire avec toute son armada à venir de paperasserie. Par chance, un accord a été conclu et les relations commerciales sont demeurées excellentes.

Leek ne voulut pas s'engager sur le terrain miné de la défense d'un Brexit dont il croyait aux vertus sociales, patriotiques et économiques. Aussi répondit-il de manière évasive.

— Notre roi Charles III – tout comme avant lui sa mère la reine Élisabeth II – apprécie beaucoup ce vin, synonyme de fête et toujours associé à d'heureux événements.

— Il y a effectivement, reconnut Bastien Anglet, les fameux *Royal Warrants* accordés par la Couronne et toujours surveillés de très près ici par les professionnels.

Le terme de *Royal Warrant* résonna dans la tête de l'inspecteur à la manière d'un gong. Et quand il répliqua au journaliste, la fréquence sonore du terme l'accompagnait encore dans ses propos.

— Oui, les *Royal Warrants.* Et il prononça avec un air de supériorité : *By Appointment to Her Majesty*... Une tradition britannique qui remonte à loin. Le plus ancien date de 1740. Depuis 1840, ils sont distribués chaque année par la *Royal Holder Association.*

— Avec le Brexit, beaucoup de professionnels ont eu peur que des *Royal Warrants* soient subitement retirés à certaines marques.

— *Wait and* see, déclara Leek très sérieusement. La décision en revient à l'association dont je vous ai parlé. Pour être éligible, tout produit doit avoir été consommé par la Cour pendant cinq ans sur une période de sept ans. Dans le cas du décès du mandant, les *Royal Warrants* sont effectivement remis en question.

— Puisque nous abordons ce sujet, reprit le journaliste, j'ai rencontré récemment par l'intermédiaire de l'artiste Patrice Lelann un jeune fils de lord – je n'ai pas retenu son nom – qui, assure-t-il, est très bien introduit à la Cour d'Angleterre. Je ne sais plus trop ce qu'il m'a raconté précisément mais il prévoit de créer une agence de conseil, ici en Champagne, pour aider les producteurs désireux de décrocher la fameuse distinction. Vous en avez entendu parler ?

— Non, répondit avec un chat dans la gorge l'inspecteur Leek. Pas du tout. Mais il faut bien conserver à l'esprit que la décision finale en revient à la Couronne et à ses plus proches sujets.

— Heureusement, voulut conclure le journaliste. Imaginez toutes les arnaques possibles si ce n'était pas le cas.

Ces derniers mots provoquèrent un début d'étouffement chez Leek qui venait juste d'avaler une savoureuse gorgée de champagne.

— Attention aux bulles ! lui conseilla Tante Agatha en souriant.

Leek manqua de repartie, son esprit était ailleurs. Il venait de prendre une nouvelle décision. Finalement, il se garderait d'avouer quoi que ce soit au capitaine Nova quant à la raison de son déplacement en Champagne. Après tout le hasard avait voulu qu'il découvrît, tout seul, un fil d'Ariane capable de le mettre sur la trace d'Andrew Thomson.

Le contact avec les deux journalistes avait été si agréable à Jeanne Sandre, qu'elle les invita à rester pour le déjeuner. *Nous ferons simple,* assura-t-elle, *un repas sur le pouce.* Et elle s'éclipsa en cuisine pour revenir vingt minutes plus tard en annonçant satisfaite : *Angélique, ma cuisinière, nous prépare une spécialité maison que je vais me faire un plaisir de vous faire goûter.*

Si l'ensemble des convives apprécia l'arrivée, une fois à table, de la spécialité en question, Arthur Leek se montra plus réservé. La vue de pieds de cochon décomposés dans un large plat en porcelaine de Limoges le renvoya à plusieurs mois en arrière lorsqu'il avait dû affronter les cagouilles à la Charentaise. Un plat du sud-ouest qui se résumait à des escargots farcis de chair à saucisse, de couenne de porc, baignant dans une sauce tomate agrémentée de graisse de canard, d'herbes aromatiques, de mie de pain et de vin blanc. Rien que d'y penser, il ressentit une contraction au niveau de son estomac.

Sans qu'il s'en aperçût, et tandis qu'il fixait depuis quelques secondes les morceaux de pieds de cochon déposés dans son assiette, cinq paires d'yeux le dévisageaient avec curiosité.

— Une spécialité locale, annonça Jeanne Sandre, les pieds de porc pannés à la Sainte-Menehould. Je ne sais pas si vous connaissez…

— Ma foi, cela semble succulent, remarqua Clara Dévigne en conservant un œil sur le visage effaré de Leek.

— Vous devez avoir l'équivalent chez vous ? interrogea leur hôtesse en maintenant elle aussi son regard en direction de l'inspecteur.

— Je… comment dire ? Je n'en suis pas sûr, bafouilla ce dernier en se demandant par quel bout attaquer ces petites pièces de viande confites qui le narguaient.

— C'est simple à faire, expliqua Jeanne Sandre : des pieds de porc saupoudrés de sel que l'on laisse macérer douze heures. On fait ensuite bouillir avec du vin blanc, des clous de girofle, des herbes, des légumes et plein d'autres bonnes choses. Puis les pieds sont panés et grillés. Et voilà le résultat. Un plat savoureux où tout se mange.

La liste des ingrédients ne provoqua pas la réaction escomptée de la part de Leek. Sans doute même ne l'entendit-il pas, car à aucun moment il ne releva la tête, tout entier concentré qu'il était sur le caractère incongru de ce pied en morceaux dans son assiette.

— J'ai une anecdote historique au sujet de cette recette, s'exclama subitement Clara Dévigne. Enfin, plutôt une légende sur les pieds de porc à la Sainte-Menehould.

— Ah bon, s'étonna Tante Agatha, cette recette aurait donc une place dans l'histoire de France ?

Comme le cognac qui doit sa réputation à François 1er ?

— Oui, absolument. D'abord, son origine remonte au xve siècle. Du temps de je ne sais plus quel roi, Charles quelque chose. Ensuite, la légende voudrait que Louis XVI lors de sa fuite en 1791 ait souhaité s'arrêter dans cette ville – Saint-Menehould qui soit dit en passant est la ville natale de Dom Pérignon – pour y goûter ces fameux pieds de porc. Manque de chance pour lui, il a été reconnu par un maître de poste qui a alerté la Garde nationale. Le roi fut arrêté un peu plus tard à Varennes.

Ces précisions ne suffirent pas à susciter chez l'inspecteur un sursaut d'intérêt pour ce plat. Le fait que ces pieds de porc eussent été à l'origine de l'arrestation du roi de France – qui finit guillotiné – en rendait la consommation encore plus scandaleuse et insupportable pour un Anglais conservateur et monarchiste.

Pourtant l'éducation et la politesse prirent le dessus et, à l'instar des autres convives, Leek commença à désosser maladroitement avec ses couverts le pied apparemment un peu récalcitrant. Tandis qu'il œuvrait péniblement pour séparer la chair de l'os, il entendit Jeanne Sandre suggérer *d'y mettre les doigts*. Il ne put s'y résoudre et s'entêta à effectuer une découpe, rendue toutefois aisée par la cuisson. Et paradoxalement, la première bouchée lui parut moins pénible à avaler qu'il ne l'avait craint. Le mélange velouté avec une note sucrée et légèrement salée lui ravit le palais.

Pendant tout le temps de sa dégustation, les pensées les plus diverses lui traversèrent l'esprit et des souvenirs culinaires remontèrent à la surface. À commencer par le savoureux *pork pie* servi religieusement par l'irremplaçable Mademoiselle Rose à Londres ou encore le *crackling pork belly* des pubs anglais, dégusté dans le bruit des éclats de rires et des pintes de bière s'entrechoquant vigoureusement.

— Il faut savoir aussi, ajouta Clara Dévigne, entre deux bouchées, que le pied de porc est un aliment rempli de collagènes et donc excellent pour lutter contre le vieillissement.

— Mon Dieu, réagit Tante Agatha., un sourire dans la voix. Je vais en faire servir tous les jours à la *Grande Maison* dès mon retour !

La remarque amusa l'assistance, excepté Arthur Leek qui bataillait toujours avec le contenu de son assiette.

Au moment du café pris sur la terrasse, Leek, ragaillardi par le fait d'avoir surmonté l'épreuve du pied de porc, se rapprocha discrètement du journaliste du magazine *Bulles & Millésimes*. Ce dernier, très détendu, était en conversation avec sa consœur Clara Dévigne. Il l'interrogeait sur les activités de Tante Agatha, surpris de savoir une Anglaise à la tête d'une maison de cognac.

— Tante Agatha est en France depuis de nombreuses années. Au cours de vacances dans le sud-ouest dans les années 1960, elle est tombée amoureuse d'un jeune producteur de cognac qu'elle a épousé et n'a jamais plus eu le désir de retourner dans son pays. À la mort de son mari, elle a repris l'exploitation qu'elle gère avec un régisseur d'origine chinoise, un certain Lian Chen.

— Un Chinois au cœur du Cognaçais ?

— Effectivement, acquiesça-t-elle.

— Et votre inspecteur de Scotland Yard joue le rôle de *bodyguard* ? plaisanta-t-il au moment même où Leek s'insérait dans la discussion.

— Pas du tout, s'esclaffa-t-elle, mais demandez lui directement, le voici qui nous écoute.

Après quelques secondes de gêne, Leek sourit puis démentit avec ironie.

— *Bodyguard ?* Je pense que Tante Agatha possède un tempérament qui lui permet de se défendre toute seule. Pour ma part, je suis tout simplement en vacances.

Ces derniers mots prononcés, Leek fut traversé par une idée soudaine. Entre son désir de rencontrer Andrew Thomson et la crainte de le voir fuir en déclinant devant lui sa fonction au sein du Yard, il imagina un stratagème.

— Si je peux me permettre, nous évoquions tout à l'heure le sujet des *Royal Warrants*. Je pense que Tante Agatha aurait plaisir à rencontrer votre ami britannique dont je ne me souviens plus du nom…

Il laissa passer un bref silence en faisant mine d'attendre une précision.

— Ah, le fils de lord dont je parlais ? L'ami de l'artiste Patrice Lelann.

— C'est cela, oui. Il prévoit, avez-vous dit, de fonder une agence destinée à aider les producteurs de champagne à décrocher un *Royal Warrant*. Peut-être pourrait-il prodiguer quelques conseils précieux à Tante Agatha. ? Après tout le cognac est déjà très apprécié à la Cour d'Angleterre.

— Pourquoi pas, s'enthousiasma le journaliste. Il me faut en dire deux mots à Patrice Lelann qui pourra les mettre en relation.

— N'hésitez pas à me tenir également au courant. En tant que sujet britannique, je me ferai un plaisir d'accompagner notre amie pour cette rencontre.

Satisfait de sa proposition, l'inspecteur poursuivit la conversation sur des sujets en apparence plus anodins. Il questionna le journaliste sur le dénommé Lucas Sartis, subitement envolé après le décès d'Helen Cruize, sur le couple MacDougall tragiquement disparu dans un concours de circonstances étrange et sur l'artiste Patrice Lelann, ami proche de l'épouse Sylvia. Mais l'homme était, en réalité, peu au fait des ragots… Il préférait les faits journalistiques.

Sans rien apprendre de suspect, Leek collecta cependant quelques informations qui lui permirent de mieux saisir la teneur des relations qui reliaient les uns aux autres. Enfin, il fit allusion sans entrer dans le détail de ventes frauduleuses de champagne dans la région.

— Il faut dire que la tentation est forte pour des escrocs venus de l'extérieur de faire espérer à des producteurs locaux des marchés à l'étranger avec du vin pétillant médiocre vendu au prix fort. La profession est extrêmement attentive à cette question et les contrôles sont réguliers.

— Sans doute, voulut conclure l'inspecteur, s'agit-il de bandes organisées qui cherchent des proies faciles : viticulteurs en difficulté, périodes de vendanges difficiles ou encore femmes veuves projetées sans préparation à la tête d'une maison de champagne.

Le journaliste revint sur le décès d'Helen Cruize.

— J'étais dans mes débuts à la rubrique des faits divers dans un journal régional. Si j'en avais la possibilité aujourd'hui, j'aurais bien aimé mener ma propre enquête… Avez-vous lu tout ce qui s'écrit en ce moment sur la mort d'Helen Cruize et du couple MacDougall ? Des tartines et des tartines…

— Je n'ai pas eu l'occasion de lire la presse ces jours-ci. Mon mauvais français m'empêche cet exercice.

— Mais pas d'apprécier la cuisine champenoise à ce que j'ai vu ce midi, constata Bastien Anglet avec un œil complice.

Leek comprit l'allusion et l'image du pied de porc dans son assiette ressurgit dans ses pensées.

— La cuisine française, avoua-t-il, présente bien des surprises pour un Britannique. Et je vais vous faire un aveu. Je commence à mieux vous connaître grâce à votre gastronomie.

— Et à nous apprécier, suggéra avec malice le journaliste. Le Brexit a profondément marqué les esprits. Les Français se demandent ce qui vous a pris de quitter l'Europe. Et d'après les échos, une majorité des quelque 150 000 britanniques qui vivent en France pensent la même chose.

L'inspecteur comprit que la discussion ne suivait pas le cours de sa propre opinion sur le sujet. Conservateur dans l'âme depuis ses plus jeunes années, il considérait que le peuple britannique avait tranché.

— Le référendum a parlé. Une majorité des sujets de Sa Gracieuse Majesté a choisi le Brexit, assura-t-il.

— Dans un référendum, tout dépend de la façon de poser la question et de présenter les choses, argua le journaliste.

Dans l'intimité de la propriété de la famille Sandre, les sujets sérieux, succédèrent jusqu'en fin d'après-midi à des propos superficiels. L'entente fut qualifiée par Bastien Anglet au détour d'une blague de *cordiale*.

— Ah oui, réagit Leek, *the Cordial agreement.* L'entente Cordiale entre nos deux pays depuis 1833.

— Ça, le Brexit ne pourra pas le défaire… conclut amicalement le journaliste

CHAPITRE 16

Lundi 3 juillet 2023

Les échanges de la veille trouvèrent un prolongement d'une incroyable extravagance dans le sommeil de Leek. Comme les fois précédentes, l'homme à tête de porc hanta une partie de sa nuit, ne cédant la place qu'à de rares exceptions à un mendiant à la jambe de bois. Le pied de cochon du dimanche, servi le midi, y était certainement pour quelque chose.

Libéré de toute contrainte terrestre, grâce à la magie des songes, l'inspecteur découvrit l'agréable impression de se déplacer, une nouvelle fois, à sa guise et en lévitation devant le tableau de Jheronimus Bosch. Son esprit, libéré de la gestion physique du corps, eut ainsi le loisir d'analyser chaque centimètre carré du triptyque. De haut en bas, de gauche à droite et vice-versa, autant de fois qu'il le désira. À la manière d'un expert en œuvres d'art son regard, aiguisé par l'utilisation d'une loupe imaginaire, cherchait dans les reliefs de la peinture la clef à une énigme dont il ne connaissait pas l'enjeu. « La Tentation de Saint Antoine » semblait pourtant sur le point de lui délivrer un message. Mais lequel ?

Il était à deux doigts de renoncer lorsque la présence d'un personnage, revêtu d'un manteau à capuche d'Antonin – qu'il considéra être un médecin –, attira son regard. L'homme, un bâton de marche tenu fermement d'une main, était assis dans l'attitude méditative d'un pèlerin, contemplant le spectacle de corps suppliciés auprès d'une table ronde sur laquelle avait été déposée une fiole.

Avec le sentiment dérangeant de voir la lumière de la vérité lui échapper sans cesse au dernier moment pour aller s'éteindre au milieu des ténèbres, Leek ouvrit soudainement les yeux, les membres engourdis et le cou douloureux. Mais cette fois, l'apparition dans son rêve de ce petit flacon en verre avait eu pour effet de provoquer une cascade d'interprétations dont il ne retint que la plus probable.

Son esprit, à l'aide d'une équation algébrique très personnelle dont il avait le secret, déduisit au bout de quelques minutes que l'inconnue *x* qui faisait le lien avec la fiole ne pouvait être que la séduisante Christelle Lenoir, la docteure rencontrée au chevet du malheureux Ewen MacDougall.

Son statut professionnel lui avait conféré une grande liberté de mouvement sur la scène de crime sans aucunement attirer l'attention des enquêteurs. Lui-même, sans doute trop sensible à la silhouette avantageuse de la jeune femme, l'avait inconsciemment écartée de la liste des suspects.

Mais désormais, sa liberté d'action en faisait une potentielle pourvoyeuse de la fiole contenant le terrible poison à l'origine de la mort de Sylvia MacDougall. En sa qualité de docteure, elle avait été la seule à ne pas faire l'objet d'une fouille de la part des gendarmes. *Qui êtes-vous réellement docteure Christelle Lenoir ?* interrogea-t-il dans un murmure.

La question le travaillait encore sous la douche puis tandis qu'il s'habillait et enfin devant son miroir alors qu'il s'apprêtait à rejoindre son hôtesse et ses amies au rez-de-chaussée pour le petit déjeuner.

Clara Dévigne fut la première à noter son excitation intérieure. D'abord, il adressa un *bonjour* général puis plongea le nez dans son assiette où il venait de déposer du pain grillé et un croissant. Il en était là de ses rêveries quand la voix de Tante Agatha brisa le silence.

— Mal dormi, mon cher ? Vous semblez chiffonné ce matin.

— Chi-fo-nné, répéta-t-il en insistant sur chaque syllabe.

— Oui, fatigué et l'esprit embrouillé, rectifia la journaliste sous le regard curieux de Jeanne Sandre.

— Non pas, répondit-il. Je pensais seulement à ma rencontre à venir avec le capitaine Nova et je me demandais ce qu'il aurait à m'apprendre sur les enquêtes en cours.

— Vous-même de Scotland Yard, vous n'avez pas une petite idée sur la question ? interrogea Tante Agatha sur le ton du reproche.

— Mon statut m'empêche de me prononcer. En France, l'inspecteur du Yard redevient un simple observateur.

— Et alors, rétorqua son interlocutrice, un observateur a le droit d'exprimer une opinion auprès de ses amies.

Par chance, la notification d'un texto parvenu sur son téléphone dispensa Leek d'une réponse qui, dans tous les cas, n'aurait pas été satisfaisante. Le message émanait du capitaine Nova qui lui demandait de passer le voir dès qu'il le pourrait. Prenant un air navré et sans plus d'explication, l'inspecteur se leva et quitta la pièce. Quelques minutes plus tard, il circulait en direction de la gendarmerie.

— Bien entendu, le mit en garde le gendarme, je n'ai pas le droit de vous fournir des éléments clefs de l'enquête. Mais vos lumières pourraient m'aider à imaginer des pistes intéressantes. Pourquoi m'en priver ?

Dans le bureau du capitaine, Leek écoutait attentivement l'énumération à haute voix des principales péripéties de ces derniers jours et notait sur son carnet ce qu'il considérait comme important pour l'enquête.

Dans un premier temps, Nova aborda la mort d'Helen Cruize. Il reconnut que les circonstances du décès faisaient penser à un suicide, mais il émit un doute. Certes, la victime, informée de la vente frauduleuse de vins de champagne sous la marque Cruize et délaissée par son jeune amant, avait pu choisir de s'empoisonner avec de l'arsénite de sodium. Mais il imaginait un autre cas de figure.

— Jeanne Sandre, insista le capitaine, nous a dressé le portrait de la victime comme étant une femme forte. Je pencherai donc pour la thèse du meurtre d'autant que le principal suspect est toujours en cavale. Pourquoi ne pas considérer que l'escroquerie découverte, Lucas Sartis, pris de panique, a assassiné madame Cruize puis travesti le meurtre en suicide ? Se débarrassant du même coup d'une relation désormais inutile et d'un potentiel témoin à charge. Tant que sa déposition ne sera pas recueillie et son emploi du temps défini, le doute subsistera. Et, pour l'instant, sa fuite rend tout éclaircissement impossible.

— Il a toutefois donné l'alerte et appelé les secours... ajouta d'une manière hésitante l'inspecteur pour tenter d'amoindrir la responsabilité de l'amant.

— Pour nous faire douter uniquement. Non, croyez moi, le meurtre avec l'argent comme mobile est la seule piste à retenir. Notre homme prépare d'autres abus de faiblesse et escroqueries du même genre.

— Je ne suis pas totalement convaincu, affirma l'inspecteur. Je pense plutôt que le désespoir causé par la perte de son amour et le déshonneur ont amené Helen Cruize à se suicider et que Lucas Sartis en a été le témoin impuissant. Sachant que les évidences seraient contre lui et que l'enquête le rendrait également coupable d'escroquerie, il a préféré s'enfuir.

Après avoir proposé un café à l'homme du Yard, Charles Nova aborda les deux autres décès. Pour Sylvia MacDougall, le compte rendu du légiste confirmait également l'empoisonnement par de l'arsénite de sodium.

— Cette fois, insista le capitaine, on ne peut pas douter d'un acte criminel.

Leek approuva le point de vue en hochant la tête. Réfléchissant tout haut le capitaine demanda :

— Pourquoi tuer cette femme ? Pour la faire taire car elle en savait trop ? Ou parce qu'elle ne servait plus à rien dans une stratégie d'escroquerie de grande ampleur qui la dépassait ?

Et il enchaîna dubitatif :

— Et que penser de la presque simultanéité de la mort d'Ewen MacDougall, son mari, alors même qu'un médecin était à son chevet ? J'attends d'ailleurs toujours les résultats de son autopsie.

L'inspecteur se garda de réagir à ces interrogations, il reporta à plus tard le moment de formuler de manière plus précise son opinion. D'un geste de la main, il encouragea le capitaine à poursuivre.

— À quelle heure exactement le poison a-t-il été administré ? Et bien sûr par qui ? Dans la mesure où personne n'a quitté les lieux – nous avions tout bouclé – comment le moindre flacon contenant le poison a-t-il pu nous échapper ? Nous avons fouillé une par une les pièces de l'habitation, les effets des invités et jusqu'aux vêtements suspendus dans l'entrée. Aucune trace d'une fiole ou d'un truc dans ce genre.

À cet instant, le regard de Leek s'illumina. Il pensait posséder la réponse, mais s'abstint de la révéler. Trop tôt encore, il lui fallait creuser l'hypothèse.

Le capitaine poursuivit en déclarant que de toute évidence le poison – à effet lent – n'avait sans doute pas été versé au moment de l'apéritif. *Cela remonte à plus tôt dans l'après-midi*, assura Nova. Puis, il entreprit d'évoquer la mort d'Ewen MacDougall.

— Rien d'anormal apparemment dans ce décès, l'homme était depuis quelque temps à l'article de la mort. Mais, bon sang, je ne comprends pas comment le médecin présent n'a rien pu faire.

— L'autopsie nous en dira plus, rassura Leek.

— Vous doutez des causes de la mort ? demanda le capitaine.

Un silence pesant s'installa dans le bureau. Nova attendait de la part de l'inspecteur Leek une petite lueur d'explication.

— Dans les deux cas – Helen Cruize d'un côté et le couple MacDougall de l'autre – vous avez omis d'évoquer un point essentiel, commença Leek. Et pourtant vous en connaissez comme moi l'importance.

Le regard circonspect du capitaine montrait qu'il attendait une précision.

— Où va l'argent, mon ami, où va l'argent ? Dans le premier cas, une fois Helen Cruize morte, l'argent revient à son fils qui doit atterrir prochainement à Paris, selon vos informations, après avoir réglé ses affaires en Thaïlande. C'est parfaitement clair.

— Effectivement, s'accorda à dire le capitaine

— Mais où va l'argent en ce qui concerne Sylvia et Ewen MacDougall ? Le couple était sans enfant et sans aucune famille. Ma foi, seul un testament pourrait nous éclairer, ne pensez-vous pas ?

Le capitaine expliqua que la notaire de la famille avait déjà été interrogée à ce propos et que la réponse avait été négative.

— À moins que monsieur MacDougall – c'est lui qui détient la fortune –, ait fait appel à un autre notaire pour éviter d'éventuelles fuites dans l'entourage professionnel ? suggéra Leek content de son effet de surprise sur le capitaine.

Les deux hommes ayant épuisé le sujet des trois morts se jaugèrent mutuellement pendant un long moment. Chacun repensait aux arguments avancés par son vis-à-vis et les confrontait à son propre point de vue. Enfin, le capitaine fut le premier à reprendre la parole.

— Il nous reste à faire le tour des suspects. Et ils ne manquent pas. Si nous écartons la thèse du suicide, pour Helen Cruize, on serait tenté de désigner comme suspect numéro un Lucas Sartis.

— Ou un de ses complices au sein du domaine.

— Ce n'est pas à exclure, reconnut le capitaine. Pour le couple MacDougall, c'est plus délicat. Pour l'épouse, le premier nom qui me vient à l'esprit est Patrice Lelann, son amant.

— C'est un fait, mais quel en serait le mobile ? s'enquit Leek.

— Ma foi, je patauge. Pour la faire taire par exemple, car elle disposait d'informations compromettantes le concernant ?

— Elle a tout de même, souligna Leek, pris soin d'annoncer en grande pompe la nomination de Lelann à la tête de la Fondation artistique Le Waleys

— C'est exact, reconnut Nova. On ne peut pas exclure non plus la jalousie d'une des femmes du club de vigneronnes qui n'aurait pas supporté la réussite du couple. Ou encore Jeanne Sandre en personne. Avec un mari qui fait continuellement le tour du monde pour vendre ses champagnes, il n'est pas impossible qu'elle ait succombé, elle aussi, au charme de Lucas Sartis et que donc…

— Une femme devenue la main meurtrière de Lucas Sartis, renchérit Leek, pourquoi pas ?

Dans un élan de misogynie qu'il ne maîtrisa pas, le capitaine Nova en rajouta :

— Les femmes sont souvent plus imprévisibles que les hommes…

— Vous avez oublié un suspect, même si – paix à son âme – celui-ci est aujourd'hui réduit à l'état de cadavre.

— Mais à qui donc pensez-vous, inspecteur, demanda le capitaine dubitatif.

— Au mari mort. Affaibli, se sachant aux portes de la mort, Ewen MacDougall a très bien pu depuis son lit commanditer le meurtre de sa femme infidèle.

Le capitaine resta d'abord sans voix puis, effrayé par cette piste, déclara d'une voix blanche :

— Ce serait diabolique de sa part.

— La jalousie est un moteur qui se joue de la raison, mon ami. Il ne faut pas écarter cette hypothèse. Lui, vieux et malade, voyait chaque jour sa femme, de vingt ans sa cadette, passer des heures avec ce jeune artiste Patrice Lelann. De quoi le pousser à punir l'épouse volage.

Pendant un long moment, Leek laissa s'installer le suspens. Il caressa sa fine moustache d'un geste délicat et après avoir fixé Charles Nova comme pour lui indiquer qu'il allait lui fournir la clef de l'énigme, il reprit la parole.

— Voyez-vous, je me suis posé la question de savoir comment le poison avait circulé. Car il a bien fallu l'introduire et le transporter sur place puis le faire sortir de la maison des MacDougall. Or je ne vois qu'un moyen de réussir cette prouesse sous les yeux des enquêteurs et donc sous nos propres yeux…

— Eh bien, de quelle façon cela s'est-il produit ? s'enquit le capitaine avec perplexité.

— Je vais vous le dire, mon ami. Je pense que le poison destiné à tuer madame Sylvia MacDougall a été introduit juste avant ou au début de la réunion de travail. Car comme nous le savons l'effet n'a pas été immédiat. Donc, pour qu'il fasse sa triste besogne à l'heure de l'apéritif, il fallait qu'il soit absorbé une bonne heure auparavant. Le poison a donc été versé dans l'une des boissons sucrées prévues pour la réunion de travail en ciblant la tasse de Sylvia MacDougall.

— Je suis très admiratif de vos déductions, inspecteur.

— Maintenant, vous allez me demander comment le flacon contenant le poison est parvenu à quitter les lieux. C'est très simple : la personne coupable s'est servie de l'entremise de la docteure Christelle Lenoir pour se débarrasser de la fiole.

— Impossible, nous l'aurions vu !

— Non, pas si notre assassin a eu l'occasion de la cacher prestement dans un endroit qu'il savait indétectable. Comme une sacoche de médecin par exemple. Dans l'agitation générale, c'est le genre de geste que l'on ne remarque pas.

L'analyse de l'inspecteur Leek ne laissait rien au hasard et le capitaine Nova, un instant dubitatif, parut ébranlé par l'argumentation. Il trouva le moment propice pour laisser fuiter une information.

— Au sujet de la docteure Lenoir, elle est injoignable depuis le meurtre de Sylvia MacDougall. Tout cela nous amène à reconstituer sur place, le plus vite possible, la scène de crime pour être en mesure d'avancer une hypothèse sérieuse, avança Nova.

— Je souhaitais justement vous le proposer. Car je commence à avoir ma petite idée sur la question, conclut Leek.

En prenant un air ténébreux, ce dernier écarta de la main toute nouvelle question du capitaine. Il avait besoin de temps pour confirmer plusieurs points.

— Eh bien, se plaignit Charles Nova, il me reste à présent à affronter la presse régionale et nationale qui commence à se déchaîner pour en savoir davantage. Et le procureur qui exige des résultats dans les plus brefs délais.

CHAPITRE 17

D'abord, il accéléra pensant qu'un événement dramatique venait de survenir dans la propriété des Sandre. Puis, au fur et à mesure, qu'il se rapprochait, Leek comprit et leva le pied de l'accélérateur de son Range Rover. Enfin, il stoppa pour observer à une dizaine de mètres une poignée de journalistes qui patientait dans une ambiance bon enfant. Stylo à la main, micro tendu ou caméra prête à filmer sur l'épaule, ils quémandaient, sans trop y croire, un témoignage du premier venu après les trois décès survenus coup sur coup, en attendant une déclaration officielle de la présidente du club de vigneronnes.

Juste au moment où il se préparait à sortir du véhicule pour se frayer un passage à pied jusqu'à la grille, Leek aperçut un membre du personnel venir à la rencontre de la presse. L'inspecteur reprit aussitôt le volant de son 4x4 et profita de la confusion et du portail ouvert pour pénétrer dans la cour sans être assailli de questions ni flashé par les photographes. Cette mauvaise publicité, il le savait, aurait nui au caractère confidentiel de sa mission sur le sol français.

Par la fenêtre baissée de son véhicule, il entendit dire que *Madame s'exprimerait quand elle serait en mesure de le faire et qu'il convenait pour l'heure de laisser travailler les gendarmes et la justice.* Une sage précaution.

Clara Devigne l'attendait sur le perron. Jetant un œil du côté des journalistes, il lui sourit mais ne reçut en retour qu'une mimique d'enfant triste. Visiblement, elle s'était ennuyée toute la matinée car elle lui fit immédiatement le reproche de ne pas l'avoir emmenée avec elle.

— Mais je n'étais pas en balade, j'avais rendez-vous avec le capitaine Nova à la gendarmerie.

— Oui, seulement j'aurais pu vadrouiller quelque part alors qu'ici avec les journalistes qui font le pied de grue devant la grille, j'étais coincée. Ils vous ont posé des questions ?

— Oh non ! Je me suis fait discret.

— L'inspecteur du Yard au service discret de Sa Majesté ne veut pas se faire remarquer ! s'exclama-t-elle avec ironie.

— S'il vous plaît, parlez moins fort, on ne sait jamais.

— Désolée, je me suis ennuyée, et j'ai besoin de m'en prendre à quelqu'un.

— Et Tante Agatha ?

— Disparue !

— Comment cela disparue ?

— Au milieu de la matinée quelqu'un l'a demandée au téléphone. Et devinez qui ? Je vous le donne en mille.

— Vous voulez me donner quoi en mille ? Je ne comprends pas.

— C'est une expression française qui veut dire : devinez qui ? Alors ? Vous devinez ?

Leek laissa échapper une moue dubitative en guise de réponse.

— Le séduisant Patrice Lelann en personne. Il est passé la prendre en voiture et depuis aucune nouvelle.

— *My God*, s'emporta l'inspecteur, c'est de ma faute.

Et il expliqua sa malencontreuse démarche auprès du journaliste du magazine *Bulles & Millésimes*. Il lui avait suggéré de faire se rencontrer Tante Agatha avec cette personne anglaise qui prétendait faire obtenir un *Royal Warrant* à des maisons de champagne.

— Mais elle est productrice de cognac ! s'exclama la journaliste.

— Justement, j'ai évoqué la perspective d'un nouveau marché, expliqua-t-il très confus.

Ils se regardèrent tous les deux, chacun cherchant dans le regard de l'autre l'assurance que rien de fâcheux ne pourrait atteindre Tante Agatha. Un lourd sentiment de culpabilité s'emparait de Leek, brouillant subitement toute réflexion logique.

— Que voulez-vous qu'il lui arrive ? tenta de le rassurer la journaliste. Ils vont gentiment lui proposer d'intercéder en sa faveur pour l'obtention d'un *Royal Warrant* et essayer de lui soutirer de l'argent. Seulement étant donné son tempérament, ils vont avoir du boulot ! Elle n'est pas du genre à signer un chèque en blanc, croyez-moi.

— *Exactly.* Cependant, j'avais prévu d'être avec elle lors d'une rencontre de ce genre et là elle se retrouve toute seule face à des inconnus.

Considérant le visage désemparé de l'inspecteur, Clara Dévigne l'invita à se ressaisir.

— Inutile de nous inquiéter. Nous allons attendre calmement son retour. Rejoignons Jeanne pour le déjeuner, elle doit se demander où je suis.

L'appétit n'y était pas. Par chance, la maîtresse de maison avait demandé à Angélique de préparer un repas léger. Il le fut avec du jambon accompagné de quelques tomates finement coupées en tranches, de pointes d'ail et des olives vertes. Le tout arrosé d'un vin de pays très recherché, le Bouzy aux arômes subtils de baies rouges.

Jeanne Sandre, informée de la disparition de Tante Agatha, se montra malgré tout excitée à l'idée de présenter à ses invités ce vin produit localement.

— Il faut savoir que ce vin a été servi à la table de Louis XIV ! L'appellation s'étend sur 380 hectares seulement plantés de pinot noir. Un petit bijou. Il conviendra parfaitement avec le jambon et les tomates. Et le fromage bien sûr. J'ai choisi un chaource, fabriqué dans l'Aube, le département d'à côté.

Leek sentit son estomac se contracter subitement. Il était sur le point de décliner l'offre quand Clara Dévigne manifesta son approbation gourmande :

— Je suis sûre que vous allez aimer inspecteur. Un chef-d'œuvre fabriqué au lait de vache. Un goût un peu salé et une délicate note noisette. Sans oublier la croûte recouverte d'une légère couche de moisissure qui lui donne une odeur caractéristique de champignon.

Le visage décomposé de l'inspecteur fit comprendre rapidement aux deux femmes que l'épreuve s'avérait insurmontable pour un Britannique. Jeanne Sandre avec tact proposa un autre choix de fromage moins goûteux.

— J'ai du cheddar si vous préférez. Mon mari en raffole.

Un sourire gêné répondit favorablement à cette proposition.

La canicule de ce début de juillet rendait l'atmosphère intenable à l'extérieur. La pendule sonna quinze heures dans le salon où Jeanne Sandre servit trois cafés destinés à faire patienter ses invités toujours dans l'attente du retour de Tante Agatha. Cette absence inhabituelle les laissait perplexes et pour Leek prenait un aspect préoccupant. Car s'il s'était rangé aux arguments de Clara Dévigne et pensait que rien de désagréable ne risquait d'arriver à leur amie, il n'en demeurait pas moins que l'impossibilité de la joindre sur son portable – il avait fait plusieurs tentatives – lui rendait ce début d'après-midi pesant.

Enfin, une agitation soudaine au portail de la propriété attira leur attention. Clara Dévigne, la première, bondit de son fauteuil, et alla jeter un coup d'œil par la fenêtre qu'elle ouvrit sans tenir compte de la chaleur. Une voiture déposait Tante Agatha et deux journalistes toujours présents tentaient de lui arracher des réactions suite aux trois décès. Elle les ignora.

Quand elle passa le seuil du salon, son visage radieux rassura immédiatement les trois regards pointés dans sa direction. Personne ne tenait à poser une question de peur de se montrer indiscret ou d'avouer son appréhension.

— Ma foi, vous en faites des têtes, s'amusa-t-elle. Moi aussi, j'ai le droit de disparaître sans explication malgré mon grand âge.

— Vous nous avez manqué et vous avez raté un excellent chaource, expliqua avec une mine ironique la journaliste.

— Du chaource pour Scotland Yard ? Vous avez apprécié cher ami ? questionna l'octogénaire en s'adressant à Leek.

— Pas le moins du monde, répondit à sa place Jeanne Sandre, mais son éducation a fait qu'il ne s'est pas prononcé sur le sujet. Je lui ai présenté un cheddar qu'il a dévoré.

La remarque fit pétiller les yeux de Tante Agatha.

— Pour ma part, je sors d'un excellent restaurant situé dans les environs de Reims. Un 3 Étoiles comme je les apprécie.

— Quel est le nom de votre chevalier servant de ce jour ? s'enquit Clara Dévigne.

— Patrice Lelann était présent ainsi qu'un Anglais, fils de lord qui plus est. Un certain Andrew Thomson. Dont j'ai d'ailleurs connu le grand-père et le père autrefois.

L'inspecteur Leek sentit les battements de son cœur s'accélérer. Ses mains tremblèrent légèrement et sa bouche devint sèche sous le fait de l'anxiété.

— Cet artiste, Patrice Lelann, m'a semblé très affecté par la mort de Sylvia MacDougall, précisa Tante Agatha en affectant un air de compassion.

— Et de quoi avez-vous parlé ? demanda Clara Dévigne.

— Monsieur l'inspecteur Leek va nous le dire. N'est-ce pas ?

— Quoi ? Vous étiez dans la confidence et vous nous avez rien dit, s'emporta la journaliste.

— Non, il n'était pas dans la confidence, mais je lui dois en quelque sorte cette invitation. Vous dites pourquoi cher ami ou je le dis à votre place.

Pris au dépourvu, l'inspecteur expliqua avec sérieux :

— Clara est déjà au courant. J'ai suggéré au journaliste Bastien Anglet de demander à Patrice Lelann d'organiser une rencontre entre Tante Agatha et ce jeune créateur britannique d'une agence de conseil, qui se targue d'obtenir des *Royal Warrants.* Bien entendu, je pensais accompagner notre chère amie à un éventuel rendez-vous.

— Oui, je sais, minimisa l'octogénaire, il n'y avait pas lieu de s'inquiéter pour moi. Dès l'appel de cet artiste, j'ai deviné où je mettais les pieds.

Et, avec un plaisir palpable, elle raconta que les deux hommes lui avaient déroulé le tapis rouge dès les premières minutes de leur rencontre. *Un beau tapis rutilant tel qu'on en dispose devant un pigeon dans le but de l'embobiner pour lui soutirer de l'argent. D'où cette invitation à déjeuner chez un grand Étoilé. Je ne me suis pas privée d'augmenter la note, croyez-moi,* précisa-t-elle un rire dans la voix.

— Ma foi, je pense que le fils de lord est sincère, précisa-t-elle. Il considère avec naïveté que son nom prestigieux à la Cour d'Angleterre lui ouvrira toutes les portes.

— Quel est son nom déjà ? demanda Clara Dévigne.

— Andrew Thomson. Cela vous dit quelque chose inspecteur ? interrogea Tante Agatha.

Acculé, sans espoir de parvenir à détourner la conversation, Leek bafouilla un *non* hésitant qui, par chance, ne suscita la curiosité de personne. Et l'octogénaire continua ses révélations.

— En fait, leur système est bien rodé. J'avance de la trésorerie pour des frais de mise en relation, puis un pourcentage est prélevé sur les ventes de mon cognac à la Cour d'Angleterre.

— Ceci me semble sérieux, intervint Jeanne Sandre.

— Certes, tout est autant que ce genre d'opération est plausible. Je ne pense pas que la *Royal Warrant Holders Association* puisse être infiltrée même par un fils de lord.

— Mais alors ? Que leur avez-vous répondu ? Vous avez refusé évidemment ? s'inquiéta Jeanne Sandre.

— Absolument ! J'ai accepté bien sûr.

Leek qui depuis quelque instant demeurait le regard pointé vers le sol releva la tête. Les deux femmes, de leur côté, lancèrent en même temps un *Quoi ?* très expressif qui signifiait sans le dire *Mais vous votre folle*.

Heureuse de l'effet produit, Tante Agatha ajouta :

— J'ai bien fait, n'est-ce pas ?

CHAPITRE 18

Mardi 4 juillet 2023

Une énergie comme elle n'en avait pas connue depuis plusieurs mois dopait le flux nerveux dans l'ensemble des muscles de Tante Agatha. Son corps sous le drap s'impatientait et des fourmis dans les jambes l'incitaient à changer de position. Soucieuse de l'attitude à adopter dans les prochaines heures, elle retardait volontairement le moment de se lever en multipliant les questionnements internes. Subitement, sans savoir pourquoi, au milieu d'un brouillard d'idées qui l'empêchait de penser clairement, elle se revit enfant, traînée par sa mère – servant alors d'agent de liaison avec la résistance française à Londres – dans les locaux occupés par Winston Churchill au 10 Downing Street,

Il n'était que six heures, ce mardi matin, et pourtant depuis son lit, elle tentait d'échafauder un plan destiné à faire surgir la vérité sur la mort d'Helen Cruize et de Sylvia MacDougall. Pour ce qui était du mari, Ewen, la piste du meurtre n'étant pas encore avérée, elle n'en fit pas sa priorité.

En quoi, ces deux énergumènes représentent-ils réellement un danger pour moi ? songea-t-elle en redressant, enfin, son oreiller pour passer en position assise. La question se posait effectivement. Le jeune anglais lui avait semblé posé et, oserait-elle dire, honnête ? Quant à l'artiste, Patrice Lelann, elle ne savait pas quoi en penser. Charmeur, beau parleur, une sorte de David Niven jeune, il se savait irrésistible.

Finalement les deux hommes lui avaient paru sincères, même si elle savait pertinemment qu'il était impossible de décrocher un *Royal Warrant* uniquement avec de bonnes relations à la Cour d'Angleterre. Trop de barrières, de tests, de contrôles et d'enquêtes de moralité avant d'espérer obtenir le fameux certificat et de pouvoir apposer fièrement sur son produit : *By Appointment to HM The King.*

Alors ? Ces deux jeunes gens étaient-ils des idéalistes ou des rêveurs ? Ou étaient-ils plus simplement d'excellents comédiens, cachant derrière un visage avenant des personnalités fourbes et malfaisantes. L'Anglais pourtant paraissait convaincu et elle se souvint de la profonde tristesse qui s'emparait de l'artiste à chaque fois qu'il était question de Sylvia MacDougall.

Incapable de trancher, elle sonda la profondeur des rapports amoureux qui avaient uni l'artiste à Sylvia MacDougall. Comment l'épouse d'Ewen, un homme de vingt ans son aîné, avait-elle succombé à Patrice Lelann, de vingt ans son cadet ? Coup de foudre ? Passade ? Et qui avait fait le premier pas ? Lui avait-il tourné la tête par amour ou pour l'argent ? Qui du cœur ou de la cupidité l'avait emporté en premier ?

Elle en était là de ses interrogations quand elle s'aperçut que les aiguilles de son réveil de voyage n'allaient pas tarder à indiquer l'heure du petit déjeuner. *Jeanne Sandre m'en dira plus sur la liaison de cet artiste avec Sylvia,* espéra-t-elle et elle commença alors sa longue préparation matinale qui devait transformer la silhouette amincie par l'âge et légèrement courbée que lui renvoyait le miroir de sa chambre en octogénaire élégante, accorte et volontaire.

— Vous êtes en beauté ce matin ! lui lança Jeanne Sandre quand elle la vit passer le seuil de la porte du salon.

Tante Agatha apprécia le compliment et chercha des yeux les deux autres invités. Elle escomptait une approbation mais ils n'étaient pas là.

— Ils déambulent dans le jardin en vous attendant.

— Mon Dieu, c'est vrai, je suis en retard ce matin, acceptez mes excuses.

— Il n'y a là aucune matière à s'excuser, chère amie.

— En vérité, depuis mon réveil, je suis tenaillée par une question relative à la relation entretenue entre Sylvia MacDougall et Patrice Lelann.

— Que désirez-vous savoir ?

— Tout. Si possible.

— Peut-être devrions-nous attendre l'inspecteur car...

— Non, ce sont des confidences à se faire entre femmes, la coupa-t-elle.

Surprise par la curiosité de l'octogénaire, Jeanne Sandre, après un bref silence, raconta que Patrice Lelann avait été présenté à son amie Sylvia par Lucas Sartis et Helen Cruize. Le jeune homme était présent lors d'un dîner au domicile de cette dernière.

— Helen m'a raconté que, comme toujours, Ewen avait refusé d'assister à ce dîner...

— Mais pourquoi donc ? s'étonna Tante Agatha.

— Ewen MacDougall était un homme discret. On n'a jamais su réellement ce qui l'a amené en Champagne. Un Écossais plein d'argent, les gens ont beaucoup jasé au début puis les mauvaises langues se sont tues.

— Personne n'a jamais su d'où provenait sa fortune ?

— Non, personne. Il a débarqué dans les années 1960, parlant à peine le français. Dès son installation, il s'est montré discret et même distant avec son entourage. Comme s'il cachait un lourd passé.

— Ou un passé douteux ?

— Peut-être, reprit Jeanne Sandre, songeuse. Lors de ce dîner donc, le courant est passé entre Patrice et Sylvia et ils ont continué à se voir de plus en plus régulièrement. Le caractère ours du mari facilitait les rencontres et, de fil en aiguille, ils devinrent amants.

— Vous pensez que leur amour était de la même intensité pour l'un comme pour l'autre ?

— Pas vraiment. Il manifestait beaucoup d'affection à son égard, mais en même temps – sans aucune preuve ma foi – on le disait superficiel et coureur de jupons. Quant à elle, du fait de son âge, elle s'accrochait à Patrice comme à une bouée. Elle cédait à tous ses caprices.

— Comme quoi par exemple ? questionna Tante Agatha soudain intéressée.

— Il se dit artiste, mais je n'ai jamais rien vu exposé de lui dans la région. Il aurait, dit-on, un certain succès à Paris. Je pense qu'il voyait dans l'idée de créer une exposition dans les vignobles, une occasion de briller en société et, sans doute, de vendre ses propres œuvres. Elle a fait des pieds et des mains pour le soutenir.

— Et cette histoire de Fondation Le Waleys, l'idée vient de lui ou d'elle ou encore d'Ewen MacDougall ?

— Sans hésiter, je dirais de lui. Je crois que tout est parti d'une discussion lors du dîner dont je vous parlais chez Helen Cruize. Lucas Sartis s'était déclaré le premier enthousiaste. Mesurant l'intérêt de Sylvia dans ce projet, Patrice a poussé le bouchon plus loin. Avec une fondation, il pérennisait sa relation amoureuse et s'introduisait définitivement dans la vie des MacDougall.

— Supposez-vous qu'il ait voulu tirer un profit personnel autant que financier ?

— Difficile à dire.

— L'idée qu'il ait souhaité la mort de Sylvia ne tient donc pas ?

— Pas le moins du monde. Avec sa mort, il perd tout.

Un grincement provenant de la porte-fenêtre ouvrant sur le parc signala le retour de Leek et de la journaliste. Leur air complice intrigua Tante Agatha qui ne put retenir une remarque ironique :

— Ma foi, l'air du matin vous sied parfaitement à tous les deux. Deux tourtereaux revenus d'un bain matinal en pleine nature.

— *Tour-te-ro* ? répéta Leek en ouvrant de grands yeux.

— Tante Agatha fait allusion à la vie amoureuse des oiseaux, précisa Clara Dévigne.

Leek, embarrassé par la remarque, ne fit aucun commentaire. Il salua avec courtoisie et fila à sa place habituelle. Plus prolixe, Clara Dévigne rétorqua :

— Quant à vous, à vous surprendre penchée l'une vers l'autre, vous avez l'air de deux comploteuses. Je me trompe ?

— Pas du tout, déclara leur hôtesse, nous évoquions les sentiments qui liaient Patrice Lelann et Sylvia MacDougall.

— Et alors ? s'impatienta la journaliste.

— Et alors, indiqua Tante Agatha, nous hésitons entre deux hypothèses. La première que l'amour était le moteur du couple. La seconde que l'appât du gain motivait ce garçon.

— Dans les deux cas, en déduisit Clara Dévigne, la mort de Sylvia écarte Patrice Lelann de la liste des suspects. S'il est réellement amoureux, quelle raison de tuer sa maîtresse ? S'il est vénal, en tuant madame MacDougall, il savait qu'il perdait tout.

La déduction fut suivie d'un long silence. Un détail dérangeait Leek mais il ne parvenait pas à l'exprimer. Enfin, il lui revint à la mémoire une expression anglaise dont il avait fait son adage : *Money is the root of all evil.* L'argent est la racine du mal.

Tante Agatha laissa Arthur Leek et Clara Devigne poursuivre leur conversation avec leur hôtesse sur la terrasse donnant sur le parc et se retira dans sa chambre. Une idée lui trottait dans la tête qu'elle comptait bien mettre en application.

Toutefois, l'enjeu était trop grand pour affronter, seule, des personnes dont, après tout, elle ne connaissait rien. Elle avait appris à se méfier de ses semblables malgré somme toute un caractère amène. Et tout naturellement un nom lui apparut comme une évidence : Imogen. Sa gouvernante et amie qui la supportait depuis de nombreuses années et qui, en même temps, l'avait si souvent aidée à se sortir d'un mauvais pas.

Elle alla chercher son téléphone portable quand passant devant sa valise, elle se souvint qu'elle n'avait pas offert à son arrivée à Jeanne Sandre une bouteille de cognac, rapportée de sa propriété. Cet acte manqué lui sembla un signe du destin et elle composa, un sourire sur les lèvres, le numéro de la *Grande Maison*.

Au bout de trois sonneries, la voix si caractéristique et, il fallait bien le reconnaître, si peu policée d'Imogen lui transperça le tympan. En quelques mots, Tante Agatha précisa l'objet de son appel et crut percevoir, à l'autre bout de la ligne, un sentiment de satisfaction qui se traduisit par deux mots prononcés de manière spontanée : *Ma foi.*

En vérité, la proposition ressemblait davantage à un ordre qu'à une invitation.

— Si cela vous convient, expliqua Tante Agatha, prenez un train à Angoulême. De Montparnasse, vous sauterez à la gare de l'Est et vous serez en moins de quatre heures à Reims. Dès que vous aurez votre heure de débarquement, vous me préviendrez, quelqu'un viendra vous chercher. Ah, j'oubliais ! Ramenez dans vos bagages deux bouteilles de cognac.

Et elle raccrocha après une rapide formule de politesse. *Il est temps de passer à l'action,* décida-t-elle.

Sans même réfléchir, elle pianota sur son portable dix chiffres qui devaient lui fournir la clef de l'énigme : qui a tué Helen Cruize et Sylvia MacDougall ?

*

Vers onze heures, une chaleur insupportable chassa les trois convives, toujours attablés sur la terrasse. Le temps avait filé dans une agréable ambiance de farniente qui fit en partie oublier le tragique des récents événements. Seul Leek ne parvenait pas à retrouver une paix intérieure, tout confus qu'il était d'avoir lâché le nom de Tante Agatha aux supposés malfaiteurs sans tenir compte du caractère entier de l'octogénaire, capable – il venait encore d'en avoir la preuve – de se jeter dans la gueule du loup sans une once d'hésitation.

Quand ils furent de retour à l'intérieur, Jeanne Sandre les invita à s'installer sur un balcon étroit attenant à un salon dont la vue donnait sur un bois.

— C'est ici que je viens me ressourcer quand j'ai un coup de blues, expliqua la propriétaire.

— Vous êtes finalement souvent seule ? s'informa Clara Dévigne. Votre mari est toujours par monts et par vaux.

Le visage de Leek exprima une perplexité qu'aucune des deux femmes ne releva. *Par mon et par vos ?* tenta-t-il de déchiffrer. Une fois de plus, une expression française échappait à sa compréhension, mais il ne tint pas à le signifier.

— Cette situation est inhérente à la profession. Il faut comme on dit « savoir faire et faire savoir ». Le marché international nous ouvre aujourd'hui de grandes perspectives de développement qu'il faut saisir. Mon mari a donc pour mission d'augmenter nos ventes en Asie et aux Amériques. Moi, je gère sur place.

Par mon et par vos. La formulation trottait toujours dans la tête de l'homme du Yard mais il ne voyait pas le rapport avec les déplacements de l'homme d'affaires. Clara Dévigne remarquant l'air perplexe de l'inspecteur lui adressa discrètement un regard interrogateur qu'il ne comprit pas.

— Il est temps de se mettre à table, invita Jeanne Sandre en regardant sa montre. Il va être bientôt midi. Rejoignons-nous, si vous le voulez bien, dans une demi-heure dans le grand salon.

Une fois leur hôtesse éloignée, la journaliste proposa avec courtoisie d'aller chercher Tante Agatha dans sa chambre pour la prier de descendre déjeuner. L'absence de réponse de Leek l'intrigua. L'air ailleurs, il fixait un arbre.

— Vous semblez songeur, mon ami, lui dit-elle. Que se passe-t-il ?

— Encore une de vos expressions que je n'ai pas comprise !

— Laquelle ?

— *Par mon et par vos*, articula-t-il distinctement.

— Par monts et par vaux ? Cela veut dire tout simplement : aller ici et là.

— Ici et là ? Mais où ?

— Je ne sais pas moi. À droite et à gauche.

— À droite et à gauche ? Je ne comprends pas.

— Ou si vous préférez aller d'un endroit à un autre. Monsieur Sandre va en Asie puis ensuite en Amérique, par exemple.

— Ok. *Aller par mon et par vos*, c'est se déplacer beaucoup.

— Exactement, conclut-elle, satisfaite d'être parvenue à traduire en langage clair ces quelques mots. Bon, je vais maintenant informer Tante Agatha qu'il est déjà midi.

Quelques minutes venaient de s'écouler lorsque Leek, contemplant le parc depuis le pas de la porte, entendit dans son dos quelqu'un redescendre précipitamment les marches menant au premier étage. Puis une voix féminine troublée par l'émotion déclarer :

— Tante Agatha est introuvable Arthur ! Elle n'est pas dans sa chambre, ni ailleurs. Elle a quitté la maison.

L'inspecteur, surpris autant par le fait d'être interpellé par son prénom que de savoir Tante Agatha, une nouvelle fois, disparue, sursauta. Il se retourna pour découvrir Clara Dévigne, les yeux grands ouverts, qui le fixait dans l'attente d'une improbable explication.

— *My God,* dit-il enfin, après avoir réfléchi en un éclair à la situation. Elle est retournée voir les deux complices d'hier.

— J'espère qu'elle ne va pas céder à leur proposition et signer je ne sais quel document. Dans quoi est-elle allée se fourrer ?

— Se fourrer ? releva Leek curieux.

— Dans quelle situation est-elle allée se mettre, si vous préférez.

— Comme la dernière fois, précisa-t-il sans sourciller dans un restaurant 3 étoiles. Ces deux gaillards savent en mettre plein la vue à leurs futures victimes.

CHAPITRE 19

Le départ de la propriété s'était effectué dans la plus grande discrétion. À peine avait-elle emballé la bouteille de cognac, à l'origine destinée à son hôtesse, qu'elle traversa le parc pour atteindre le portail. Par chance, étant donné l'heure proche de midi, les journalistes avaient déserté les lieux. L'information pouvait attendre le temps d'un déjeuner.

Comme demandé par téléphone à Patrice Lelann, la voiture était stationnée une centaine de mètres plus loin pour ne pas attirer l'attention des occupants de la maison. Tandis qu'elle se rapprochait du véhicule, elle imagina la tête de ses amis quand ils découvriraient sa disparition. Jeanne effrayée, Clara en colère et Leek inquiet.

— Cela m'a tout l'air d'un rendez-vous galant, dit-elle à Lelann en s'installant sur le siège passager.

— Eh bien. Faisons comme si. Je vous emmène déjeuner chez un ami restaurateur. Vous y retrouverez votre compatriote Andrew Thomson qui meurt d'impatience de vous revoir.

Tante Agatha s'amusa de ce trop-plein de sympathie à son égard. Mais elle était là pour en savoir davantage sur les intentions des deux hommes et elle fit semblant de se prendre au jeu.

— Mon Dieu, cela fait longtemps qu'un charmant jeune homme ne m'a pas parlé de cette façon, minauda-t-elle. Et cela me rajeunit.

— Savez-vous qu'il se dégage de votre personnalité une aura particulière. Littéralement vous rayonnez.

— La mort subite de Sylvia MacDougall ne vous pèse pas trop ? l'interrompit-elle, sans ménagement, en prenant une mine triste, provoquant chez Patrice Lelann un malaise de quelques secondes.

— ... Je... Je fais en sorte de ne pas y penser. Sylvia n'aurait pas aimé être à l'origine de la tristesse des gens qui lui étaient chers. Devant le malheur, elle affichait un optimisme à toute épreuve, conclut-il.

Un long silence s'installa et la passagère jugea l'affliction manifestée par le conducteur plutôt sincère.

— L'état de santé de son mari devait bien entendu la préoccuper énormément, reprit-elle. Elle vous en parlait parfois.

— Oui, elle était très inquiète pour Ewen. Il était tout pour elle.

— Heureusement que vous étiez là pour la soutenir, avança Tante Agatha avec malice.

— J'étais toujours présent quand il le fallait...

— C'est la raison pour laquelle Ewen et Sylvia McGougall vous ont manifesté leur reconnaissance en vous nommant à la tête de la Fondation Le Waleys.

— Et je leur en suis très reconnaissant. Mais de quoi demain sera-t-il fait, nous ne le savons pas.

— Que voulez-vous dire ?

— Eh bien que la mort tragique de mes deux amis, car ce furent avant tout mes amis, change tout. Je ne suis plus président de rien.

— Vous leur connaissez un héritier ?

— Je ne connaissais pas grand-chose du passé d'Ewen ni de celui de Sylvia d'ailleurs. *Que sera sera.*

— Je pense que Sylvia avait décelé en vous l'homme sincère que vous êtes, affirma l'octogénaire sans être totalement convaincue de ce qu'elle disait. Vous méritez de donner vie à ce grand projet de Fondation.

Ces quelques mots aimables eurent pour effet de faire naître un sourire discret sur les lèvres de Lelann. Il se tourna vers sa passagère et la remercia pour ce compliment qui lui allait, dit-il, *droit au cœur.*

Devant eux, une pancarte annonçait déjà la direction du parking du restaurant.

Avaient-ils jugé que le fait de l'inviter une nouvelle fois dans un 3 étoiles eût pu lui paraître suspect ? Finis la bâtisse cossue à colombages, la salle de restauration à la décoration épurée et résolument higt tech, réhaussée par de jolies boiseries, et le lustre en cristal majestueux au-dessus du box où ils avaient déjeuné.

Cette fois, le décor se voulait plus modeste. Plus couleur locale avec ses tables rustiques et ses tableaux aux murs représentant des scènes bucoliques de vendanges. Plus propice surtout à une discussion discrète.

Tout au long du repas, Tante Agatha apprécia les deux personnalités, si éloignées l'une de l'autre. Si Patrice Lelann, du fait de son expérience – il frôlait la quarantaine – faisait montre d'une maîtrise parfaite de ses propos et de son comportement, Andrew Thomson, au contraire, avait l'insolence de la jeunesse. À plusieurs reprises, il employa un vocabulaire volontairement vulgaire – abusant de l'argot des *Cockneys* – pour prouver que, malgré son éducation dans un milieu aristocratique très aisé, il savait « faire peuple ». Fort heureusement, son allure juvénile et ses cheveux en bataille gommaient rapidement le souvenir de ses dérapages verbaux. On lui pardonnait ses écarts.

— J'ai connu votre grand-père Harold et croisé votre père Archibald dans le passé, jeune homme, l'interpella Tante Agatha. C'est l'avantage de l'âge, n'est-ce pas ?

Andrew Thomson se montra gêné par l'allusion. S'il évoquait aisément ses origines et sa filiation pour épater la galerie en Angleterre, il n'avait encore jamais rencontré en France de personnes en lien avec sa famille.

Comprenant le malaise, Tante Agatha souhaita tirer avantage de la situation.

— Mais, dites-moi, votre père, participe-t-il à votre nouvelle entreprise ?

Ce fut comme si la terre venait de trembler sous leurs pieds. Andrew Thomson s'agita sur son fauteuil, mit sa main à la bouche et toussa pour se clarifier la voix. Mais il n'eut pas le temps de répondre.

— Andrew ne vous le dira pas, moi si. Son père se montre réservé sur les intentions de son fils. Il demeure sceptique à propos de cette agence destinée à aider des entreprises à accéder aux *Royal Warrants*.

— Mais si votre activité se porte bien, votre père reconnaîtra son erreur, déclara avec conviction l'octogénaire.

— Oui, c'est tout l'espoir d'Andrew, poursuivit Lelann.

— Et, bien entendu, vous le soutenez avec force dans son projet, constata Tante Agatha. Vous êtes partie prenante ?

— Pas du tout. Andrew est un ami et je souhaite lui mettre le pied à l'étrier en France, c'est tout.

— Je le maintiens, vous avez toutes les qualités d'un gentleman et puisque nous arrivons déjà au café, je vous ai apporté une bouteille de mon cognac. Il est important que vous le goûtiez pour vous faire une idée et me dire s'il mérite de trôner sur la table du prochain *Buckingham Palace Ball Dinner* ou à défaut dans les appartements privés du Roi.

La proposition provoqua chez les deux hommes un soulagement qui se manifesta chez Lelann par le même sourire discret remarqué deux heures plus tôt au volant de sa voiture et chez Andrew par une vive rougeur des joues.

Tante Agatha avait noté chez les jeunes ce peu d'élégance à consommer de l'alcool. En l'occurrence, de l'alcool fort. Elle avait regardé à la télévision des reportages sur le *binge drinking.* Une tendance à s'enivrer dans un laps de temps court qui ravageait désormais la plupart des pays européens. Les services de la santé en mesuraient chaque jour les conséquences désastreuses sur l'organisme.

Le spectacle offert par Lelann et Thomson confirmèrent ses impressions. Certes, le premier, plus âgé d'une quinzaine d'années, avait consommé *à la française* de façon régulière mais raisonnée, à savoir sans hâte, tandis que le second, *en jeune anglais fougueux*, s'était précipité sur son verre, qu'il eut le loisir de remplir à plusieurs reprises. *On est loin du raffinement des soirées du Ladies Club,* déplora-t-elle.

Passée l'appréciation de la première gorgée de cognac, puis de la deuxième et de la troisième, l'un comme l'autre se laissa aller à des confidences. L'artiste évoqua sa relation avec Sylvia censée quitter son mari dès qu'il serait rétabli. Le fils de lord exprima, avec un débit de parole ralenti par l'effet de l'alcool, la détestation de son milieu aristocratique *dépassé par un monde qui va plus vite que ses idées rances.* Et soudain, il se mit à pleurer sous le regard étonné puis moqueur de Lelann.

Tante Agatha resservit les deux verres vides et le sien au passage, car elle souhaitait montrer aux jeunes gens qu'elle savait consommer et négocier en même temps. Autrement dit : boire et faire des affaires. Et quand elle s'aperçut que l'acuité des regards se faisait moins intense, elle pensa qu'il était temps d'extirper enfin les intentions profondes de ce duo mal assorti.

— Vous attendez quoi de la création de votre agence de conseil, Andrew ?

— Ce que j'attends, ce que j'attends, répondit-il de façon grotesque, c'est de l'argent pour régler mes dettes et vivre enfin de mon travail.

— Mais votre promesse d'obtention de *Royal Warrants* pour des producteurs français ne sera pas facile à tenir…

— Ah, mais si, intervint Patrice Lelann. Andrew a des relations importantes à la Cour d'Angleterre. Son père est lord, rendez-vous compte.

— Cela ne suffit pas forcément pour…

— Je crois entendre ma mère ! hurla Andrew provoquant la consternation dans le restaurant. Et de toute façon, je ne suis pas seul.

Patrice Lelann leva le bras pour héler un serveur et réclama l'addition.

— Il est temps de vous raccompagner, madame. Votre cognac est excellent et je vous propose une rencontre prochaine à l'agence d'Andrew à Épernay pour passer à des choses concrètes.

— J'ai besoin de réfléchir, expliqua Tante Agatha.

— Prenez bien en considération que pour un engagement financier initial très léger, vous avez la perspective de voir s'ouvrir les portes de Buckingham Palace. Ce n'est pas rien en termes de notoriété et de retombées pour votre entreprise. Mais restons-en là pour l'instant, nous avons tous besoin de prendre l'air et Andrew un peu plus que nous. Je vous raccompagne.

À son retour à la maison des champagnes Sandre, Tante Agatha découvrit deux journalistes qui faisaient encore le pied de grue devant le portail. La presse avait décidé de classer l'affaire Sylvia MacDougall dans la catégorie « meurtre » et celles de Helen Cruize et Ewen MacDougall dans la catégorie « morts suspectes ». Le tout présentait l'avantage de pouvoir titrer sur des « Meurtres en série ». Ce genre de fait divers était, fort heureusement, si rare en Champagne que les rédactions des médias locaux et nationaux avaient dépêché sur place leurs meilleurs reporters.

Une journaliste présente, armée d'un micro, apercevant Tante Agatha mesura en un éclair l'aubaine qui se présentait à elle et fonça lui poser une rafale de questions. Un cameraman, légèrement bedonnant, la suivit et braqua son objectif sur l'octogénaire. Cette dernière, d'abord étonnée puis ravie, se laissa bien volontiers interviewer et considéra que tout compte fait ses propos relayés par les médias pourraient aider à l'aboutissement de l'enquête menée par la gendarmerie.

Ainsi donc sous l'œil curieux de la journaliste qui se présenta comme reporter sur une chaîne d'information télévisée, Tante Agatha évoqua d'abord l'objet de son séjour en Champagne. Après avoir mis en avant habilement son cognac de la *Grande Maison*, elle rendit un hommage appuyé à Jeanne Sandre, son hôtesse, présidente du club de vigneronnes champenoises qui lui prodiguait des conseils pour la création d'une association féminine similaire des productrices d'eaux-de-vie de Nouvelle-Aquitaine. Elle y ajouta sa tristesse des décès successifs d'Helen Cruize et de Sylvia MacDougall qu'elle n'avait pas eu le temps de connaître vraiment et d'Ewen MacDougall qu'elle ne connaissait pas du tout. *Mais un homme certainement charmant,* avait-elle tenu à souligner. Puis prenant un ton plus ferme, elle aborda le cœur de l'entretien.

— Voyez-vous mademoiselle... comment déjà ?

— Isabelle, mon prénom est Isabelle.

— Eh bien, Isabelle, il est pénible pour une dame de mon âge d'être le témoin impuissant de décès inexpliqués. Certes, chez moi à Cognac, j'ai également vécu, il y a à peine un an, des drames du même genre. Mais j'ai toujours du mal à admettre qu'un homme ou une femme puisse se transformer en assassin.

— Vous pensez que le tueur en série est peut-être une femme ?

— Ah, mon Dieu, je ne sais pas. Mais j'ai croisé des créatures charmantes du sexe dit faible qui se sont révélées être des horreurs.

— Et dans l'affaire qui nous intéresse ?

— Je ne sais pas, voyons. Je ne suis pas enquêtrice.

— Mais vous avez une idée ?

— J'ai sans aucun doute ma petite idée, seulement il est trop tôt pour la rendre publique.

En semblant exposer un point de vue spontané, l'octogénaire avait en tête de semer un trouble et d'inciter les protagonistes de cette ténébreuse affaire à se dévoiler d'une façon ou d'une autre.

— Vous connaissez l'identité du meurtrier ou de la meurtrière ? insista la journaliste.

— Mademoiselle ou madame Isabelle, de nos jours on ne sait plus comment dire. Vous ne l'ignorez pas, la seule question qui se pose toujours en pareil cas est : à qui profite le crime ?

— Et alors ? Vous avez la réponse ?

— Eh bien, comme je l'ai suggéré j'ai ma petite idée. Résumons-nous. Nous avons trois victimes richissimes : deux femmes – amies dans la vie et gravitant dans la même sphère professionnelle – et un homme âgé, propriétaire d'une grande maison de champagne. Tout porte donc à penser que ces morts sont le triste résultat d'une machination mûrement réfléchie pour capter indûment des biens aussi bien du temps du vivant de ces personnes qu'après.

— Je ne comprends pas ce que vous sous-entendez par là. Vous pensez à des proches ?

— Tss-tss, réagit Tante Agatha. Ne nous en tenons pas uniquement à l'entourage immédiat des victimes. Ce que je pense, c'est qu'il faut, en pareil cas, prendre du recul et regarder les faits en élargissant le cercle. Cette affaire ne peut à mon sens se résumer à un seul coupable car elle a nécessité forcément des complicités. Et cela pas uniquement parmi les proches des victimes.

— Vous avez utilisé le terme de machination...

— Mais je m'égare, je m'égare. En toute confidence, je sors d'un excellent déjeuner d'affaires en compagnie de deux jeunes hommes. L'un est artiste et l'autre est le fils d'un lord britannique à qui j'ai fait goûter le cognac que je produis. Ils ont en tête de le vendre à la Cour d'Angleterre. Un exploit, n'est-ce pas ? Mais bon, gardez tout ça pour vous.

La journaliste apprécia la confession et exprima son approbation d'un mouvement de tête de haut en bas. Puis avec un large sourire, elle s'adressa de nouveau à l'octogénaire.

— Nous sommes en direct à l'antenne, madame. Merci de nous avoir consacré quelques minutes de votre temps.

Tante Agatha pénétra dans la propriété satisfaite du message adressé à l'assassin ou plutôt aux assassins. Malgré ses réponses à l'emporte-pièce, elle espérait provoquer une réaction. De quoi faire sortir les loups du bois. Pourtant, tandis qu'elle se rapprochait du perron, un mauvais pressentiment commençait à la tracasser. *En ai-je trop dit ?* s'interrogea-t-elle.

La réponse ne tarda pas à tomber. Jeanne Sandre, Clara Dévigne et l'inspecteur Leek, rassemblés devant un écran de télévision dans le salon, sursautèrent au bruit de ses pas sur le parquet. Ils se retournèrent dans un mouvement parfaitement synchronisé dans sa direction. Trois regards désapprobateurs qui en disaient long sur leur jugement concernant sa prestation télévisée.

— Quoi ? demanda-t-elle subitement offusquée. Cette charmante journaliste m'a interviewée et j'ai répondu. Un point, c'est tout.

— Tout de même, s'indigna Jeanne Sandre, juste devant le portail de ma propriété…

— Je… oui c'est un fait. Mais je n'avais pas le choix.

— Toujours *par mon et pas vos*, chère madame, intervint Leek, heureux de pouvoir placer l'expression française récemment acquise.

— Par monts et par vaux ? Comme vous y allez, inspecteur. J'ai simplement déjeuné dans un restaurant à l'invitation de deux charmants jeunes hommes.

— Il n'y a plus qu'à attendre la réaction de la gendarmerie à votre interview télévisée, conseilla la journaliste. D'autant que vos suppositions hasardeuses, vous mettent désormais en danger. Mais pourquoi avoir indiqué que vous aviez *une petite idée*.

— Mon Dieu, dans quel monde vivons-nous ! Une honnête dame ne peut plus s'exprimer sans qu'on lui reproche sa spontanéité.

L'inspecteur comprit l'intention de l'octogénaire de susciter une réaction chez les commanditaires de ce qu'elle avait qualifié devant la caméra *une machination*. Considérant que le mieux était finalement de composer avec elle, il lui demanda avec habileté comment s'était déroulé son déjeuner et si, elle avait obtenu quelques informations utiles à l'enquête.

Dès qu'elle prononça le nom d'Andrew Thomson, l'inspecteur devint blême. L'implication du jeune homme dans l'enquête était désormais actée. Impossible de conserver son identité plus longtemps secrète après l'intervention télévisée de Tante Agatha. Les gendarmes n'allaient pas tarder à s'intéresser à sa personne.

Leek évita d'imaginer la tête du capitaine Nova quand il lui révélerait le pourquoi de sa présence en Champagne. Sa mission qui consistait à éviter le voisinage du nom de Thomson avec ceux de malfrats français était désormais largement compromise.

— Quelle impression vous a fait ce jeune anglais ? demanda-t-il d'une façon faussement détachée.

— Bonne, ma foi. Un peu utopiste le garçon.

— Et votre second chevalier servant ? questionna Clara Dévigne.

— Patrice Lelann ? Fidèle à lui-même, charmeur jusqu'au bout des ongles. Je pense qu'il pourrait vous vendre une toile blanche vierge en vous faisant croire qu'il s'agit d'un chef-d'œuvre artistique.

— Diriez-vous que le… comment l'appelez-vous déjà ?…, fit semblant de chercher Leek. Andrew Thomson, c'est cela ? Oui. Diriez-vous qu'il est sous influence ?

— Comme vous y allez, s'insurgea Tante Agatha, je ne suis pas une psychologue. Mais oui, il m'a semblé fragile et pour tout vous dire de bonne foi. Il croit dur comme fer à son réseau de relations à Londres, et il est persuadé que son patronyme lui ouvrira aisément les portes de Buckingham Palace.

Ces derniers mots rassurèrent Leek. Comme il l'avait imaginé, le jeune écervelé, malgré une éducation britannique stricte, brûlait les dernières cartouches de sa jeunesse dorée. Habitué dès son premier babillement à disposer d'un nom enviable à particule, d'une liste de résidences familiales et de suffisamment d'argent pour poursuivre des études brillantes et faire carrière, il ne supportait avec l'âge le moindre obstacle à ses caprices.

Seulement voilà, coincé entre un frère aîné, devenu banquier, et une sœur, mariée à un honorable comte, il avait, en vérité, manqué d'affection avec un père absent qui traînait jour et nuit sa sinistre silhouette longiligne dans les couloirs du palais de Westminster, une mère superficielle occupée à lutter contre l'outrage du temps et le reste de la famille occupée à dépenser les biens communs.

Laissé à lui-même durant sa jeunesse et jusqu'à la fin de l'adolescence, le malheureux garçon n'avait pas su éviter les amitiés intéressées et les combines hasardeuses. Le jeu lui avait paru la seule porte possible pour obtenir son indépendance et conserver un semblant de statut social aux yeux de ses parents. Seulement le destin en avait décidé autrement.

Sans le connaître, Leek ressentait de la sympathie pour le jeune homme. *Une surabondance d'argent tout comme une absence d'argent sont souvent la source du malheur des hommes,* conclut-il intérieurement avec philosophie.

— Dites donc, inspecteur, l'interpella soudain Tante Agatha, votre présence ici n'est tout de même pas liée à ce fils de lord, apprenti délinquant, sujet de Sa Gracieuse Majesté ?

L'homme du Yard, davantage habitué à questionner qu'à être questionné, nia de la façon la plus convaincante possible.

— Absolument pas. Je m'intéresse simplement à tous les protagonistes de l'enquête.

Quelque peu vexé d'être ainsi pris à partie, Leek annonça son intention de se retirer. Il regagna sa chambre d'un pas lourd, conscient que les minutes qui suivraient seraient parmi les plus pénibles de ces derniers jours.

Son premier appel fut pour le capitaine Charles Nova. Il fut bref. Tout juste l'inspecteur eut-il eu le temps de se présenter et de commencer à signifier l'objet de son appel qu'une voix agitée lui intima quasiment l'ordre de venir faire une déposition à la gendarmerie dans l'heure qui suivait. Un clic sec suivi d'un long bip lui indiqua le gouffre qui le séparait désormais du sympathique gendarme.

Trois minutes plus tard, l'échange avec le *chief superintendant* lui indiqua l'ampleur de la catastrophe. MacKenzie explicita à son subalterne l'étendue des dégâts en quelques mots.

— Notre *Opération Champagne* tourne au fiasco, mon cher. Archibald Thomson vient tout juste d'haranguer le *Prime minister* pour demander plus de sévérité pour les jeunes délinquants. Et vous, vous m'annoncez que son plus jeune fils, Andrew, trempe dans une affaire d'escroquerie.

— J'ai tout fait pour éviter cette situation, Monsieur.

— Alors comment expliquez-vous que nous en arrivions là ?

— Tante Agatha, Monsieur.

— Tante Agatha ? La tante de Lewis Brixton, notre ex-*Home Secretary* et actuel Chancelier de l'Échiquier ? Je la croyais rangée tranquillement sur ses terres de Cognac.

— Non, nous sommes ensemble près de Reims.

— Vous menez vos missions avec Tante Agatha à présent ? On aura tout vu ! s'étrangla son supérieur.

Acculé à devoir s'expliquer, Leek détailla, avec précaution, le pourquoi du comment. Il raconta l'accueil aimable dans une propriété des champagnes Sandre, la succession inattendue de cadavres et l'enquête de gendarmerie. Jusque-là, MacKenzie avait écouté sans réagir. Malheureusement, il fallut avouer le plus délicat : l'intervention télévisée dans laquelle l'octogénaire avait lâché l'origine britannique d'une jeune personne au nom doté d'une particule avec qui elle venait de déjeuner.

— Vous voulez dire que la télévision française a cité le nom de Thomson ?

— Non, Monsieur. Pas le patronyme. Elle a indiqué seulement qu'il s'agissait d'un fils de lord. Mais en tout bien tout honneur.

Leek évita de s'épancher sur le sujet et ne laissa pas le temps à son interlocuteur de l'interrompre. Il promit de ramener le jeune fils de lord à la raison et à la maison tout court. Pour toute réponse, il reçut une mise au point ferme.

— Espérons que rien ne filtrera aux oreilles de Lord Archibald Thomson sinon, vous et moi, nous finirons à la circulation dans le quartier de Peckham ou pire de Hackney.

Bien qu'un frisson d'effroi parcourut l'échine de Leek pendant quelques secondes, il parvint à se ressaisir. Il renouvela sa promesse de conclure sa mission de la meilleure façon qu'il fût.

En raccrochant, il entendit clairement son supérieur furieux laisser échapper un juron. *Bloody french.*

CHAPITRE 20

Le capitaine Nova maugréait en faisant les cent pas dans son bureau sous le regard désolé de l'inspecteur Leek. De toute sa jeune carrière, il n'avait jamais assisté à autant de désinvolture de la part de certains des protagonistes.

— *Mais-bon-gardez-tout-ça-pour-vous*, répéta-t-il pour la troisième fois, imitant la voix aiguë de Tante Agatha s'exprimant sur la chaîne d'info nationale. Évoquer une enquête pour meurtres en cours et donner son point de vue devant une caméra, c'est de l'inconscience.

— Acceptez d'avance ses excuses, capitaine. Tante Agatha possède un caractère bien trempé et…

— C'est le moins qu'on puisse dire. Quant à vous, inspecteur vous êtes un cachotier.

Leek tiqua sur le mot *cachotier,* mais très vite il se souvint de l'explication fournie par Clara Dévigne. Il fut sur le point de demander : pourquoi ? Mais il s'en abstint. Déjà le capitaine reprenait.

— Oui, un cachotier, monsieur l'inspecteur Arthur Leek. Votre venue en Champagne n'est pas le fait du hasard. Je me suis entretenu au téléphone avec la capitaine Lenormand à Cognac. Votre fonction, m'a-t-elle rapporté vous amène à solutionner en France des affaires sensibles et non officielles au nom du gouvernement britannique et parfois même de la Couronne. Ah, il est beau le *Brexit.* La confiance entre nos deux pays n'existe plus.

— C'est un fait que…

— Non, non venons-en aux faits directement. Quelle est la raison de votre présence ici ?

Leek avait tellement redouté ce moment où il faudrait dévoiler son secret, qu'il se sentit subitement soulagé. Ne plus mentir par omission. Être en paix avec sa conscience.

— Un jeune homme est sur le point de basculer sans le savoir dans la délinquance. Il s'agit du fils d'une personnalité très haut placée dans mon pays.

— Elle a un nom cette personnalité ?

— Thomson, Archibald Thomson, il siège à la Chambre des lords.

— Tiens donc, ce monseigneur attend quoi de vous ? demanda le capitaine sur un ton glacé.

— Que j'évite à son fils, Andrew, des complications qui pourraient l'amener à la barre d'un tribunal.

— Ah ! Le fameux fils de lord mis en avant par Ta-Ta – il insista sur les deux syllabes pour signaler son agacement – Agatha lors de son intervention télévisée.

— Tante Agatha est une personnalité respectée chez nous. Sa mère a été au côté de Winston Churchill durant le *Blitz* en qualité d'agent de liaison avec la résistance française à Londres. Elle-même a travaillé aux côtés du même Churchill entre 1954 et 1955 et elle est la tante de Lewis Brixton, membre du gouvernement, aujourd'hui Chancelier de l'Échiquier.

— Évidemment si vos ministres ont le temps de jouer aux échecs, je comprends mieux le choix du *Brexit*...

Leek fit mine de ne pas entendre. De la même manière qu'il n'avait pas réagi au juron proféré par le *chief surperintendent* à l'encontre des Français.

Un silence qui leur parut à tous les deux une éternité suivit la remarque acerbe. Le capitaine Nova admit que son trait d'humour avait pu être blessant et s'excusa auprès de l'inspecteur qu'il appréciait pour ses qualités d'enquêteur.

— Hum, je... je suis désolé de mettre emporté, Leek. Mais comprenez-moi. Comment peut-on se montrer aussi imprudente que votre amie ? Aller devant une caméra de télévision et affirmer dans une affaire de crimes *avoir une petite idée* sur une possible *machination* et conseiller d'*élargir le cercle* de l'enquête. Non mais je rêve...

De nouveau, la colère fit bouillir le capitaine, habituellement d'un tempérament calme.

— Bon, bon. Je vais devoir convoquer madame A-ga-tha-Brix-ton pour lui dire ce que je pense de sa déclaration et connaître sa *petite idée*. Sinon pour ce qui vous concerne avez-vous d'autres révélations à me faire ?

Leek répondit par la négative. Et il poursuivit en évoquant les déjeuners de Tante Agatha avec les deux jeunes gens.

— Ce Andrew Thomson vous paraît-il complice d'agissements répréhensibles ? questionna le capitaine d'une intonation redevenue normale.

— Non, je ne pense pas. Selon Tante Agatha, il croit naïvement à la réussite de son entreprise. Ces enfants de lords ont toujours l'impression que le monde est à leurs pieds, qu'ils ont tous les droits.

— Et Patrice Lelann ?

— Plus réaliste, visiblement, avec une certaine emprise sur Andrew, Tout en nuances aussi dans sa façon d'être, sans que l'on puisse trancher entre l'image d'honnête homme qu'il renvoie et l'amant-escroc de Sylvia MacDougall qu'on le soupçonne d'être.

— Qu'attendent ces deux compères de Tante Agatha ?

Leek sourit en entendant le capitaine Nova renoncer au patronyme de l'octogénaire pour lui préférer une appellation familière.

— Ces deux individus souhaitent décrocher au final un beau chèque signé de Tante Agatha. En conséquence de quoi, ils promettent de lui obtenir un *Royal Warrant* à la Cour d'Angleterre.

— Bien entendu, c'est illusoire selon vous, reconnut Charles Nova. Et cela relève de l'escroquerie. Est-ce que votre amie a conscience du danger auquel elle s'expose après sa déclaration à la télévision ?

— Pas le moins du monde. Elle ne sait pas ce que le mot danger signifie.

— Il faudra veiller à ce qu'elle ne récidive pas et la tenir désormais enfermée à double tour.

Enfermer Tante Agatha ? Impossible. Leek fit une moue de désespoir. Il demanda au capitaine s'il avait du nouveau sur la mort d'Ewen MacDougall. En guise de réponse, le gendarme pointa du doigt quelques feuillets qui traînaient sur son bureau.

— Notre homme était très affaibli par les médicaments administrés par son médecin, Christelle Lenoir. Ça ne tournait plus très rond dans sa tête. Il semblerait que dans ses derniers instants, il ait été victime d'une forme d'étouffement. La probabilité d'une mort naturelle par asphyxie est ce qui ressort du rapport du légiste.

— Triste fin. Sa femme meurt empoisonnée dans le hall de la maison familiale où lui-même est alité et décède quelques minutes plus tard.

Le capitaine évoqua de nouveau les circonstances du meurtre de Sylvia MacDougall. Il considérait que le flacon contenant le poison avait dû de toute évidence circuler sous leurs yeux.

— C'est indéniable. Comme nous l'avons déjà évoqué ensemble, rappela Leek, dans l'affolement général, nous n'avons rien vu. La seule piste qui vaille pour l'instant est celle qui mène à la docteure Christelle Lenoir qui n'a jamais été fouillée par vos hommes.

Ils demeurèrent silencieux pendant un long moment. Leek refaisait défiler les images de la scène de crime. Sylvia MacDougall recevant une coupe de champagne de la main de Patrice Lelann puis s'effondrant sans force sur le sol. Clara Dévigne et Jeanne Sandre à ses côtés pour la réconforter en attendant l'arrivée de la docteure. Subitement, il releva la tête.

— Je me souviens de chaque détail, annonça Leek en lissant sa fine moustache. Deux personnes ont eu le loisir de se déplacer sans attirer l'attention. Patrice Lelann qui est allé chercher un verre d'eau dans la cuisine. Et Ève Lamotte, une amie et membre du club de vigneronnes, qui a prévenu la docteure Lenoir du malaise de Sylvia MacDougall.

— Des gestes naturels au moment de venir en aide à quelqu'un.

— Certes, admit Leek, Cependant je vais tenter d'en savoir plus sur Ève Lamotte, cette amie si prévenante. Quelque chose me dérange dans la scène que je viens de vous décrire, mais je ne sais pas encore quoi. Au fait, rien de nouveau sur Lucas Sartis ? L'amant volage d'Helen Cruize est toujours envolé ?

— Volage, envolé, sourit Nova. Votre français s'améliore inspecteur à ce que je vois.

La tension était retombée entre les deux hommes. Avant de se séparer, le capitaine précisa à son visiteur que ses hommes étaient toujours à la recherche de la docteure Lenoir. Deux suspects dans la nature, c'était trop pour lui. Il était pressé d'en finir.

19h. La chaleur ne faiblissait pas malgré l'heure. Les convives partagèrent rapidement un apéritif sur la terrasse puis regagnèrent l'intérieur pour le dîner. La soirée se déroula dans une ambiance tendue. Les conversations, animées par Clara Dévigne et leur hôtesse, demeurèrent dans un registre convenu où il fut question de canicule, de manque d'eau et du risque de mauvaise qualité du raisin à l'heure des vendanges. Tante Agatha, prévenue d'une convocation prochaine à la gendarmerie, demeura muette contrairement à son habitude durant une bonne partie du repas.

Leek, plongé dans une profonde réflexion, suite à son entretien avec le capitaine Nova, écoutait les échanges d'une oreille distraite, tout en essayant de trouver une explication crédible pour la mort de chacune des deux victimes féminines. Dans le cas d'Helen Cruize, si la thèse du suicide tenait la route, sa mort aurait pu avoir aussi pour but de l'empêcher de révéler à la gendarmerie l'auteur de la fraude sur les champagnes Cruize, à savoir son amant Lucas Sartis.

Quant au meurtre de Sylvia MacDougall, plusieurs hypothèses étaient recevables : la jalousie meurtrière du mari, l'obstacle qu'elle représentait vivante pour mettre totalement la main sur la fortune d'Ewen ou le fait de disposer d'informations gênantes qu'elle souhaitait révéler comme elle l'avait laissé entendre dans la soirée à Jeanne Sandre. Autant de raisons de l'éliminer.

Soudain, un visage gracieux s'invita dans l'esprit de l'inspecteur. Celui d'Ève Lamotte avec sa mèche brune retombant délicatement sur son œil droit. Il lui fallait en savoir plus.

— Qui est exactement cette charmante jeune femme qui a volé immédiatement au secours de la regrettée Sylvia MacDougall ? interrogea-t-il à haute voix.

Clara Dévigne et son hôtesse s'interrompirent et le regardèrent avec surprise.

— Excusez-moi mesdames, mais je réfléchissais au dramatique spectacle de cette femme en train de mourir sous nos yeux. Je me souviens qu'Ève Lamotte est allée chercher la docteure Christelle Lenoir tandis que Patrice Lelann remplissait un verre d'eau dans la cuisine.

Tante Agatha n'y tint pas et s'exclama sans retenue.

— Donner un verre d'eau à une mourante relève d'une méconnaissance crasse des premiers soins en cas d'urgence, dit-elle offusquée par ce manque de jugement. C'est plutôt d'un verre de cognac dont elle aurait eu besoin.

— Crasse ? demanda Leek.

— Laissez tomber, inspecteur lui conseilla la journaliste.

— Ève Lamotte est une des membres de mon club, précisa Jeanne Sandre. Elle est âgée d'une quarantaine d'années. Célibataire, artiste-peintre à ses heures perdues, elle a été la petite amie de Patrice Lelann pendant quelques mois avant qu'il ne rencontre Sylvia au cours d'un dîner chez Helen Cruize.

— Elle dirige une exploitation ? questionna la journaliste.

— Non, elle est cheffe de cave chez nous. C'est une femme de caractère.

— Avez-vous une idée, madame, reprit Leek, de ce que Sylvia MacDougall avait à vous dire avant sa mort ?

— Malheureusement non. Mais elle m'a semblé agitée.

— Que vous a-t-elle dit exactement ?

— Je ne me souviens plus dans le détail. Elle m'a pris le bras pour me tirer vers elle. Et… mon Dieu, j'ai oublié.

Tous les regards étaient fixés sur elle en attendant l'incroyable indice susceptible d'identifier l'assassin. Elle reprit.

— … Elle m'a murmuré à l'oreille… ce ne sont pas les mots exacts, je vous préviens : *Je dois vous parler au sujet du secret d'Helen et aussi de mon mari Ewen, il perd la tête, et ce qu'il me raconte m'inquiète. J'ai besoin de vos conseils.*

Chacun méditait les derniers mots prononcés par la victime en y cherchant une signification cachée. Leek avait aussitôt rapproché *le secret d'Helen* à la fraude sur les champagnes qu'elle prévoyait de dénoncer aux gendarmes. Quant à ce qu'aurait pu raconter le malheureux mari de Sylvia, supposé avoir perdu la tête, les propos lui parurent nébuleux.

Ce fut au milieu d'un mutisme général que la voix de Tante Agatha résonna d'une note étonnamment guillerette. Déposant sa fourchette, piquée dans un dernier morceau de gâteau rémois aux amandes, elle proposa de quoi remonter le moral à chacun.

— Dans ce genre de situation, rien ne vaut un petit verre de mon cognac, lança-t-elle à la cantonade. J'ai ramené la bouteille entamée au restaurant avec mes deux voisins de table. Il en reste la moitié. Je termine ce remarquable dessert et je vais la chercher.

Jeanne Sandre, Clara Dévigne et Leek furent étonnés par cette proposition hors de propos de Tante Agatha. Toutefois, ils adhérèrent très vite à l'idée d'une gorgée de cognac.

Le bruit des pas de l'octogénaire les ramenèrent à des considérations pragmatiques, remettant à plus tard la recherche de réponses à leur énigme. Les verres, remplis d'une belle eau-de-vie charentaise ambrée classée XO Hors d'âge, attendaient sur la petite table du salon que chacun se servît. Leek repensa un instant à la chaleur amicale des soirées en Charente chez la capitaine Lenormand ou à la *Grande Maison.*

Ses pensées flottaient dans un passé pas si lointain quand il entendit Clara Dévigne s'informer sur la qualité des relations entretenues entre Imogen et Tante Agatha dans le sud-ouest

— Elle ne vous manque pas, en ce moment ? interrogea la journaliste.

— Tiens à ce propos, réagit Tante Agatha, je vous annonce l'arrivée d'Imogen demain. Elle vient passer quelques jours ici grâce à l'amabilité de notre hôtesse qui a accepté de l'héberger.

Et elle leva son verre pour trinquer. Les traits du visage de sa voisine de canapé, Jeanne Sandre, exprimaient une profonde interrogation intérieure. Elle ne se souvenait pas que Tante Agatha lui eût annoncé la venue de la dénommée Imogen.

Et de fait, la vieille dame, bousculée par l'agitation des derniers jours, avait totalement oublié de lui en parler. Une marque d'impolitesse qu'elle se serait reprochée toute sa vie si elle s'en était aperçue.

CHAPITRE 21

Mercredi 5 juillet 2023

Un cognac pour Scotland Yard ?

Ces mots tournaient en rond dans sa tête comme un carrousel pour enfants mais sans la musique. Ils le ramenaient des mois en arrière. À sa première enquête en France dans la région de Cognac. Leek avait beau poser sa joue droite sur l'oreiller puis sa joue gauche, rien n'y faisait. Les trois verres de la fameuse eau-de-vie XO de la *Grande Maison* faisaient leur effet.

Son corps flottait dans l'air avec la désagréable impression qu'à tout moment il pouvait être amené à chuter. Quelques fois, dans un sursaut, il se raccrochait bêtement au drap léger qui le recouvrait pour éviter de se faire mal.

Enfin, il sombra dans un sommeil profond qu'un médecin avisé aurait qualifié de coma éthylique. Pourtant, l'inspecteur trouvait la situation agréable, et ce d'autant plus qu'elle le ramena au tableau de Jheronimus Bosch, « La Tentation de Saint Antoine », qui hantait ses nuits depuis son arrivée en Champagne. Contrairement aux fois précédentes, il apprécia particulièrement la compagnie des miséreux, des mendiants aux membres atrophiés et aux jambes de bois.

Son regard se porta vers la tour éventrée dans laquelle un Christ en croix agonisait. Par association d'idées et par le pouvoir des rêves, le visage d'Ewen MacDougall prit place dans le décor. Au cœur de la construction en pierre détruite par les ans.

Soudain, une voix lointaine procéda à un appel, comme à l'école. Il entendit très distinctement les noms de Lenoir, Green, White, Peacock, Vivienne et John Boddy. Des inconnus. Peut-être des écoliers côtoyés dans la cour de récréation du Bedfordshire ?

Puis de nouveau, ses rêves le ramenèrent au tableau. Un petit moulin à vent sur le triptyque à droite lui rappela sottement les moulins à poivre et autres petits contenants indissociables de l'art de la table à la Française. Poivre, sel, vinaigre, huile et moutarde. Depuis son installation dans ce pays, il avait dû affronter le rempart de ces petits récipients en verre ou porcelaine, réunis parfois sur un serviteur de table plus ou moins ouvragé. Poivre, sel, vinaigre, huile et moutarde. Poivre, sel, vinaigre, huile et moutarde. Poivre, sel, vinaigre, huile et moutarde, Poivre…

La bouche pâteuse et le corps en sueur, la lumière du jour qui filtrait au travers des rideaux de sa chambre le réveilla de son cauchemar. Un terme français entendu récemment surgit au milieu d'un magma de pensées vaporeuses : « gueule de bois ».

À l'heure du petit déjeuner, Tante Agatha ne tarda pas à noter l'état physique déplorable de l'inspecteur. Des cernes sous les yeux révélaient une nuit mouvementée. Elle se moqua gentiment de lui.

— C'est donc vérifié. Vous n'avez pas respecté le principe de modération et vous constatez ce matin que l'abus de cognac laisse plus de traces sur l'organisme que le champagne. Avez-vous mal dormi inspecteur ?

— Des cauchemars comme souvent.

— Racontez, nos amies Clara et Jeanne pourront vous aider à les exorciser. Qui sait ?

— Un tableau, « La Tentation de Saint Antoine » du peintre néerlandais Jheronimus Bosch, revient constamment dans mes rêves. Tous les personnages issus de son imagination, femmes et hommes déformés, malades ou torturés rassemblés dans son triptyque m'empêchent de trouver un sommeil apaisant…

— Ce n'est pas étonnant ! s'exclama Tante Agatha. Ils sont affreux.

— Et puis des noms surgissent subitement on ne sait d'où. Comme cette nuit par exemple. Lenoir, White ou Peacock. Et souvent un certain John Boddy. Ces noms me sont parfaitement inconnus.

— Pas pour moi, affirma avec fierté Tante Agatha.

— *My God*, vous les connaissez vraiment ? Qui sont-ils ?

— Des personnages, mon cher que vous avez forcément croisés.

— Dans un livre ou dans un film ? chercha à deviner Clara Dévigne.

— Non, dans un jeu. Est-ce que par hasard vous n'auriez pas aussi entendu dans vos divagations le nom du colonel Moutarde ?

— Le Cluedo ! réagit Jeanne Sandre, en s'applaudissant des deux mains.

L'explication tracassa Leek un long moment. Comment se faisait-il que ce jeu de société eût ressurgi dans sa mémoire ? Perdu dans ses réflexions, il ne remarqua même pas que Clara Dévigne l'observait du coin de l'œil en se demandant ce qui ne tournait pas rond chez l'inspecteur.

Comme à son habitude, Leek choisit, après avoir quitté la table du petit déjeuner, de s'isoler afin de répertorier sur son carnet tous les différents éléments de l'enquête en sa possession. Une habitude dont il ne se départait jamais : mettre noir sur blanc les noms des victimes et lister en vis-à-vis les suspects pour renouer les fils de l'enquête.

Il s'installa sur le petit balcon donnant sur un bois et commençait à rédiger quand une voix familière lui demanda depuis la porte du salon si elle ne le dérangeait pas. La journaliste affichait une moue de petite fille timide et l'inspecteur succomba aussitôt.

— Vous faites quoi ? Vous appliquez une des fameuses méthodes de Scotland Yard ?

— Que voulez-vous dire ?

— On voit souvent dans les films l'inspecteur Japp qui consulte ses notes et s'écrie au bout d'un moment : *Bon sang... mais c'est bien sûr.*

— Je n'ai pas le souvenir de l'utilisation de cette formule chez un homme du Yard.

— Ah, vous avez raison. C'est l'inspecteur Bourrel, un commissaire français, qui l'utilisait dans une vieille série télévisée que regardaient mes parents. Mais vous, que faites-vous donc ?

Leek expliqua dans un premier temps qu'il lui fallait réaliser un point sur l'enquête. Puis, poussé par une confiance dont il ne se croyait pas capable, il lui précisa de but en blanc l'objet de sa mission en Champagne.

— Je suis ici pour retrouver un certain Andrew Thomson, fils d'Archibald Thomson, une célébrité politique dans mon pays et une voix forte à la Chambre des lords. Ce jeune homme est sur le point de tomber dans la délinquance.

— Diantre, s'écria-t-elle d'une manière mondaine, un fils de lord devenu délinquant. Thé, arsenic et vieilles dentelles en quelque sorte. Et dans le cas présent, j'ajouterai champagne.

L'inspecteur lui adressa un sourire amical pour le trait d'humour. Il n'en revenait pas après tant d'années de suspicion à l'égard de la gent féminine – excepté avec Mademoiselle Rose – et des Français en général d'avoir, en quelque sorte, laissé parler son cœur.

— Je peux essayer de vous aider, monsieur Scotland Yard ? demanda la jeune femme.

Il accepta sans hésiter. Le fait de soumettre à une tierce personne ses réflexions lui permettrait, pensa-t-il, d'avancer plus vite vers une résolution de l'enquête. Encouragée par la petite étincelle qu'elle devina dans ses yeux, Clara Dévigne poursuivit :

— Je vous propose de résumer à haute voix et je prends des notes, d'accord ?

— Oui, faisons comme cela et il reprit l'enquête à son début.

Après une grande aspiration, il commença :

— Nous avons donc un premier cadavre. Celui d'Helen Cruize – elle a été apparemment empoisonnée –, découvert dans son salon, une tasse de thé et une bouteille de champagne de la marque Cruize non débouchée sur le sol. Suicide ou meurtre ? On penche pour le suicide mais une suspicion demeure dans la mesure où son amant qui a alerté les secours est à ce jour introuvable. L'homme en question n'était pas apprécié par tout le monde localement, si on en croit la rumeur. Il est possible de supposer qu'il cherchait à s'accaparer par des moyens frauduleux les biens d'Helen Cruize.

— Quand il ne trafiquait pas dans la vente de vins de champagne dont l'étiquette flatteuse ne correspondait pas au contenu. Un escroc en fait, conclut Clara Dévigne.

— Hum... Oui. Deuxième cadavre, poursuivit Leek. Celui de Sylvia MacDougall. Elle s'effondre en public à son domicile lors d'un apéritif au cours duquel elle annonce la création d'une Fondation artistique qui sera présidée par son amant, Patrice Lelann. Empoisonnée, elle aussi avec de l'arsénite de sodium.

— Mais on ne sait pas comment a circulé le poison.

— Exact. Pourtant nous étions tous présents. Nous avons forcément vu la même chose. Les seuls à s'être déplacés furent Patrice Lelann, Jeanne Sandre, Ève Lamotte et la docteure Christelle Lenoir... Et justement en ce qui concerne cette dernière, je vous informe qu'elle a disparu...

— J'étais également parmi les personnes qui se sont déplacées, précisa la journaliste.

— *My God*, réagit l'inspecteur sans écouter. Lenoir c'est aussi le nom d'un des personnages du Cluedo, n'est-ce pas ?

— Oui, c'est ce que Tante Agatha vous a indiqué tout à l'heure.

Leek se souvint intérieurement de sa discussion passée avec le capitaine Nova à propos de la docteure Lenoir. Elle fut la seule à se déplacer à son aise et à quitter les lieux sans être fouillée. Il faillit le préciser à Clara Dévigne, mais il s'en garda.

— À présent le troisième cadavre. Celui d'Ewen MacDougall. Très malade, il perd la tête et me tient des propos incohérents… Il meurt par asphyxie quelques minutes après son épouse.

Les yeux exorbités de Leek exprimèrent subitement une réflexion intérieure intense. Il porta son regard vers le petit bois où les feuilles étaient doucement bercées par le vent déjà chaud de la matinée. Après quelques secondes, il se tourna vers la journaliste.

— Le Cluedo. Les personnages du Cluedo dont m'a parlé Tante Agatha. C'est Ewen MacDougall qui m'a interrogé pour savoir si je connaissais des personnes du Yard du nom de White ou de Peacock. Il m'a même parlé d'un dossier John Boddy.

Clara Dévigne avait le nez sur son portable, ses doigts tapotaient l'écran.

— Attendez voir. Je tape « personnages Cluedo ». Oui… d'accord… Ah là, je lis John

Boddy. À l'origine le nom du jeu s'appelait *Murder* et la victime se nommait… John Boddy aux États-Unis.

— Nous y voilà. Notre Écossais excentrique malgré la maladie avait toute sa tête ou presque. En me citant des personnages du Cluedo, il voulait m'alerter sur sa situation. Celle de victime.

— Et il était à ce moment-là entre les mains d'une docteure du nom de Lenoir, lui rappela la journaliste. Personnage également du Cluedo.

Leek marqua une pause puis résuma la situation :

— Ce qui écarte l'hypothèse – du moins pour le moment – qu'il ait pu manigancer le meurtre de son épouse par jalousie. Mais qui pourrait accréditer la thèse qu'il ait été étouffé, par exemple, par cette docteure désormais introuvable.

Un nouveau silence s'ensuivit. L'inspecteur fit un geste de la main en direction de Clara Dévigne pour lui signaler de prendre à nouveau des notes.

— Pour résumer : Lucas Sartis, possible assassin d'Helen Cruize d'un côté. À moins qu'elle ne se soit suicidée par dépit amoureux. De l'autre, un coupable potentiel pour le meurtre de Sylvia MacDougall en la personne de Patrice Lelann nommé à la tête d'une Fondation voulue par le mari de sa maîtresse. Question : quel aurait été son intérêt de commettre cet assassinat ? Et, enfin, une mort suspecte, celle d'Ewen MacDougall.

— Savez-vous si un héritier s'est déclaré ? questionna la journaliste.

— Trop tôt pour le dire, regretta Leek. Le notaire de famille nous le dira.

— Pour en revenir à Patrice Lelann, insista la jeune femme, est-il au cœur d'une machination ?

— Impossible à déterminer. Les trois victimes étaient riches et avaient toutes un lien avec le champagne. Et si l'on regarde de près, nos suspects ont tous des connexions entre eux. Ève Lamotte avait été la petite amie de Lelann avant qu'il ne devienne l'amant de Sylvia MacDougall, Lucas Sartis a été en relation à Paris et en Angleterre avec Andrew Thomson qui lui doit de l'argent. Et ce dernier est en relation avec Patrice Lelann.

— De là à imaginer, résuma la journaliste, que tout ce petit monde traficote ensemble, il n'y a qu'un pas. Nous avons sans doute affaire à une organisation bien rodée…

— Ce qui veut dire, la coupa Leek, que Tante Agatha est plus que jamais en danger car elle a laissé entendre à la télévision *qu'elle avait une petite idée sur la question.*

Leek extirpa son téléphone portable de la poche de son veston et rapporta avec fébrilité au capitaine Nova l'ensemble des déductions issues de son *brainstorming* avec Clara Dévigne. Il ne savait pas qu'à cet instant même ce dernier avait en face de lui à la gendarmerie, Tante Agatha venue s'expliquer après sa regrettable prestation télévisée.

— Je mets Tante… Enfin je veux dire madame Agatha Brixton sous protection, déclara-t-il sous le regard étonné de l'octogénaire.

Puis les hommes débattirent encore quelques minutes sur les conclusions de Leek. Ce dernier évoqua les propos que lui avait tenus Ewen MacDougall avant sa mort. Et notamment l'allusion à des personnages du Cluedo.

— L'Écossais m'a fait passer un message codé que je n'ai pas su interpréter, affirma Leek. À présent, j'en déduis qu'il a souhaité me confier qu'il était prisonnier d'une bande d'escrocs désireuse de s'accaparer sa fortune. Nous l'avions évoqué mais nous ne savons toujours pas si parmi les membres du club de Jeanne Sandre d'autres victimes sont ou ont été sous la même emprise.

— Je vais m'y employer…

— Non, pas vous ! le coupa l'inspecteur. Plutôt Tante Agatha, les rumeurs et les ragots, elle connaît. Ce sera plus efficace venant d'elle.

Le capitaine Nova, un peu réticent à la perspective de laisser cette octogénaire plutôt originale participer à l'enquête, fut sur le point de dire non. Mais au bout d'un instant, il accepta sous l'œil moqueur de l'intéressée qui suivait la conversation.

— Bien, s'en réjouit Leek. J'ai une dernière question à vous poser : avez-vous eu connaissance d'un testament signé par Ewen MacDougall ?

— Pas encore. Je dois interroger sa notaire Sophie Bossart à Épernay. J'en saurai plus dans la journée.

La communication s'acheva sur l'urgence d'échanger prochainement pour effectuer un nouveau bilan.

Leek, toujours à la recherche d'un indice qui continuait à lui échapper, regarda la journaliste dans l'espoir qu'elle prononcerait un mot-clef susceptible de l'aider. Ce ne fut pas le cas.

— Nous avons bien mérité un café, proposa la journaliste.

Ils se dirigèrent vers le salon qui donnait sur la terrasse.

— Jeanne Sandre a dû accompagner Tante Agatha à la gendarmerie, imagina Clara Dévigne. On se boit ce café tous les deux dans la cuisine, Arthur ?

Ému d'entendre son prénom, l'inspecteur se surprit à répondre : *Volontiers Clara.* Puis, envahi d'une culpabilité qui n'avait pas lieu d'être, il s'excusa auprès d'elle pour cette familiarité. Cela faisait des années qu'il n'avait pas interpellé une représentante de la gent féminine par son prénom. Exceptée Mademoiselle Rose, bien entendu.

CHAPITRE 22

La présentation d'Imogen par Tante Agatha, juste à sa descente du train à Reims, releva de la rencontre du troisième type. Jeanne Sandre se montra courtoise mais un choc de culture eut lieu. Deux mondes diamétralement opposés, deux personnalités extrêmement différentes se rencontrèrent mais au final un accord parfait se noua dès le premier regard.

Pour ne pas faire honte à sa patronne, la gouvernante avait multiplié les formules de politesse en direction de la propriétaire des champagnes Sandre. Trop sans doute. Cette dernière avait dans un premier temps trouvé le ton obséquieux. Mais très vite, le naturel chez Imogen était revenu au galop et, pour être précis, au triple galop. Et le courant entre les deux femmes était bien passé.

Imogen se montra intarissable. Elle qui, en dehors de la *Grande Maison* où elle officiait et qu'elle quittait seulement pour quelques courses à

Rouillac ou à Angoulême, se plaignit de ce qu'elle appelait *la Compagnie des trains*. Tout y passa : la saleté des wagons, la promiscuité dans les gares et le non-respect des horaires. Et elle y ajouta les odeurs nauséabondes et l'absence de civilités dans le métro. *Dans quel monde vivons-nous ?* s'insurgea-t-elle. Jeanne Sandre, éblouie par cette personnalité tonique, acquiesçait à chaque constat ou revendication. N'osant pas préciser au passage que le métro n'appartenait pas à la supposée *Compagnie des trains*.

Assise pendant l'heure qui suivit à l'arrière du 4x4 rouge, et surmontant sans broncher la conduite sportive imposée, Imogen passa son temps à commenter l'animation des rues de Reims, trop agitée de son point de vue. Et une fois parvenus à l'entrée de la commune d'Aÿ-Champagne, elle se lança dans une série de remarques.

— A-t-on idée d'appeler une commune Aÿ-Champagne ? critiqua-t-elle. Doublement ridicule. Comme si les étrangers étaient des imbéciles et qu'ils pensaient être en Alsace.

Tante Agatha qui s'était montrée jusque-là respectueuse des opinions de sa gouvernante pensa qu'il était temps de mettre le holà à ce trop-plein d'appréciations irrespectueuses pour leur hôtesse. Aussi, elle invita Imogen à faire preuve d'indulgence quand ils mirent enfin un pied dans la cour de la propriété des Sandre.

— Ne pensez-vous pas Imogen que les gens d'ici, en Champagne, regarderaient aussi d'une drôle de façon nos habitudes de vie, notre gastronomie ou encore le nom de certaines de nos communes de Nouvelle-Aquitaine. Tenez, par exemple Marans en Charente-Maritime, c'est marrant, ou Arnac-la-Poste en Haute-Vienne, c'est une incitation à commettre un délit.

Et tandis que le trio se rapprochait de la porte d'entrée vitrée, la voix de Jeanne Sandre apporta une note humoristique inattendue.

— Remarquez, nous avons aussi dans la Marne le village de Trécon c'est très c...

Sa voix et les rires amusés se perdirent dans le crissement des pas sur le gravier. Devant le portail, un véhicule banalisé qui les avait suivies et qu'elles n'avaient pas remarqué vint se stationner. À bord, deux gendarmes, chargés de veiller à la sécurité de Tante Agatha.

L'absence de sa patronne en Charente lui avait visiblement pesé. Aussi, très en verve, car dans l'impossibilité d'échanger avec quiconque pendant les jours précédents, Imogen se prêta à une facétie en apercevant l'inspecteur Leek en compagnie de Clara Dévigne.

— Vous me rappelez un inspecteur anglais que j'ai connu dans le sud-ouest, affirma-t-elle avec la grimace de celle qui cherche à se rappeler. Puis, avec un large sourire, elle demanda : *un cognac pour Scotland Yard ?*

— Non, chère, madame, ici le champagne prédomine… répondit-il du tac au tac.

— Alors, je devrais dire *deux flûtes pour Scotland Yard*, ironisa-t-elle en regardant Clara Dévigne d'un air complice. Car vous ne vous quittez plus tous les deux.

Leek et Clara Dévigne échangèrent des regards gênés. À court de railleries, Imogen retomba dans son mutisme habituel, accompagné parfois de petits grognements censés exprimer son agacement.

Après cet intermède charentais, Leek questionna Tante Agatha sur le résultat de son interrogatoire à la gendarmerie.

— Un bel homme charmant ce capitaine, apprécia l'octogénaire. Il considère que je suis en danger.

La voix de leur hôtesse les interrompit.

— Puisque nous sommes tous rassemblés puis-je vous proposer un *Tea Time* au champagne en honneur de notre nouvelle invitée ? Il sera servi dans un quart d'heure.

— *Tea Time* au champagne ? répéta Imogen, guère habituée à associer les deux breuvages. Quèsaco ?

— Ké-sa-co ? interrogea Leek. C'est du charentais ?

— Non pas, rectifia la journaliste. Ça vient de l'occitan.

Et cette dernière entra dans des considérations linguistiques qui intéressèrent beaucoup l'inspecteur. Quant à Imogen, elle attendait toujours une réponse qui ne venait pas. Un thé au champagne ? Quelle hérésie.

Jeanne Sandre, déstabilisée par l'interrogation d'Imogen, lui précisa que le *Tea Time* au champagne avait été lancé à l'occasion du Jubilé de la Reine Élisabeth II en 2022.

— Ils sont drôles ces Anglais ! Mélanger du thé et du champagne pour un anniversaire.

Leur hôtesse n'eut alors d'autre initiative que de proposer dans l'immédiat à la gouvernante, de découvrir sa chambre située au premier étage et d'y déposer ses bagages.

— Je vous suis, suggéra Tante Agatha. J'ai besoin de me refaire une beauté. À tout de suite.

La présentation de la chambre fut rapide. La maîtresse des lieux expliqua le sens de la décoration – *une chambre vintage en souvenir de mes jeunes années* –, lista les serviettes et les savons de bain mis à sa disposition, commenta la *merveilleuse vue sur le parc* et, enfin, s'éclipsa en donnant rendez-vous *dans quinze minutes pour le thé.* Un quart d'heure représentait un délai suffisant pour Tante Agatha qui souhaitait raconter à Imogen les péripéties de ces derniers jours. Une fois le briefing réalisé, au lieu de gagner sa chambre, elle demeura avec Imogen.

— Je suis coincée dans cette maison, car la gendarmerie française considère ma vie en danger. Sornettes ! Mais bon, je n'ai pas le choix. Donc vous allez être moi. Mon double.

— Être vous ? Que Dieu me pardonne, je n'ai pas mérité ça, s'opposa Imogen.

— Comment cela ?

— Je n'ai pas votre… Elle chercha ses mots puis enfin prononça en y mettant les formes : votre prestance et votre sale caractère, si vous me le permettez.

— Vous êtes pas mal non plus côté tempérament. Mais qu'importe. Vous serez moi physiquement. Mes vêtements vous iront à merveille. J'ai hâte de vous contempler dans un miroir.

— Encore faudrait-il que…

— Nous réglerons cela ce soir ou demain matin. Pour l'instant, le *Tea Time* au champagne nous attend en bas.

Les deux femmes que la vie avait réuni et soudé au travers d'une amitié indéfectible depuis plusieurs décennies descendirent lentement l'escalier qui menait au salon d'où des voix leur parvenaient. D'un même pas lent. Tante Agatha parce que l'âge commençait à peser sur ses épaules. Imogen parce que la perspective d'un bon thé au lait accompagné d'une flûte de champagne l'effrayait…

Un *Tea Time* au champagne. *Rien de tel n'aurait été servi en terres cognaçaises,* songea Imogen en pénétrant dans le salon l'allure gauche et un peu intimidée. Tante Agatha ne l'aurait jamais permis. Lors du Jubilé de platine de la Reine Élisabeth II en 2022, elle s'était seulement permis de doubler sa dose quotidienne de cognac le 6 février, date officielle du début de son règne. Mais hors de question de toucher à l'ordonnancement du *five o'clock tea.*

Malgré son appréhension, l'épreuve se révéla cependant moins désagréable qu'Imogen ne l'avait craint. D'abord mal à l'aise, du fait de se retrouver assise sur le même canapé que Tante Agatha, elle ne cessa de porter un œil critique sur la qualité du service effectué par la cuisinière Angélique. Puis l'ambiance chaleureuse aidant, elle testa les différentes mignardises et, enfin, dans un geste maladroit rapprocha une jolie tasse de thé aux motifs fleuris à ses lèvres. Le goût malté, atténué par l'onctuosité du lait, lui apporta aussitôt une paix intérieure qui eut pour effet de gommer son impression *de ne pas être à sa place.* Restait à venir le moment d'affronter les bulles d'une flûte de champagne.

Le fait étonnait la gouvernante charentaise. Les autres invités ne semblaient pas effrayés par le voisinage hasardeux du thé et du champagne.

Imogen n'apprendrait que beaucoup plus tard, qu'ils avaient déjà passé avec succès cette épreuve à leur arrivée.

Leek était curieux d'en savoir davantage sur le profil des membres du club de vigneronnes. L'idée que Lucas Sartis eût pu séduire l'une des adhérentes ne le quittait pas. Il voulait en avoir le cœur net. Allié à Tante Agatha qui, grâce à son sixième sens inné, semblait avoir saisi l'intention de l'inspecteur, il sollicita auprès de Jeanne Sandre des informations sur le parcours professionnel, le patrimoine et les relations amicales de ces femmes entreprenantes dont il ne tarissait pas d'éloges.

Guère dupe d'un interrogatoire qui ne disait pas son nom, la propriétaire des lieux ironisa *sur l'incroyable homme du Yard qui ne peut s'empêcher d'être policier même à l'heure du thé.*

L'allusion amusa l'assistance et Leek s'excusa de sa maladresse.

— Les suspects et suspectes ne manquent pas, vola à sa rescousse Tante Agatha, et je pense que l'inspecteur a raison de n'écarter aucune piste.

— J'essaie d'élargir le spectre, expliqua Leek. De définir un, une ou des complices et d'identifier même de futures victimes du dénommé Sartis.

— Cette Ève Lamotte était l'ex-petite amie de Patrice Lelann, n'est-ce pas Jeanne, demanda l'octogénaire en faisant un coup d'œil allusif à Leek.

Ce dernier troublé par ce signe de connivence n'écouta pas le début de la réponse.

— Ils ont été ensemble, un an ou deux ans puis c'est lui qui l'a quittée. Elle travaillait déjà chez nous comme cheffe de cave. Elle a accusé le coup, mais a relevé la tête. Pour Sylvia, sa rencontre avec Patrice au cours d'un dîner chez Helen Cruize a été un déclic. À partir de ce moment, tout le monde a noté un changement de personnalité chez elle. Elle qui était jusqu'alors collet monté…

— Excusez-moi, vous dites *collet monté* ? répéta Leek pour s'imprégner de l'expression et essayer de la comprendre.

— Prude, précisa Clara Dévigne.

— Oui. Prude, c'est le terme, reprit Jeanne Sandre sans tenir compte du regard perdu dans le vague de l'inspecteur. Triste aussi. La différence d'âge avec Ewen représentait pour elle un poids de plus en plus lourd à supporter chaque année. Et la maladie n'a rien arrangé. Patrice Lelann, avec son côté artiste et rêveur, a su lui faire retrouver la joie de vivre. Elle était devenue enjouée, gaie et facile à vivre.

— Il l'aimait vraiment ? questionna encore Tante Agatha. Vous n'avez jamais soupçonné un intérêt quelconque pour sa fortune ?

— Bien sûr, nous avons toutes pensé à l'attrait de l'argent, expliqua-t-elle. Mais jamais rien n'est venu corroborer cette opinion.

— Savez-vous si Patrice Lelann avait un lien quelconque avec Lucas Sartis, demanda Leek.

— Les gendarmes m'ont déjà posé cette question. C'est possible dans la mesure où Helen sortait avec Lucas et donc ils ont pu se croiser dans des réceptions ou sur des salons. Je n'en sais pas plus.

La discussion retomba d'elle-même. Un silence pesant s'installa que personne n'osa briser. Par politesse pour leur hôtesse, Tante Agatha interrogea Imogen sur son opinion concernant le *Tea Time* au champagne. Sa gouvernante qui venait juste de prendre délicatement une flûte tendue par Angélique affichait un visage crispé pour ne pas dire angoissé. Passée de l'autre côté de la barrière sociale et sous le regard de la cuisinière voilà qu'on lui demandait son point de vue d'égal à égal. De quoi augmenter d'un cran son anxiété.

Pourtant, elle ne s'en sortit pas si mal. Après une première gorgée qui lui picota agréablement le palais, elle apprécia le fruité de ce vin qu'elle connaissait si peu. Et quand elle porta à nouveau la flûte à ses lèvres pour un second test, son jugement se confirma. Elle regarda le service à thé en porcelaine anglaise sur la table basse du salon, les flûtes de champagne au cristal délicatement ciselé, les assiettes habilement décorées de feuilles de laurier stylisées où quelques pâtisseries s'offraient encore à la convoitise des gourmands et déclara en regardant Tante Agatha :

— Madame, je pense que nous pourrions introduire chaque année, le 6 février, une nouvelle tradition à la *Grande Maison : le Tea Time au champagne.*

— D'accord, répondit l'octogénaire peu encline pourtant à bousculer ses habitudes, mais à condition de maintenir *ma* tradition le même jour. Un cognac pour moi et un cognac en hommage à Sa Majesté Élisabeth II avant de me coucher.

Cet échange de propos et l'adhésion des deux femmes à l'idée d'instituer en Charente une nouvelle tradition, provoquèrent un élan enthousiaste du reste de l'assistance.

L'après-midi s'étira dans une ambiance feutrée. Tante Agatha prétexta une affaire à régler avec Imogen pour se retirer jusqu'à l'heure du dîner. Clara Dévigne et leur hôtesse restèrent à converser dans le salon, tandis que Leek s'éclipsait car il avait *des choses à régler* dans sa chambre.

Tante Agatha et Imogen passèrent une heure parmi les plus farfelues de leur existence. Elles retrouvèrent spontanément leur âme d'enfant, faisant fi des convenances. Il n'y eut plus de frontière entre patronne et gouvernante.

Sans attendre, l'octogénaire expliqua ses intentions.

— Nous allons échanger nos vêtements. Je vais être vous, vous allez être moi.

Imogen pensa immédiatement à l'effet des bulles sur l'octogénaire qui pourtant avait toujours prouvé sa résistance aux boissons alcoolisées.

— Ma foi, dans une région où on boit du champagne avec du thé, pourquoi pas, s'était empressée de répondre Imogen. Mais parbleu, vous êtes fine comme une aiguille à coudre et moi ronde comme une pelote de fil blanc. Ça se verra.

— Hum... je n'y avais pas pensé. Passez-moi donc le petit coussin qui est là et regardez.

En quelques secondes, Tante Agatha afficha des rondeurs au niveau de la taille.

— En y ajoutant votre chapeau cloche et vos vêtements, sans oublier vos chaussures noires à talons épais comme des tranches de *gammon,* ce sera parfait.

Une dizaine de minutes plus tard, la ressemblance leur apparut extraordinaire.

— Bravo, vue de loin, on pourrait vous prendre pour moi. Seulement, il y a un hic, prévint Imogen. Vous avez pu arrondir vos formes, mais je fais comment pour perdre dix kilos en une nuit ?

Enfilez cette robe. Vous resterez à une bonne distance des deux gendarmes en faction. Ils n'y verront que du feu. Vous ferez un tour dans le parc puis hop dans la maison. Pas plus compliqué que ça.

La légèreté de ton de l'octogénaire l'emporta. Imogen ne posa pas plus de questions que nécessaire.

À vingt heures, les deux femmes reprirent le chemin du rez-de-chaussée. Habituée aux règles de la bienséance, Tante Agatha avait revêtu une jolie robe noire rehaussée d'un collier de perles de Chine. Imogen, plus modestement, avait fait le choix d'un chemisier de couleur crème sur une jupe noire plissée. Sur le palier, elles croisèrent l'inspecteur, un peu bougon. Il venait d'achever dans sa chambre une conversation téléphonique avec son supérieur à Londres.

En guise de discussion, l'échange s'était de toute évidence apparenté à un monologue. Son *chief superinentendent* lui avait réclamé sous la pression du ministre lui-même et d'Archibald Thomson un retour express au bercail *du fils dégénéré.*

— Vous tenez entre vos mains, la suite de nos deux carrières, Leek. Réglez cette affaire au plus vite. Si vous échouez, sachez qu'en ce qui vous concerne, je ferai en sorte de vous faire muter dans le quartier le plus malfamé du Royaume-Uni.

Les deux dames qui lui faisaient face sur le palier attendirent une marque de politesse qui tarda à venir. Perdu dans ses pensées, Leek semblait vouloir forcer le passage. Soudain revenu à la réalité, il les laissa s'engager les premières dans l'escalier. *Mesdames, je vous prie…*

CHAPITRE 23

Jeudi 6 juillet 2023

Pourquoi faut-il donc que les rêves les plus ridicules entravent chez moi le bon déroulement d'une nuit de sommeil ?

Au petit matin, Arthur Leek se posait cette question, assis dans son lit, la mine défaite et la moustache rebelle. Une fois de plus, le tableau de Jheronimus Bosch avait hanté ses songes sans lui laisser le moindre répit. Toujours les mêmes humains cassés, abandonnés dans un état déplorable de misère physique et de délabrement moral. Et, dans un coin, toujours le même pèlerin – que l'esprit tourmenté de l'inspecteur avait assimilé à un médecin – qui observait fixement une fiole sur une table ronde. Avait-elle contenu un poison ?

Le flacon, la tour éventrée, les misérables hères, l'homme à tête de porc, autant d'images qui se mêlaient et hantaient les cauchemars de Leek. À la manière d'un praxinoscope, cet ancêtre du cinématoscope dont les dessins syncopés faisaient la joie des enfants et des adultes à la fin du XIXe siècle.

À ce flot de représentations allégoriques s'ajoutaient des mots que ses synapses tentaient tant bien que mal de connecter à ses neurones. *Par mon et par vos... crasse... collet monté... garant... garant... garant.* Soudain comme sur un vieux disque vinyle rayé le mot se répéta à l'infini. Jusqu'à ce qu'une rime résonna en écho : *Warrant... Warrant... Warrant.*

Et maintenant, le dos toujours calé sur deux oreillers confortables, les traits tirés, les yeux à demi fermés, Leek, depuis son lit, recomposait le puzzle de ses songes. Il savait que ces quelques heures de sommeil agitées l'aideraient paradoxalement à y voir plus clair.

Le souvenir de sa visite, en compagnie de Clara Dévigne au Bar à champagne, perdu dans un village, lui revint en mémoire. Il se souvint du terme de *garant* prononcé à plusieurs reprises par une serveuse qui les avait oubliés négligemment au bar.

Et la déduction se fit limpide. La serveuse qui ne comprenait rien à l'anglais voulait dire *Warrant* et non pas *garant* comme elle avait cru l'entendre au cours d'une conversation téléphonique dans l'arrière-salle. *C'est là-bas que tout se décide,* en conclut Leek. Pour preuve les participants à la réunion s'étaient aussitôt éclipsés quand Clara Dévigne avait indiqué la présence d'un inspecteur de Scotland Yard dans les lieux.

Fort de cette intuition, l'inspecteur décida de retourner dans la journée au Bar à champagne. *Seul ou avec Clara Dévigne pour détourner l'attention ?* se demanda-t-il. Il trancherait après le petit déjeuner.

— Notre amie est très matinale aujourd'hui, signala Jeanne Sandre à Leek en pointant son doigt en direction de la porte-fenêtre. Elle flâne depuis un bon moment dans le parc.

— Sa gouvernante Imogen n'est pas avec elle ?

— Non, inspecteur, je ne l'ai pas encore vue.

— C'est le monde à l'envers, s'étonna Leek, un sourire crispé aux lèvres. Voici que les employées font la grasse matinée désormais.

Tous les deux s'amusèrent de ce constat qui se voulait humoristique, mais qui dans la bouche du très conservateur Leek représentait le signe évident de la décadence de la civilisation occidentale.

Quelques minutes plus tard, Clara Dévigne se joignit au duo et constata également la présence de Tante Agatha dans le jardin humant le parfum d'une rose.

— Eh bien, ceci confirme qu'avec l'âge on dort de moins en moins et qu'on se réveille dès l'aube, nota la journaliste.

Leek acquiesça et suivit des yeux la promenade de l'octogénaire en croquant dans un croissant. Au fur et à mesure que le temps s'écoulait, il en vint à se demander à quoi rimait cette déambulation. Tante Agatha paraissait marcher sans but précis, le dos continuellement tourné vers la maison. Était-elle fâchée ? Inquiète de se savoir en danger et de faire l'objet d'une protection rapprochée par les gendarmes ? Réfléchissait-elle aux raisons de ces trois décès successifs qui avaient endeuillé son séjour en Champagne ?

Ce fut quand il s'aperçut que Tante Agatha, parvenant à un des murs du parc, marchait en crabe qu'il craignit les conséquences subites d'une sénilité précoce. Que se passait-il donc dans sa tête ? Il entendit en écho la voix de Clara Dévigne s'interroger également à voix haute :

— Que se passe-t-il ? Tante Agatha se déplace bizarrement.

Et effectivement, le déplacement en crabe avait cédé la place à une marche désordonnée en arrière, avant une pause et une bifurcation sur un des chemins gravillonnés du parc.

— Mon Dieu, s'exclama Jeanne Sandre, elle perd la tête comme ma défunte belle-mère.

Mû par le réflexe de voler à son secours en même temps que par la curiosité, Leek bondit de sa chaise et se précipita à l'extérieur. À plusieurs reprises, il héla Tante Agatha mais sans succès.

Depuis la terrasse, les deux femmes ayant abandonné leur petit déjeuner suivaient la scène avec une inquiétude visible sur le visage.

— Tante Agatha, vous allez bien ? lança Leek à quelques mètres derrière elle.

Une voix éraillée lui répondit un *oui* grave et puissant qui fit s'envoler en piaillant une volée de merles pourtant habitués à la présence humaine.

Parvenu à sa hauteur, Leek tendit le bras et posa la main sur l'épaule de Tante Agatha qui lui tournait toujours le dos. D'une manière surprenante, il nota la rondeur de l'épaule. Sans même avoir besoin de plus de détails, il s'écria :

— Mon Dieu, où est passée Tante Agatha ?

— Eh ben, c'est pas trop tôt ! Vous en avez mis du temps ! lui reprocha Imogen, de toute évidence agacée par le stratagème imaginé par sa patronne.

— Pourquoi cette mascarade ? insista l'inspecteur abasourdi par sa découverte.

— J'en sais trop rien. Madame avait un rendez-vous quelque part et avec les deux poulets devant le portail, elle a pensé à ce déguisement.

Leek jeta un coup d'œil rapide en direction du portail à la recherche des deux volatiles.

— Deux poulets ? questionna-t-il. De quoi parlez-vous ?

— Des gendarmes si vous préférez. Bon c'est pas tout ça, j'aimerais pouvoir prendre un café dans la cuisine si ce n'est pas trop vous demander, monsieur Scotland Yard. On n'a pas idée de faire poireauter les gens comme ça dans un jardin.

À leur retour, l'anxiété céda la place à la surprise. Ainsi donc, avec une totale inconscience, Tante Agatha s'était glissée dans les vêtements de sa gouvernante en déjouant la surveillance des gendarmes en faction devant la propriété.

Imogen se plaignit d'être à l'étroit dans la robe taille 38 de Tante Agatha alors qu'elle enfilait déjà à peine sa vieille jupe de taille 44 achetée sur le marché de Matha, un matin d'automne, huit ans auparavant.

— Je suis fagotée comme l'as de pique, se lamenta-t-elle en s'exposant volontairement aux trois regards qui la scrutaient des pieds à la tête.

— *Lasse de pique*, répéta Leek qui avait pris l'habitude désormais d'éviter d'utiliser la forme interrogative au profit de la répétition des mots qu'il ne comprenait pas.

— Oui, l'as de pique, reprit Imogen. Je n'ai même pas pu faire remonter dans le dos la fermeture éclair de cette foutue robe trop serrée pour moi. Heureusement que mon gilet cache la vue de ma combinaison.

Les précisions apportées par Imogen permirent à l'inspecteur de considérer d'un œil nouveau le spectacle qui s'offrait devant lui. Il comprit alors pourquoi Imogen se disait *lasse*. Mais pourquoi rajouter *de pique* ?

Dans l'espoir d'une explication, il regarda Clara Dévigne, mais la journaliste était tout entière captivée par l'étrangeté de la situation. Quant à Jeanne Sandre, un petit sourire en coin prouvait qu'elle s'amusait du spectacle et du tour joué par Tante Agatha.

— Savez-vous où est allée madame Brixton, s'enquit Leek de façon solennelle.

— Vous pensez bien qu'elle ne m'a rien dit.

— Elle est en danger. La moindre information pourrait nous permettre de la localiser et de lui éviter des ennuis. Trois meurtres ont déjà été commis…

— Vous en avez des bonnes, inspecteur Look, prononça Imogen énervée, je n'y suis pour rien si depuis des années ma patronne n'en fait qu'à sa tête.

— Mon nom est Leek, pas Look, inspecteur Leek, corrigea-t-il. Trouvez un détail, un seul, Réfléchissez donc !

— Et après, je pourrai aller me changer ? supplia-t-elle.

L'inspecteur opina de la tête sans dire un mot et patienta. Consciente de l'enjeu, Imogen scruta le plafond pendant plusieurs secondes puis sembla avoir une réponse.

— Elle m'a confié qu'elle avait un rendez-vous galant avec deux jeunes hommes, dit-elle en cherchant ses mots.

L'information eut pour effet de provoquer chez Jeanne Sandre une toux qui la fit virer au rouge vif.

— Où ? insista leek. Et à quelle heure est-elle partie ?

Imogen parut se dégonfler comme un ballon de baudruche en expirant fortement.

— J'en sais trop rien. Passé six heures et demie. Hier soir elle a parlé d'un bar en campagne. Croyez-vous donc que ce soit raisonnable à son âge de fréquenter un tel lieu ?

Cinq minutes plus tard, sous les yeux étonnés des deux gendarmes, le Range Rover mordait le macadam de la chaussée en direction du Bar à champagne. Pendant le trajet, Leek évoqua avec sa passagère les participants à une réunion rapidement évanouis comme des fantômes, lors de leur précédente visite. La présence d'un inspecteur de Scotland Yard les avait perturbés. Mais pourquoi ?

— Elle s'est jetée dans la gueule du loup, en conclut la journaliste.

Leek crut d'abord qu'elle évoquait *une gueule de bois* puis comprit l'expression dans un deuxième temps. *Des loups* oui, le mot était juste et il se rappela cette maxime, apprise à Cambridge, du grand philosophe anglais Thomas Hobbes : « l'homme est un loup pour l'homme ».

Dans le taxi qui la transportait au Bar à champagne, Tante Agatha se trémoussait sur le siège arrière pour retirer le coussin qui la boudinait, puis elle tira une épingle à cheveux qui libéra le chapeau cloche emprunté à Imogen. Enfin, elle se débarrassa du foulard qui enserrait sa coiffure afin de cacher ses cheveux blancs. À une ou deux reprises, le conducteur qui suivait la transformation dans son rétroviseur intérieur manqua de quitter la route.

Après un coup de brosse rapide, l'octogénaire retrouva son élégance naturelle et elle ne put retenir un petit rire sarcastique. Les deux gendarmes plantés devant le portail n'y avaient vu que du feu. La prenant pour la gouvernante, ils l'avaient suivie du regard, médusés de la voir quitter les lieux de si bon matin. Ce qu'elle ne savait pas, c'est qu'en croyant l'apercevoir déambuler dans le parc un peu plus tard, l'un des deux gendarmes avait lancé à l'autre : *ces gens-là ne vivent pas sur la même planète que nous.*

Le taxi se rapprochait maintenant du Bar à champagne. Un dernier coup d'œil dans un miroir de poche et elle considéra qu'elle était fin prête pour affronter ces deux acolytes désireux de lui faire signer une promesse d'engagement. Cependant une tristesse intérieure atténuait sa satisfaction d'être sur le point de découvrir le pot aux roses. Les deux gaillards comme elle les surnommait n'avaient pas le profil d'escrocs patentés. Tout au plus, celui de petites mains manipulées par plus forts qu'eux.

Malheureusement en faisant tomber leurs complices, elle les ferait tomber également tous les deux. *Pauvres petites marionnettes*, regretta-t-elle. Elle conservait toutefois l'espoir de les sauver au dernier moment du guêpier dans lequel ils s'étaient mis bien inconsciemment.

Le conducteur du taxi prit l'argent et demanda s'il devait attendre *ma-da-me* en insistant sur les syllabes. D'un geste de la main, elle le renvoya et marcha d'un pas décidé vers l'entrée du bar, ouvert de manière surprenante à cette heure matinale.

Andrew Thomson l'accueillit avec un large sourire et lui indiqua que Patrice Lelann arriverait avec un peu de retard. Pour meubler le temps, le jeune homme proposa un café et ils s'installèrent dans une arrière-salle où sur une large table trônait un téléphone fixe. Six chaises étaient disposées tout autour.

— Ils organisent leurs dégustations dans ce lieu dédié, expliqua le fils de lord aux manières policées.

Tante Agatha profita de leur tête-à-tête provisoire pour lui demander comment il s'était trouvé embarqué dans une aventure commerciale en France alors que la logique eût voulu qu'il demeurât dans le cercle protecteur de ses parents, riches représentants de l'aristocratie britannique. Contrairement à ce qu'elle s'attendait à entendre, il répondit avec une apparente sincérité que son jeune âge lui jouait souvent de mauvais tours et qu'ayant été élevé sans contraintes, il avait jusqu'alors gaspillé son temps et l'argent de ses parents en toute inconscience. Endetté lourdement, il n'avait pas eu d'autre choix que de trouver une activité lui permettant de repartir du bon pied. *Loin de papa Archibald.*

Tante Agatha prit un air compréhensif puis la conversation dévia sur la météo, la situation économique de l'Angleterre après le Brexit, le Roi Charles III dont ils se demandèrent s'il avait la carrure pour tenir son rôle, etc.

— Il apprendra comme Élisabeth a appris à tenir dignement son rôle, diagnostiqua-t-elle.

À huit heures trente, le tintement ridicule de la cloche, placée au-dessus de la porte d'entrée du bar, signala l'arrivée de Patrice Lelann. Le jeune homme affichait une mine fatiguée et faisait preuve d'un léger agacement. Sans fioriture, il s'excusa rapidement puis aborda le vif du sujet.

— Andrew m'a soumis le contrat qu'il souhaite vous faire signer, madame. Vous aurez tout le temps de le lire. La proposition tient en quelques mots : vous acceptez une cotisation de bienvenue et quand le contrat sera conclu avec Buckingham Palace, vous verserez un pourcentage sur le chiffre d'affaires. Des appels de fonds pourront vous être demandés pour couvrir des frais inhabituels. Sachez aussi que par l'intermédiaire de la famille

Thomson d'autres contacts pourraient vous être proposés qui entreraient dans le même accord commercial.

— Votre offre est alléchante, mais pensez-vous vraiment obtenir si facilement un *Royal Warrant* auprès de la Cour d'Angleterre ? Les bonnes places sont déjà prises. Pas si simple de pouvoir imprimer sur des étiquettes : *By Appointment to Her Majesty*...

— La mort d'Elisabeth II, expliqua Lelann, a changé profondément les choses. Le roi Charles III veut tout revoir de fond en comble... Des attributions nouvelles vont...

— Qu'en pense notre créateur d'entreprise ? coupa Tante Agatha. Vous avez déjà eu des résultats ?

— Pas encore. Comme vous l'a précisé Patrice, tout se met seulement en place à la Cour.

— Mais si je vous fais un chèque conséquent avec beaucoup de zéros aujourd'hui en guise *de cotisation de bienvenue* comme vous dites quand puis-je espérer un retour sur investissement ?

La question ne les embarrassa ni l'un ni l'autre.

— Vous le lirez dans le contrat. Andrew envisage, au-delà un délai à déterminer, un intéressement sur la somme initiale versée. Autrement dit, votre capital *de bienvenue,* insista-t-il avec un sourire, vous assurera une rémunération en retour faute de contrats commerciaux juteux.

Grâce à l'expérience de l'âge, Tante Agatha savait relativiser les promesses *juteuses* qui se soldaient des années plus tard par des découverts bancaires. Aussi s'abstint-elle de poursuivre sur ce terrain. Finalement, elle n'avait aucune intention de signer un quelconque document et sa présence se justifiait seulement par la volonté de jauger le degré de responsabilité de Patrice Lelann voire d'Andrew Thomson dans la mort de Sylvia MacDougall.

Ces deux-là ont-ils une tête d'assassin ? s'interrogeait-elle en les observant alternativement d'une manière distraite. Et la réponse lui sauta aux yeux : *non*. Andrew avait la foi du charbonnier sauf qu'il n'était jamais allé au charbon. Quant à Patrice Lelann, tuer Sylvia revenait à perdre la présidence de la Fondation artistique Le Waleys qu'elle venait de lui confier. Un meurtre dans ces conditions était inconcevable.

Elle s'apprêtait à les questionner sur l'intervention d'éventuels collaborateurs extérieurs quand la sonnerie du téléphone la tira de ses réflexions. Andrew allait décrocher le combiné quand l'artiste, assis à ses côtés, le dissuada. Il prit lui-même l'appel avec une mine contrariée. Et l'échange qui s'ensuivit ne parvint pas à calmer sa nervosité. Tante Agatha ne percevait pas le détail des propos tenus à l'autre bout de la ligne, mais des intonations aiguës lui firent penser à une voix féminine.

Au bout d'un moment, avec un air faussement dégagé, il raccrocha et invita Tante Agatha à relire le contrat et à leur donner une réponse *dans les meilleurs délais.*

Fatiguée par une conversation qui avait duré tout de même une bonne heure, l'octogénaire leur demanda de lui commander un taxi. Cinq minutes plus tard, elle quittait les lieux prétextant *un besoin d'air.*

Assise sur le rebord d'un petit muret, Tante Agatha guettait le véhicule qui devait la ramener à Aÿ-Champagne. Un vent léger atténuait l'ardeur du soleil qui, d'heure en heure, devenait de plus en plus éprouvante. Tante Agatha riait de nouveau de la farce jouée, tôt le matin, aux deux gendarmes en faction devant le domicile de Jeanne Sandre. Elle imagina aussi la tête de l'inspecteur Leek quand il s'apercevrait de la supercherie et découvrirait Imogen se faisant passer pour elle. Puis, elle ébaucha une rapide conclusion sur la rencontre qui venait de s'achever. Rien dans la négociation amorcée ne la fit douter de la bonne foi des deux jeunes gens, seul le coup de fil semblait avoir eu un effet étrange sur Patrice Lelann. Il avait précipité la fin de leur réunion.

Tout entière plongée dans ses réflexions, elle entreprit un aller-retour de quelques mètres sur l'étroit trottoir du village. Tout à coup, elle engagea quelques pas sur la chaussée pour admirer l'enseigne du Bar à champagne où elle lut avec amusement le nom de *William le Waleys.* Décidément, ce Ewen MacDougall entendait mettre une note écossaise à tout ce qu'il touchait. Ici, en toutes lettres sur un tartan et une croix de Saint André, il avait fait inscrire le nom en anglo-normand du célèbre William Wallace, défenseur de l'indépendance de l'Écosse face à l'envahisseur anglais.

Elle en était à s'interroger sur la personnalité du malheureux mari de Sylvia quand un bruit de moteur dans son dos attira son attention. Persuadée qu'il s'agissait de son taxi, elle amorça un demi-tour pour apercevoir un bolide foncer droit sur elle. Grâce à un réflexe dont elle ne se serait jamais crue capable, elle se projeta en arrière pour se retrouver au final contre le muret qui marquait les limites du Bar à champagne. Sous ses yeux, la voiture poursuivit sa route comme si de rien n'était.

La rapidité de l'incident n'avait laissé aucun temps à la réflexion. Elle avait agi par instinct. À aucun moment, elle n'avait cherché à identifier la marque du véhicule ni à lire son numéro d'immatriculation.

Un peu sonnée, elle tenta de se remettre debout quand de nouveau un bruit de moteur qui se rapprochait lui fit tourner la tête. Elle imagina que sa dernière heure était arrivée. Elle ferma les yeux et se protégea de façon ridicule en posant les paumes de ses mains sur ses oreilles. Mais le choc lui parut long à venir. Le conducteur se délectait-il avec cruauté du moment où il appuierait de nouveau sur l'accélérateur ?

Deux portières claquèrent en même temps. Les yeux toujours clos et les jambes à présent flageolantes, Tante Agatha imagina un enlèvement et les pensées les plus funestes l'habitèrent. Elle se vit enfermée dans les ténèbres d'une crayère, laissée à l'abandon.

— Comment vous sentez-vous, madame ? lui demanda avec inquiétude un inconnu.

D'abord, elle ne saisit pas le sens des propos. La voix lui parvenait déformée du fait de sa fébrilité. Ses ravisseurs poussaient-ils le vice jusqu'à vouloir l'enlever en bonne santé ?

— Tante Agatha, vous allez bien ? questionna une voix féminine que l'émotion faisait trembloter.

Alors qu'elle s'attendait à être emportée par des bras musclés ou traînée jusqu'à un véhicule dont elle percevait, à proximité, le ronron du moteur, il ne se passa rien. Seulement, un bruit de pas précipités sur le macadam puis le frôlement d'une main sur son visage et une tentative délicate de la remettre sur ses deux pieds. *Comme les voyous sont prévenants de nos jours*, remarqua-t-elle. Et enfin, elle ouvrit les yeux.

Devant elle, l'inspecteur Leek, un genou à terre, et la journaliste Clara Dévigne, debout, l'observaient avec dans le regard une profonde détresse. Le premier prit le coude de l'octogénaire pour la soulever, la seconde enveloppa son épaule douloureuse de son bras droit pour la réconforter.

— Je m'aperçois que je n'ai plus vingt ans, regretta Tante Agatha en s'appuyant sur le muret pour rendre son corps plus léger à ses deux amis.

— Je pense que vous surestimez vos capacités physiques, confirma la journaliste. Mais le reste fonctionne bien.

Leek se garda de dire quoi que ce soit. Il essayait de reconstituer l'accident qui avait failli se produire sous ses yeux. De loin, en effet, il avait vu la voiture bifurquer subitement sur sa gauche et foncer sur Tante Agatha. Volontairement ou accidentellement ?

— Encore un de ces automobilistes qui consulte son téléphone portable en conduisant, asséna Tante Agatha avec agacement.

Personne ne releva la remarque. L'inspecteur et la journaliste soutinrent l'octogénaire jusqu'au Range Rover et l'installèrent sur la banquette arrière.

— Et mon taxi ? Je devrais prévenir mes deux nouvelles relations de l'accident dont j'ai été victime et leur demander d'annuler la course ?

L'homme du Yard ne tenait pas à effrayer Andrew Thomson en lui déclinant tout de go son identité, aussi proposa-t-il à Clara Dévigne de se rendre dans le bar pour transmettre le message. Il préférait aborder le jeune homme pour lui faire entendre raison dans une autre circonstance.

À peine venait-il de s'asseoir au volant qu'une remarque acerbe lui tomba dessus.

— Vous êtes vraiment un indécrottable snob anglais, s'emporta Tante Agatha de façon péremptoire sous le regard étonné de Leek. Vous savez que la marque de votre véhicule a été rachetée par l'Indien Tata depuis 2008. Oh, me direz-vous notre bon vieux thé anglais provient aussi de ces régions lointaines.

Dehors, la journaliste revenait sans avoir pu rencontrer quiconque. Et pour cause le Bar à champagne était fermé… Par chance, une Mercedes noire vint stationner devant l'établissement. Le chauffeur fit signe à la jeune femme qu'il prit pour sa cliente. Elle put ainsi annuler la course et acquitter les frais du déplacement.

— Bon, ne traînons pas, lança l'octogénaire dès que la passagère fut installée. J'ai des choses intéressantes à vous raconter.

À son arrivée à la propriété des Sandre, Leek informa le capitaine Nova de la disparition pendant quelques heures de Tante Agatha et de l'accident dont elle avait été victime.

— Comment ça une disparition ? Et mes hommes n'ont rien vu ? s'énerva Charles Nova.

— C'est plus compliqué qu'il n'y paraît. Mais le mieux serait d'envoyer un de vos hommes prendre sa déposition car je ne crois pas notre amie en capacité de vous rapporter son témoignage à la gendarmerie. Si vous n'y voyez pas d'inconvénient bien entendu.

Sans hésiter, le capitaine se proposa de venir lui-même d'autant qu'il disposait de son côté d'informations nouvelles liées à l'affaire et qu'il souhaitait s'en entretenir avec Jeanne Sandre.

Dans une ambiance ouatée, Tante Agatha concentrait vers elle toute la bienveillance de ses amis, attentifs à ses moindres désidératas. Souffrant de plusieurs contusions aux jambes et à un bras, elle appréciait d'être ainsi dorlotée. *Les vieilles personnes,* songeait-elle avec nostalgie, *ont rarement l'habitude dans une société qui court et s'abrutit devant des écrans de se voir accorder quelques heures d'attention.*

En observant le visage du capitaine Nova qui venait de pénétrer dans le salon, elle comprit que l'intermède détente était achevé. Le gendarme aborda immédiatement le vif du sujet et la mit en demeure de raconter dans le détail sa disparition et son rendez-vous de la matinée. L'octogénaire resta quelques instants muette, car elle avait négligé de préparer ce qu'elle comptait dire ou ne pas dire. Comme préoccupée par une profonde réflexion intérieure, elle fit *oui* de la tête pour gagner du temps. Et enfin, elle raconta le but de sa rencontre matinale, l'amabilité des personnes présentes et la teneur des documents qu'ils avaient soumis à sa signature.

— Vous n'avez rien trouvé d'anormal dans cet entretien, si je comprends bien, interrogea le capitaine.

— Pas le moins du monde. La proposition m'a d'ailleurs paru normale si ce n'est que je n'imagine pas que l'on puisse décrocher un *Royal Warrant* auprès de la Cour d'Angleterre simplement en faisant des courbettes. Le nom d'Archibald Thomson est certes très respecté au Royaume-Uni mais tout de même. Quant à son fils Andrew, si on lui pressait le nez, il en sortirait du lait.

— Du lait ? s'horrifia Leek. Que voulez-vous dire ?

— Je dis bien du lait, monsieur Scotland Yard. Demandez donc à votre traductrice préférée de vous expliquer. N'est-ce pas ma chère Clara ?

Et elle se tourna vers la journaliste qui manifesta des signes de confusion. Leek bien qu'ébranlé par l'allusion renonça à en savoir davantage et il demanda le timbre de voix à peine perturbé par un léger trémolo :

— À aucun moment vous ne vous êtes donc sentie en danger ? Ni Andrew Thomson, ni Patrice Lelann ne vous ont paru menaçants.

— Je le répète, inspecteur : non, ces deux personnes m'ont semblé tout à fait convenables. Et vous saisissez ce que ce mot de convenable signifie dans la bouche d'une lady anglaise.

— *Of course,* acquiesça-t-il quelque peu décontenancé.

— Sauf peut-être… ajouta-t-elle.

Les regards demeurèrent suspendus à ce qu'elle était sur le point d'ajouter.

— Sauf peut-être, reprit-elle, un appel téléphonique qui a fortement contrarié notre artiste Patrice Lelann. Lui qui, avant cet appel, me proposait de prendre le temps nécessaire pour signer le contrat soumis à ma signature, m'a demandé après avoir raccroché de lui retourner *dans les meilleurs délais.*

— Quelqu'un tire donc les ficelles de l'extérieur, en conclut Leek.

Le capitaine Nova suivait la discussion entre les deux Britanniques sans pouvoir se faire réellement une opinion. La perspective d'avoir affaire à deux garçons sympathiques alors qu'il les avait déjà placés sur le tableau des suspects le perturbait.

Incapable de trancher dans l'immédiat, il engagea ses questions suivantes sur ce que Tante Agatha présenta comme *un accident.* Malgré l'attitude circonspecte du capitaine et de ses amis, elle maintint l'hypothèse d'un chauffard distrait par son téléphone portable.

— Il me reste un point à éclaircir, demanda le capitaine. Comment avez-vous pu échapper à la surveillance de mes hommes en faction devant le portail ?

Tante Agatha laissa poindre son plus beau sourire. Elle était heureuse que personne n'eût encore mis le capitaine Nova au courant de sa mauvaise farce. Ses joues rosirent légèrement et d'une manière enfantine, espérant obtenir un peu d'indulgence, elle balbutia :

— Malgré l'âge, les femmes conservent toujours une âme de petite fille espiègle, monsieur le gendarme. Depuis ma prime jeunesse, j'ai toujours aimé me déguiser. Là, l'occasion était trop belle et, en plus, c'était pour une bonne cause.

— Reconnaissez que vous avez pris un risque inconsidéré, madame, et que je pourrais vous poursuivre pour outrage à la force publique.

— Ma foi, cela fait bien longtemps que je n'ai pas outragé qui que ce soit, conclut-elle en accompagnant ses propos d'une moue faussement intimidée.

Déstabilisé par ces propos, Charles Nova sollicita un entretien en aparté avec l'inspecteur Leek pour évoquer des points de l'enquête. Les deux hommes se dirigèrent sur la terrasse d'où ils purent converser en toute liberté.

— Sacré bonne femme, lâcha le capitaine. Vous en avez beaucoup comme cela encore en Angleterre ?

— C'est l'une des dernières, plaisanta l'inspecteur.

— Bon, je ne peux pas entrer dans les détails car vous êtes extérieur à l'enquête, mais vos lumières pourraient m'être précieuses.

Flatté par le compliment, Leek tendit l'oreille.

— D'abord, notre légiste ne peut toujours pas absolument affirmer si Ewen MacDougall est mort naturellement d'une forme d'asphyxie en avalant de travers ou un truc comme ça ou si on l'a aidé. D'autre part, cette Christelle Lenoir n'est pas son médecin traitant habituel. Elle a été conseillée à madame MacDougall par... Je vous le donne en mille.

— Mille quoi ? demanda Leek.

La question amusa Nova.

— Mille rien. C'est une expression, reprit-il en souriant. Donc je demandais : qui a donc conseillé de faire appel à la docteure Lenoir ?

— Réponse : Patrice Lelann, répondit Leek.

— Affirmatif, monsieur Poirot.

— Non, vous n'allez pas vous y mettre vous aussi ! s'insurgea Leek. Poirot est un détective privé pas un homme du Yard.

— Ouais. Mais pourquoi citez-vous le nom de Lelann aussi facilement ?

— Parce qu'il était proche de Sylvia et qu'il était le plus à même pour influencer sa maîtresse sur le choix d'un médecin chargé de veiller sur son mari, âgé et malade.

— Exact, inspecteur Japp, le taquina le gendarme.

Accident physiologique ou meurtre ? La question se posait. Les circonstances de la mort d'Ewen MacDougall donnaient à l'affaire une tournure nouvelle. Dans le premier cas, il fallait s'en remettre à la Providence qui avait rappelé le brave Écossais au ciel pour un dernier whisky, dans le second cas, les enquêteurs étaient face à une stratégie meurtrière ourdie par un esprit malfaisant.

À qui profite le crime ? Leek s'interrogeait une fois de plus sans pouvoir donner un début de réponse pour chacun des crimes. Pour Helen Cruize, le nom de Lucas Sartis arrivait en tête des suspects, pour Sylvia MacDougall, la réponse était plus délicate. Patrice Lelann – pourquoi pas ? –, mais quel intérêt avait-il d'occire sa maîtresse quand il la savait amoureuse et prête à lui céder une partie de sa fortune ? Il lui suffisait d'attendre sagement la mort du mari pour empocher le gros lot. Et Ewen ne l'avait-il pas déjà comblé en le nommant à la présidence de la Fondation Le Waleys ? Mais il était vrai aussi que le décès anticipé d'Ewen MacDougall, après celle de son épouse, accélérerait la transmission des biens.

L'inspecteur fit part de ses observations au capitaine et ils reconnurent ensemble que quelque chose ne collait pas.

— Qu'en est-il d'un testament ? s'informa Leek.

— La notaire de la famille, Sophie Bossart, n'a rien en sa possession. Elle m'a rapporté qu'il en avait été question, mais qu'Ewen MacDougall avait repoussé l'idée à plus tard. Par ailleurs, j'ai un nouvel élément qui ne manque pas de sel. Le mari de Jeanne Sandre a proposé au fils d'Helen Cruize de lui racheter sa marque de champagne.

— Rien d'étonnant, je suppose dans ce milieu.

— Certes, mais vous avez une réaction d'Anglo-saxon. En France, ce genre de tractation se fait avec plus de délicatesse. Pas sur un coup de téléphone.

— Vous voulez dire que cet homme fait preuve d'un manque de savoir-vivre ?

— Exactement et je me demande si sa femme est au courant ? s'interrogea le capitaine.

— C'est un point à éclaircir, mais je vous en laisse le soin.

Nova s'exécuta immédiatement en faisant demi-tour et en rejoignant les quatre femmes dans le salon. Tante Agatha, toujours allongée sur le canapé avec un oreiller dans le dos, babillait avec Jeanne, devenue officiellement *sa nouvelle amie champenoise*, tandis qu'Imogen écoutait les conseils avisés de Clara Dévigne sur la préparation des huîtres à la Bordelaise.

Avec tact, le capitaine proposa à Jeanne Sandre de s'isoler et, une fois à l'écart, il lui demanda si elle avait reçu des nouvelles de son époux.

— Non, précisa-t-elle, Éric est toujours en représentation commerciale quelque part sur la planète.

— Vous a-t-il avisée dernièrement de son intention de racheter les champagnes Cruize ?

De toute évidence, la réponse s'avérait négative car il vit l'épouse pâlir d'émotion.

— Non, je ne suis pas au courant. Éric a toujours ressenti comme moi un sentiment d'amitié très profond pour Helen Cruize. Il a certainement pensé qu'il ne fallait pas perdre de temps pour sauver son entreprise.

— Une attention louable s'il en est, admit le capitaine qui préféra en rester là.

Il rejoignit l'inspecteur Leek à qui il rapporta succinctement la réponse obtenue. Puis il se retira, laissant Leek en conversation avec Tante Agatha qui se plaignait des contraintes de l'âge sur l'organisme. Elle affirmait avoir mal vécu le manque de réactivité de son corps suite à l'accident.

— Il y a quelques années, dit-elle à la cantonade sous l'œil ironique d'Imogen, je vous aurais donné la marque et la couleur de la voiture, le numéro de sa plaque minéralogique et la couleur des yeux et des cheveux du conducteur.

CHAPITRE 24

Le capitaine Nova n'y voyait plus très clair dans cette triple enquête. À vrai dire, tout lui semblait flou depuis le début. Incapable de se concentrer, il tournait en rond dans son bureau, jetant de temps à autre un coup d'œil par la fenêtre, pour y trouver un encouragement à poursuivre sa réflexion. Enfin, n'y tenant plus, il prit la résolution de mettre noir sur blanc tous les éléments en sa possession. Dans l'espoir de voir surgir enfin l'ombre de l'assassin.

Et, d'ailleurs, avait-on affaire à un seul et même homme – ou une femme d'ailleurs – ou à une bande organisée autour d'un cerveau sans scrupule ?

Assis à son bureau, le gendarme écrivit à la main avec l'application d'un écolier :

— *Un décès (Helen Cruize) qui pourrait être aussi bien un meurtre qu'un suicide. Plutôt un suicide. Un suspect (Lucas Sartis) en cavale.*

— Un meurtre (Sylvia MacDougall) en public. Un suspect (Patrice Lelann), amant de la victime à qui on donnerait le bon Dieu sans confession mais qui pourrait se révéler un manipulateur.

— Un malade (Ewen MacDougall) rendant son dernier souffle dans son lit. Mort naturelle ou l'a-t-on poussé à s'éteindre (La docteure Christelle Lenoir à son chevet).

— Autres suspects possibles ? Ève Lamotte pourquoi pas ? (ex-petite amie de Lelann et cheffe de cave des Sandre) et qui ? (voir membres du club de vigneronnes jalouses).

— Sylvia MacDougall voulait faire avant sa mort une confidence à Jeanne S. Quoi ?

— Une affaire de champagne frauduleux de la marque Cruize (Lucas Sartis suspect) et une autre combine de Royal Warrants avec de possibles ramifications jusqu'à Buckingham Palace par l'intermédiaire d'un fils de lord (Andrew Thomson).

Son corps jusqu'alors penché sur une feuille de papier A4, prise dans le stock de l'imprimante, se redressa lentement. Quand il parvint, pour la troisième fois consécutive à la fin de la lecture de ses notes, des propos récemment tenus par l'inspecteur Leek lui remontèrent à la mémoire. Il avait été question de relations plus ou moins amicales entre Andrew Thomson et Lucas Sartis. Le premier avait hébergé le second à Londres. Comment ne s'était-il pas intéressé à cette piste anglaise plus tôt ?

Dans la foulée, il revit le visage charmant d'Ève Lamotte, l'ex-petite-amie de Patrice Lelann, actuelle cheffe de cave des champagnes Sandre. Proche de son patron, que savait-elle précisément de ses activités et de son projet de rapprochement avec les champagnes Cruize ?

Enfin une dernière question s'imposa : *Quel secret Sylvia MacDougall pouvait-elle vouloir confier à Jeanne Sandre, peu de temps avant sa mort ?* Il lui fallait interroger Jeanne Sandre pour lui demander de fouiller à nouveau dans ses souvenirs afin de trouver un éventuel indice.

Convaincu que des liens feutrés existaient entre les différents protagonistes de cette affaire qui avait fait trois morts, le capitaine inscrivit quatre noms au pied de sa feuille A4 : Sartis, Thomson, Lamotte, Lelann.

Volontairement isolé sur la terrasse de la propriété de la famille Sandre, l'inspecteur Leek déroulait, de son côté, l'écheveau des informations en sa possession afin d'en tirer une hypothèse cohérente. L'impression d'être dans une impasse le minait. Enfermé au cœur d'une intrigue opaque qui avait fait trois morts, il cherchait le petit filet de lumière qui lui ouvrirait la voie de la vérité.

Mais il avait beau faire travailler ses méninges, rien de probant ne lui sautait aux yeux. Il attrapa son carnet dans la poche intérieure de sa veste et prit quelques notes. Après avoir listé sur le papier les patronymes des principaux suspects, il les relut à haute voix : Lucas Sartis, Andrew Thomson, Patrice Lelann. L'espoir de voir poindre chez lui la moindre illumination ne dura pas. Il déchanta rapidement. Aussi l'encre noire de son stylo à plume traça encore les noms de la docteure Christelle Lenoir, de Jeanne et Éric Sandre et d'Ève Lamotte. Enfin, bien qu'un peu hésitant, il adjoignit le nom d'Ewen MacDougall, bien qu'il n'imaginait pas vraiment que depuis son lit le vieil écossais, très affaibli, eût pu planifier le meurtre de sa femme.

Incapable de sortir un nom de la ronde des suspects qui trottaient dans sa tête, Leek fit défiler les images de l'atroce mort de Sylvia. Il repassa le film jusqu'au moment où Patrice Lelann, affligé et impuissant, avait repris ses esprits pour aller remplir un verre d'eau dans la cuisine.

Là, il stoppa net le défilement. Et, rembobinant la scène, il déroula la pellicule au ralenti.

Il distingua Clara Dévigne se porter au secours de la victime, rejointe aussitôt par Jeanne Sandre. Puis, il s'entendit suggérer d'aller chercher la docteure Lenoir, présente au chevet d'Ewen MacDougall et vit Ève Lamotte proposer aussitôt ses services. Elle s'était précipitée sans hésiter en direction de la chambre du malade.

Sans hésiter, sans hésiter, se répéta-t-il à deux reprises pour mieux imprimer ces mots dans son cerveau. *Elle a paru fort bien connaître la maison.* Et il acheva par cette interrogation : *Était-elle une intime de la famille MacDougall ?*

Une seule explication lui vint à l'esprit. Sa relation, même rompue avec Patrice Lelann, avait pu susciter chez elle des prétextes – professionnels ou liés au club de vigneronnes – pour le rencontrer et lui réaffirmer sa flamme. À cette occasion, elle avait pu se familiariser avec les lieux.

La sonnerie de son téléphone portable interrompit ses réflexions. Avant de répondre, il souligna sur son carnet le nom d'Ève Lamotte. Puis il porta l'appareil à son oreille. La voix fébrile du capitaine Nova lui annonça l'improbable.

— Un testament ! Nous allons avoir un testament de feu monsieur Ewen MacDougall.

Leek lui fit répéter ce qu'il venait de dire de peur d'avoir mal compris.

— Je vous dis qu'un testament vient de surgir de nulle part.

— De nulle part ? Qu'est-ce que cela veut dire ? interrogea l'inspecteur avec scepticisme.

— Plus précisément de la région parisienne.

— Excusez-moi capitaine mais ce n'est pas clair pour moi.

— Maître Sophie Bossart, la notaire de la famille, m'a assuré qu'il n'existait pas de testament. C'est ce qu'elle croyait. Un avocat, spécialiste des affaires de succession, se disant un ami de monsieur Ewen MacDougall, lui a assuré qu'un testament avait été déposé chez un notaire parisien. Le même notaire très précautionneux avait déjà mis un généalogiste sur le dossier pour déterminer l'identité d'un éventuel héritier. Il n'en a pas trouvé. Un avis serait déjà paru dans la presse nationale pour annoncer la mort de notre riche écossais avec l'espoir qu'un héritier se manifeste. Jusqu'à présent pas de réponse.

— Venez-en au fait, capitaine quel est le nom de l'héritier contenu dans le testament ?

— Nous attendons que le notaire en question dépose le testament au rôle des minutes et adresse une copie au tribunal judiciaire. Nous en saurons plus dans quelques heures.

— Vous aurez certes le nom du bénéficiaire mais qui vous dit que ce testament n'est pas un faux.

— Ça, se sera le travail des experts en graphologie.

Après quelques secondes de silence, Leek fit part de ses interrogations au sujet de l'ex-petite amie de Patrice Lelann.

— Vous lisez dans mes pensées, mon vieux, s'esclaffa Nova.

— Comment cela ?

— J'ai également noté ce point commun dans notre affaire : Ève Lamotte, proche de Patrice Lelann et cheffe de cave d'Éric Sandre. Je suis persuadé que tout ce monde-là forme un petit microcosme. Un véritable chassé-croisé des uns chez les autres !

— *Chassez croisez* ? Ce ne doit pas être pratique, réagit Leek qui ne saisissait pas le sens de l'expression.

— Il est donc indéniable, poursuivit le capitaine sans prêter attention à l'interrogation de l'inspecteur, que notre Ève Lamotte a pu rencontrer un jour ou l'autre Sartis, ami de Lelann et du jeune Thomson. Son témoignage est à présent capital. Je me charge de l'interroger.

Leek réfléchit un court instant.

— Si j'étais vous, je ne ferais pas cela. L'interroger risque de donner l'alerte à d'éventuels complices. Le mieux serait de la mettre sous surveillance.

— La filature ? C'est la méthode préférée chez Scotland Yard ?

— Elle donne souvent de bons résultats. Pas chez vous ?

Le capitaine Nova accepta la proposition. Après tout, songea-t-il, ses déplacements pourraient mener les enquêteurs à une piste. Leek dans la lancée suggéra de demander à Tante Agatha d'enquêter discrètement de son côté sur cette personne auprès de Jeanne Sandre.

— À condition qu'elle n'aille pas ensuite se répandre devant une caméra de télévision…

— Je réponds de cette lady, promit l'inspecteur. Je vous l'ai déjà dit, elle sait colporter des ragots autant que les recueillir. Sa déclaration à la télévision relevait d'une stratégie de sa part, pas d'un acte inconscient.

— Ah, j'ai oublié de vous le dire, termina le capitaine. Je vais aussi jeter un œil sur les activités d'Éric Sandre. Son subit intérêt pour les champagnes Cruize, me le rend d'entrée antipathique. Trop affairiste à mon goût.

Leek précisa qu'il en dirait deux mots au passage à Tante Agatha. Là aussi, elle pourrait faire des merveilles pour récolter des informations auprès de son épouse.

Aussitôt informée par Arthur Leek de sa future mission, l'octogénaire ne se fit pas prier pour passer immédiatement à l'action. Prétextant un coup de fatigue, elle sollicita en fin d'après-midi, à l'heure du thé, la présence de *son amie Jeanne* à ses côtés. Laissant Clara Dévigne et l'inspecteur vaquer à leurs occupations qui se résumèrent à faire une visite de la chaîne de production des champagnes Sandre. Là-même où des milliers de bouteilles du précieux breuvage s'apprêtaient à partir à la conquête du monde.

Feignant un affaiblissement généralisé, Tante Agatha s'affala sur le canapé du salon et, alternant soupirs et petits sifflements, parvint à ses fins. Son hôtesse demeura près d'elle, repoussant à plus tard ses occupations habituelles. Et c'est ainsi que les questions les plus anodines amenèrent des réponses sincères et riches d'enseignement.

À propos d'Éric Sandre, un portrait moins flatteur qu'attendu fut dressé au travers de regrets et de lamentations. Dans un élan d'intimité, les digues cédèrent et Jeanne Sandre se répandit en pleurs.

— Éric n'est plus l'homme attentif qu'il a été. Il disparaît des semaines entières sans donner de nouvelles. Il téléphone de temps en temps, en me tenant brièvement informée. Je ne sais jamais quand il rentrera.

— Mon Dieu, les hommes ont besoin de liberté pour mieux revenir, plaida Tante Agatha.

— Oui, mais quand il revient, je le sens pressé de repartir. Il ne parle que d'investissements, de rachats, de développement, de diversification. Jamais une attention amoureuse pour moi.

À bout d'arguments pour remonter le moral de sa nouvelle amie, l'octogénaire compatit enfin à sa tristesse, reconnaissant sans plus la contredire les défauts du mari. Et croyant bien faire, elle ajouta :

— Toujours est-il que ses affaires ne lui laissent pas le temps de penser à autre chose de plus préjudiciable pour vous, vous voyez ce que je veux dire ?

— Oh, oui, mais je ne suis pas sûre que quelques créatures ne lui tournent pas autour dans le seul but de prendre un jour ma place.

— Comme cela est fâcheux, regretta Tante Agatha. Vous avez des soupçons ?

— Non, à vrai dire. Mais croyez bien que j'ouvre les yeux.

Soucieuse de ne pas se montrer curieuse outre mesure, Tante Agatha crut bon de recentrer la discussion sur des sujets plus généraux. Au fil des minutes cependant, d'une façon insidieuse, elle revint sur les activités de l'époux en demandant comment il faisait pour être à la fois *dedans et dehors* son entreprise.

— Cette jeune Ève Lamotte est bien jeune, insista-t-elle, pour supporter seule le poids des responsabilités d'une cheffe de cave.

— Détrompez-vous. Elle a bien employé son temps pour se forger une solide réputation de cheffe de cave. Après sa séparation avec Patrice Lelann, elle a redoublé d'efforts pour se rendre indispensable et elle y est parvenue. Mon mari ne voit que par elle. Beaucoup de nos collègues nous l'envient. Je sais par la rumeur qu'elle a reçu des propositions mirobolantes qu'elle a refusées. Je pense en vérité qu'elle espère toujours un retour de flamme amoureuse de la part de Patrice Lelann. Je la soupçonne d'être allée à plusieurs reprises le relancer chez les MacDougall. Au moindre prétexte d'ailleurs, pour une question professionnelle ou pour le club, elle se proposait pour y faire un saut. C'est lui qui a rompu.

Voilà la vraie raison – plus amoureuse que professionnelle – qui la retient ici.

Jeanne Sandre se déclara heureuse d'avoir partagé avec sa nouvelle amie ses soucis du moment. *Je ne peux habituellement me confier à personne de mon entourage proche,* avoua-t-elle avec regret. Dans son milieu où les apparences étaient essentielles, cette femme abandonnée à elle-même tenait à conserver la tête haute et à cacher ses tourments.

Comme si elle venait de se souvenir de ce détail Tante Agatha posa une ultime question pour le moins délicate :

— Pour revenir à votre cheffe de cave, après sa rupture avec Patrice Lelann, son cœur n'est pas allé voir ailleurs ?

— Je pense qu'elle a eu quelques aventures, mais rien de sérieux. Pendant un temps, elle se rendait souvent à Paris. Puis cela s'est calmé.

L'amour, l'amour de l'autre, se lamenta Tante Agatha. *Il nous en fait faire des bêtises, n'est-ce pas ?* Le regard de son amie lui renvoya ses propres sentiments amoureux. Sa souffrance causée par l'indifférence de son mari se lisait dans ses yeux. *Oui,* répondit-elle, *et malheureusement la crainte de perdre cet amour nous poursuit chaque jour davantage.*

CHAPITRE 25

Lelann gagnant. Le texto du capitaine Nova ne disait rien de plus. Pourtant Leek comprit immédiatement de quoi il était question. Il regarda la tablée autour de lui et nota le regard interrogateur de Clara Dévigne. Le dîner tirait à sa fin. Sans vouloir en briser l'ambiance amicale, il sollicita à demi-voix l'autorisation de se retirer pour rejoindre plus tard les quatre femmes pour le café dans le salon.

D'un pas précipité, il regagna sa chambre dans le but de téléphoner au capitaine Nova. À chaque marche, il s'interrogeait : *Pourquoi assassiner la main qui vous fait cadeau d'un héritage quand on est sûr d'être à terme le seul héritier ? Pourquoi ? Pourquoi ? Pourquoi ? …* Cela n'avait pas de sens. Quelque chose clochait. Et en premier lieu, le fait que Patrice Lelann qui devenait désormais le suspect n°1 n'avait aucun mobile.

À l'autre bout de la ligne, le gendarme ironisa en lui avouant qu'il s'attendait à cet appel malgré l'heure tardive.

— Lelann gagnant mon cher, répéta-t-il. Le notaire indiqué par maître Sophie Bossart est apparemment une ancienne relation d'Ewen MacDougall. Il a confirmé l'existence d'un testament. La signature remonte à quelques semaines. Tout s'est fait dans la plus grande discrétion. À présent nous savons que Patrice Lelann hérite des biens et prend la tête de la Fondation Le Waleys. Il reste quelques formalités pour vérifier l'authenticité du document. La procédure normale réclame les avis d'un généalogiste, d'un graphologue et une publication dans la presse pour trouver un éventuel autre héritier. Une copie du testament est déjà entre les mains du tribunal judiciaire.

De toute évidence, Patrice Lelann devenait le suspect n°1 pour le capitaine dont la conviction était faite.

— Nous avons le mobile : il a tué l'épouse pour supprimer un obstacle et hériter directement du patrimoine de feu Ewen MacDougall.

Leek demeura circonspect. La déclaration enflammée quelques minutes avant sa mort de Sylvia MacDougall précisant la nomination de l'artiste à la tête de la Fondation Le Waleys semait un trouble dans son esprit. Il y voyait une contradiction flagrante.

— Leek vous êtes toujours là ?

— Oui, répondit l'inspecteur. En fait, je suis réservé sur la culpabilité de Lelann. Mais ce n'est qu'une intuition.

Puis il embraya sur les confidences de Jeanne Sandre, rapportées par Tante Agatha. La propriétaire des lieux s'était montrée angoissée par le risque d'une rupture conjugale.

— Elle regrette que son mari, très investi dans ses affaires, soit si souvent absent et imagine une séparation à venir. Et pour rester dans le registre des sentiments, elle a également raconté que son mari est ébloui par les compétences professionnelles d'Ève Lamotte…

— Seulement ses compétences professionnelles ? ironisa le capitaine.

— Hum… Non, selon elle, Ève Lamotte espère toujours reconquérir Patrice Lelann qui l'a quittée brutalement.

L'inspecteur Leek avec beaucoup de délicatesse aborda ensuite une idée qui lui était venue durant la discussion.

— Si je puis me permettre, capitaine, je ne sais pas où en sont vos investigations sur les affaires d'Éric Sandre. Mais ne serait-il pas plus judicieux de faire appel à un intermédiaire pour l'interroger plutôt qu'à un gendarme ?

— Quoi ? Vous pensez encore à Tante Agatha ? Demain, je fais prendre ses mensurations et un de nos tailleurs lui confectionnera un costume de gendarme sur mesure.

Leek ne sut pas distinguer s'il s'agissait d'une plaisanterie ou de la manifestation d'un profond agacement. Il opta pour la première raison. Il précisa :

— Non, je ne pensais pas à Tante Agatha. À mon sens, il paraîtrait naturel qu'un journaliste s'intéressât à son brillant parcours. J'ai en tête le nom de Bastien Anglet du magazine *Bulles & Millésimes*. Sa plume pourrait nous en apprendre beaucoup sur la reprise éventuelle des champagnes Cruize par Sandre ?

— Un journaliste pour sonder le personnage ? Vous avez de drôles de méthodes au Yard. Pourquoi pas ? Allez-y dans ce sens, répondit Charles Nova avec un voile d'hésitation dans la voix. Moi, je vais accélérer une enquête de terrain à son sujet.

Quand Leek redescendit dans le salon, Tante Agatha racontait de vieux souvenirs sur sa vie londonienne. Un verre de cognac à portée de main, elle savourait ce moment de détente. *Ah ce Churchill*, acheva-t-elle de dire, tandis qu'il prenait place sur un étroit canapé. *Quel phénomène.*

Très en verve, elle interpella l'inspecteur comme elle aimait à le faire depuis son dernier séjour estival avec cette formule : *Un cognac, monsieur Scotland Yard* ?

Non, merci, répondit-il le regard amoureusement posé sur une bouteille de whisky bien en vue sur une console. *Je ne connais pas cette marque,* avoua-t-il. Jeanne Sandre lui en proposa un verre et en reposant délicatement la bouteille lui indiqua qu'il s'agissait d'un *Esprit de Malt de la Montagne de Reims, très intéressant à découvrir pour un Anglais.*

La satisfaction se lut sur son visage dès qu'il attaqua une première gorgée. Et un sourire intérieur accompagna sa dégustation.

Vendredi 7 juillet 2023

Comme il s'y attendait, Leek n'eut aucun mal à intéresser Bastien Anglet à la personnalité d'Éric Sandre. D'abord réticent à mélanger information et enquête de gendarmerie, le journaliste, heureux de ce scoop, imagina aussitôt une interview plus rapide à boucler qu'un reportage. Il connaissait l'homme, très discret, et le patron, que l'on disait velléitaire en Champagne. Il expliqua à ce sujet qu'il avait toujours été étonné des portraits que faisait de lui la presse internationale qui le décrivait comme un requin de la finance. Leek vit dans ce contraste, l'opportunité d'apporter un éclairage nouveau à l'enquête et repensa aux propos de Tante Agatha à la télévision : *Il faut prendre du recul et regarder ces affaires en élargissant le cercle.* Il promit au journaliste de lui fournir dans les meilleurs délais les coordonnées téléphoniques directes de l'homme d'affaires.

Élargir le cercle. Nous y sommes, constata l'inspecteur avec une étincelle de curiosité dans les yeux. Ses doigts lissèrent sa fine moustache pour souligner sa satisfaction. L'enquête jusqu'alors lui avait paru étriquée. Trois morts, deux suspects évidents – Lucas Sartis et Patrice Lelann –, trois suspects supposés la docteure Christelle Lenoir, Ève Lamotte et Andrew Thomson. Avec cette question qui, depuis quelques heures, le taraudait : les morts d'Helen Cruize et de Sylvia MacDougall étaient-elles vraiment liées ?

Il était bientôt temps de réunir tous les protagonistes pour une reconstitution et une ultime confrontation dans la maison de la famille MacDougall. Juste après quelques dernières précisions à obtenir…

À cet instant, l'inspecteur Leek se souvint d'un des commandements contenus dans le livre du parfait enquêteur remis lors de sa formation à Londres : *Ne t'en tiens pas à trouver La clef de l'énigme, mais Les clefs de l'énigme.* De cette maxime, il s'en était fait un mantra qui, dans bien des cas, lui avait permis de résoudre les enquêtes les plus tortueuses. Dès lors pour chaque affaire, il ouvrait le champ des possibles.

Leek se rappela sa proposition suggérée au capitaine de mettre Ève Lamotte sous surveillance. Il décida de passer à la vitesse supérieure. Il joignit Clara Dévigne au téléphone pour lui demander d'enquêter en sa qualité de journaliste sur le passé professionnel d'Ève Lamotte. *Vous évoquerez un portrait sur une cheffe de cave,* souffla-t-il. *Et au passage, vous ferez des allusions sur la difficulté de mener une vie familiale et amoureuse.*

— Vous ne pensez tout de même pas que je vais utiliser ma carte de presse, s'offusqua-t-elle, pour enquêter. Je ferai mon job et je vous transmettrai quelques infos si je juge cela conforme à ma déontologie.

Satisfait, il sollicita ensuite Tante Agatha pour une prise de rendez-vous avec Andrew Thomson en prétextant qu'un détail l'intriguait sur le contrat en cours qu'elle avait sous les yeux. Il lui signala qu'il avait prévu cette fois de l'accompagner.

Enfin, profitant de croiser Jeanne Sandre dans le salon, il lui demanda à brûle-pourpoint la manière dont elle entrait en contact avec son mari lors de ses nombreux déplacements. *Il m'appelle toujours,* précisa-t-elle. *Il ne veut pas que je le dérange durant une réunion de travail compte tenu du décalage horaire.* Grâce à quelques amabilités, il obtint en toute confiance son numéro de portable privé qu'il transmit aussitôt à Bastien Anglet.

Ce faisceau de sollicitations représentait selon Leek une occasion exceptionnelle de faire bouger les lignes. Il savait que, de son côté, l'enquête – dite de terrain – du capitaine Nova permettrait d'en savoir davantage sur la situation financière des champagnes Sandre et sur ses opérations de rachats. L'interview d'Éric Sandre dans la presse aiderait à se faire une idée de la stratégie de développement du groupe.

À passer l'essentiel de son temps à parcourir le monde pour vendre ses champagnes, ce patron devait bien en tirer de substantiels bénéfices personnels. Qu'en faisait-il ?

Lundi 10 juillet 2023

Les réponses ne tardèrent pas à lui parvenir. Trois jours exactement furent nécessaires pour obtenir l'interview du *Roi des bulles* comme l'avait surnommé avec humour Bastien Anglet. Éric Sandre s'était d'abord montré guère favorable à une interview, prétextant un manque de temps. Mais sous la pression des questions du journaliste concernant la rumeur d'un rachat des champagnes Cruize, il se trouva dans l'impossibilité de refuser. Sa proximité avec la famille Cruize l'obligeait à s'expliquer sauf à prendre le risque de voir son silence interprété comme du mépris à l'encontre de la victime. Aussi avait-il finalement fait bonne figure en exigeant des questions écrites auxquelles il répondrait par écrit.

Et il avait tenu parole. Six heures plus tard, il

adressait un appel au journaliste pour lui dire que l'interview parviendrait par mail à la rédaction du magazine avec un selfie. Le *Roi des bulles* revenait dans ses réponses sur son parcours récent, ses contacts commerciaux à travers le monde, son désir de développement marketing chez les *people* et enfin la proposition de rachat des champagnes Cruize. *Il ne fallait pas que ce fleuron parte dans l'escarcelle d'affairistes étrangers,* concluait-il avec emphase. *J'ai seulement proposé mon aide.*

Une fois l'interview relue et corrigée pour publication en version courte sur le site web du magazine, Bastien Anglet, joignit l'inspecteur de Scotland Yard pour lui donner un aperçu du contenu. En aucune façon, il ne tenait à lui fournir le détail des réponses, seulement ce qui concernait peu ou prou le projet de rachat de l'entreprise Cruize et qui serait publié en numérique dans l'heure suivante. Après tout, il devait son scoop à son informateur du Yard, Arthur Leek. Il convenait de lui renvoyer l'ascenseur.

Leek fut très satisfait des propos tenus par Éric Sandre au sujet de la rumeur de rachat des champagnes Cruize. Notamment cette phrase : *J'ai seulement proposé mon aide.* Elle lui permettrait de la confronter sous peu au témoignage du jeune héritier d'Helen. Mais le journaliste rapporta à Leek d'autres éléments qui lui parurent très intéressants. Il indiqua que l'homme qu'il avait eu au bout du fil, n'était pas le même que celui qu'il avait eu l'habitude de côtoyer en Champagne. Il s'expliqua.

— Bien entendu, c'est bien à lui que j'ai parlé. Seulement le ton de sa voix et son débit accéléré m'ont donné à penser qu'il était en état de surexcitation.

— L'alcool ? interrogea l'inspecteur.

— Je dirais plutôt qu'il était comme transporté, illuminé. Les mots me manquent et ce n'est qu'une impression ressentie au téléphone.

— Vous a-t-il dit où il se trouvait actuellement ?

— Non et je ne lui ai pas demandé à vrai dire. Ah, un détail aussi. Une fois ou deux, il a employé le « on » de façon naturelle. J'ai pensé qu'il incluait sa femme dans son activité commerciale. Chose surprenante pour deux personnes qui se trouvent séparées par des milliers de kilomètres.

Leek mit de côté les impressions rapportées par le journaliste et transmit par mail au capitaine Nova un résumé de son entretien. Au passage, il se permit de lui conseiller de croiser les réponses du propriétaire des champagnes Sandre avec le témoignage du fils d'Helen Cruize à propos d'un éventuel rachat. *Il pourrait en sortir une étonnante contradiction,* ajouta-t-il.

Restait à attendre le résultat de la rencontre de Clara Dévigne avec Ève Lamotte. L'inspecteur était persuadé qu'elle promettait une surprise. Pour l'heure, il fallait préparer avec Tante Agatha son prochain rendez-vous avec Andrew Thomson. La brebis anglaise égarée au milieu d'un troupeau de loups.

CHAPITRE 26

Clara Dévigne faisait face à Ève Lamotte, en ce début d'après-midi, dans un salon de thé très cosy de la rue Gambetta à Reims. La journaliste avait opté pour un lieu neutre, désireuse de prendre de la distance avec la propriété de la famille Sandre et les drames de ces derniers jours. Le cadre chic de l'endroit ajoutait un caractère intime à leur rencontre, propice à des confidences.

Installées dans un salon attenant à une boutique au long comptoir-vitrine où une ribambelle de sandwiches, de viennoiseries et de pâtisseries s'étalaient en rangs serrés, elles conversaient comme deux amies. Parfois leurs regards s'évadaient en direction de la rue à travers de hautes fenêtres encadrées de rideaux en velours noir.

Deux tasses de thé fumantes voisinaient avec de petites assiettes colorées, remplies de mignardises. Clara Dévigne laissa s'écouler le temps nécessaire pour mettre en confiance son invitée. Quand elle jugea le moment opportun, elle entra dans le vif du sujet en lui posant des questions sur sa vocation et sur son parcours.

De toute évidence, la passion du vin l'avait animée depuis son plus jeune âge. Un diplôme d'œnologue en poche, elle avait travaillé chez de petits et de grands producteurs de vin puis elle s'était intéressée au champagne. Après des périodes plus ou moins longues dans des caves prestigieuses, sa rencontre – *fortuite,* avait-elle précisé – avec Éric Sandre avait été décisive.

Elle disait apprécier l'homme, le professionnel, le chef d'entreprise, le mari. L'air pensif, Clara Dévigne considéra qu'elle dressait tout simplement le portrait de son amant. Consciente peut-être de sa spontanéité, la jeune femme dévia rapidement sur son idylle passée avec Patrice Lelann. *Un homme merveilleux,* indiqua-t-elle, *qu'elle n'avait su garder à ses côtés.*

Après cet aveu, la journaliste insista, en prenant son propre exemple, sur la difficulté de mener de pair une carrière exemplaire et une vie sentimentale voire familiale parfaite. Puis, elle relança la discussion en demandant avec humour : *Et à présent avez-vous retrouvé l'amour ?* La question déstabilisa l'interviewée qui répondit *oui et non* pour montrer que le sujet ne méritait pas qu'on s'y arrêtât.

Soucieuse de respecter l'objet de l'entrevue, Clara Dévigne demeura un long moment sur le registre professionnel : la nécessité de s'adapter à l'évolution du climat, les outils de production, la formation du personnel, le goût changeant des consommateurs et l'ouverture de nouveaux marchés à l'étranger. L'occasion de reparler d'Éric Sandre.

Et de nouveau, Ève Lamotte ne tarit pas d'éloges.

— C'est un grand chef d'entreprise qui est à l'écoute du monde et qui sait prendre conseil auprès des meilleurs. Il a de grandes ambitions pour son groupe.

— Ah, oui ? Lesquelles ? demanda naïvement la journaliste.

La cheffe de cave parut hésiter.

— Je ne suis pas dans les petits papiers de l'entreprise, vous savez.

— Je comprends bien, mais qu'est ce qui vous donne cette impression qu'il s'agit, comme vous dites, d'un grand chef d'entreprise ?

— Sa vision de l'avenir. Son ambition…

Ève Lamotte réfléchit quelques secondes comme si elle cherchait un exemple concret. Puis finalement, elle poursuivit :

— Comme par exemple sa recherche de clients en Amérique et en Asie.

— N'a-t-il jamais cherché plus proche. J'ai entendu parler d'une agence qui prodigue des conseils pour obtenir un *Royal Warrant* auprès de la Cour d 'Angleterre. Il n'a jamais été approché à ce propos ?

— Je ne sais pas…enfin peut-être. Ça jase sur le sujet parmi le personnel. Je n'en sais pas plus.

— À propos de rumeur. Pour en revenir aux meurtres qui ont dû vous affecter vous aussi car vous connaissiez, en tant que membre du club de vigneronnes, Helen Cruize et Sylvia MacDougall, vous n'avez aucune idée de qui aurait pu leur en vouloir au point de les tuer ?

— Non, comment voulez-vous que… Je croyais qu'Helen s'était suicidée…

— Concernant justement madame Cruize, vous connaissiez son amant Lucas Sartis ?

— Non, à peine croisé lors de soirées, c'est tout, réagit-elle vivement

— Excusez ma question cash mais j'imagine que Patrice Lelann n'a pas du tout à vos yeux le profil d'un assassin.

— Non, bien sûr.

La journaliste fit remarquer que la découverte d'un testament en faisait désormais un homme riche. Le sourire désintéressé que lui renvoya Ève Lamotte lui fit comprendre que l'information ne suscitait chez elle aucun intérêt réel.

— Un cœur à prendre ou à reprendre, insista la journaliste avec un œil complice. Vous lui en voulez toujours de vous avoir quittée.

— Oui, toujours. C'est une blessure qui ne se refermera jamais, avoua la jeune femme avec émotion.

Elles se séparèrent une demi-heure plus tard sur le trottoir. Toutes les deux regrettaient avec des formules toutes faites *de n'avoir pas eu le temps d'échanger davantage*. Si en vérité, Ève Lamotte était satisfaite de voir cet interrogatoire s'achever, Clara Dévigne, pour sa part, aurait souhaité pouvoir poser d'autres questions plus pertinentes afin de cerner davantage la personnalité de l'interviewée. À plusieurs reprises, Ève Lamotte avait semblé être prise au dépourvue par certaines questions.

Leek se réjouit immédiatement des informations que venait de lui transmettre par mail Clara Dévigne suite à sa rencontre à Reims. Elle lui avouait en conclusion qu'elle doutait de la sincérité de la jeune femme et évoquait les moments de trouble à l'issue d'interrogations d'ordre privé. Elle écrivait que *quand il s'agissait de se livrer intimement, elle était sur la défensive. Elle est très éprise de Patrice Lelann qui ne lui rend pas. Je suis sûre qu'un espoir ténu subsiste de son côté. Elle n'a jamais totalement renoncé à renouer avec lui. Elle parle d'une blessure qui ne se refermera jamais.* Et pour terminer sur le chapitre sentimental, elle ajoutait : *Extrêmement jalouse du bonheur de Sylvia MacDougall. Enfin muette sur l'existence d'un nouveau compagnon.*

Ces informations cheminèrent lentement chez l'inspecteur Leek pour aller se ranger dans les tiroirs de sa pensée. Elles s'ajoutèrent à celles recueillies par le journaliste Bastien Anglet et aux suppositions émises par Tante Agatha sur Jeanne Sandre. Leek attendait encore les constatations du capitaine Nova sur les affaires des champagnes Sandre pour se faire une idée générale.

Une question de timing, conclut-il en entendant les pas de Tante Agatha dans le salon où il avait espéré demeurer seul afin de préparer la rencontre à venir avec Andrew Thomson. En la voyant s'approcher, il admira l'allure élégante de l'octogénaire. Au moment où elle le rejoignit sur le second canapé, il confirma intérieurement un jugement qui ne l'avait jamais quitté sur l'intéressée : *Cette dame distinguée possède une intuition exceptionnelle. Un sixième sens en quelque sorte.*

— Vous me semblez rêveur, mon cher. Réveillez-vous ! Servez-moi donc une tasse de thé et reprenez en une, il est l'heure de mon *five o'clock.* Au fait, pourquoi souhaitez-vous rencontrer en ma présence ce malheureux Andrew, victime contre son gré d'une bande d'escrocs ?

— Je vous dois une vérité que vous avez en fait déjà devinée. Je suis missionné par ma hiérarchie pour ramener en Angleterre le fils de lord Archibald Thomson qui siège au palais de Westminster. Son vote, vous l'imaginez, pèse lourd en cette période de Brexit.

— Encore vos affaires secrètes pour le compte du Royaume-Uni ? Comment un inspecteur du Yard francophobe, conservateur, *Brexiter*, nourri aux œufs-beacon-fishandchips-chickenpie-trifle-Jelly et abreuvé de bières India Pale Ale, peut-il survivre au milieu de plus de 67 millions de Français ?

— Je me le demande, madame, sembla-t-il s'excuser. Je peux cependant vous avouer quelque chose. Je suis surpris de voir mes compatriotes se complaire ici malgré les centaines de variétés de fromages, de vins rouges, rosés, blancs, secs, demi-secs, moelleux, de cidres, de champagnes, bruts, extra-secs, secs, demi-secs, doux, Blancs de Blancs, d'eaux-de-vie comme l'Armagnac, le cognac VS, VSOP, XO, XXO sans oublier le fameux Napoléon bien entendu.

— Votre remarque est très liquide à ce que je vois…

— Non, j'y viens. Je n'oublie pas les cagouilles à la Charentaise, les huîtres à la Bordelaise, les andouillettes de Troyes AAAAA – auxquelles j'ai échappé pour l'instant –, le cassoulet de Toulouse ou de Castelnaudary, le steak frites, les moules-frites, et dernièrement encore les pieds de porc à la Sainte-Menehould et le chaource.

— Arrêtez ! Vous commencez à me causer une indigestion. Mais qu'est-ce qui vous a amené à parler de nourriture ?

— Personne. Mais voyez-vous malgré tout ce que je viens de vous dire, ce pays m'étonne chaque jour. Ça se chamaille sans cesse pour des motifs futiles, mais quand il s'agit de se rassembler contre l'Anglais vous faites l'union.

— Vos allusions concernent le football et le rugby, je suppose.

À bout de souffle, Leek s'interrompit. Au fond de lui, il commençait à ressentir depuis quelques mois un intérêt réel pour ce pays qui l'accueillait, finalement, avec beaucoup de sympathie. Ses nouvelles relations charentaises et bordelaises en faisaient foi. Et maintenant champenoises. Seulement son ADN d'insulaire se refusait encore à l'admettre. Son unique regret provenait de la distance qui le séparait de Mademoiselle Rose restée à Londres. Elle lui manquait et il se promit de l'inviter un de ces jours à venir le rejoindre.

Soudain, il prit conscience du regard noir de Tante Agatha qui attendait toujours des explications sur la raison de leur rendez-vous avec Andrew Thomson. Il précisa qu'il lui fallait alerter le jeune homme sur ses fréquentations et l'en éloigner au plus vite.

— Votre présence m'aidera à le convaincre. Elle le rassurera et le poussera à prendre la bonne décision.

— Vous me donnez beaucoup d'importance. Je ne savais pas que je faisais ce genre d'effet sur les jeunes gens.

Leek sourit. Ce n'était pas tout. Il avait imaginé une rencontre au Bar à champagne. Ce qui lui permettrait, tandis que l'octogénaire détournerait l'attention du jeune homme, de fouiner de son côté dans les locaux à la recherche d'indices.

Ce dernier argument l'emporta. Tante Agatha malgré ses propos souvent très directs appréciait finalement cet inspecteur londonien, trop *old fashion* à son goût avec ses costumes sombres aux délicates rayures blanches et ses chaussures noires lustrées dans lesquelles on aurait pu se mirer. Sans oublier cette fine moustache noire qu'il lissait à chaque fois qu'il se sentait satisfait ou sur le point de réussir à solutionner une enquête.

Ils convinrent avant de se séparer qu'elle donnerait rendez-vous à Andrew le lendemain matin à 10 h au Bar à champagne. Il lui avoua qu'il était persuadé que ce lieu était le quartier général de cette bande d'escrocs. À partir de ce moment, Leek sut que l'enquête sur les trois morts allait rapidement trouver son dénouement.

Une question de timing, marmonna-t-il en écoutant les pas réguliers de Tante Agatha s'éloigner en direction de l'escalier qui menait aux chambres.

CHAPITRE 27

Mardi 11 juillet 2023

Ce garçon est-il naïf ou stupide. Ou les deux à la fois ? Leek essayait de se faire une idée tandis qu'il suivait d'une oreille distraite les questions de Tante Agatha sur le contrat qu'elle tenait entre les mains. Malgré ses vingt-trois ans, Andrew Thomson, sans doute excessivement gâté dans sa jeunesse, en paraissait dix-huit. Son allure dégingandée donnait l'impression d'avoir poussé trop vite comme un roseau vert tendre au bord d'une rivière. D'ailleurs, il se tenait la plupart du temps avachi sur sa chaise avec ses jambes tendues comme un adolescent. Le regard d'un bleu délavé, il semblait attentif puis soudain coupait sans gêne la parole pour exprimer son point de vue en passant distraitement une main dans ses cheveux.

Au cours des présentations, l'inspecteur s'était gardé de décliner sa fonction, et l'octogénaire l'avait présenté comme un ami. Il avait repoussé à plus tard le moment d'entrer dans le vif du sujet et de jouer cartes sur tables.

L'entretien durait déjà depuis plusieurs minutes dans l'arrière-salle du Bar à champagne. Tante Agatha se faisait expliquer chaque paragraphe avec une détermination qui n'effrayait pas le jeune homme. Patiemment, il mettait en avant des arguments sérieux qu'il accompagnait d'un petit sourire en coin.

Profitant d'une pause dans la conversation, Leek prétexta le besoin de se rendre aux toilettes et s'éclipsa discrètement après qu'Andrew lui eût indiqué la direction. À peine avait-il amorcé quelques pas, que l'inspecteur bifurqua sur sa droite pour emprunter un couloir étroit et long qui s'achevait sur une cour intérieure par une porte en fer restée largement ouverte. De part et d'autre du passage, deux autres portes fermées attisèrent sa curiosité. Il actionna doucement la clenche de la première sur laquelle une plaque de cuivre indiquait « Direction ». Elle donnait accès à une pièce au milieu de laquelle se trouvait un minuscule bureau en bois, encombré de paperasse et d'un fouillis de stylos bille, de bibelots, d'un sous-main, d'un téléphone et d'un ordinateur. Sur la gauche, une vingtaine de caisses de champagne étaient empilées.

En temps normal, c'est-à-dire en Angleterre, l'inspecteur dans le cadre d'une enquête n'aurait ressenti aucune gêne à pénétrer sans autorisation – mais avec toutes les précautions utiles – dans un lieu privé. Seulement dans le cas présent, il savait qu'il n'était pas autorisé à enquêter sur le sol français. L'image fulgurante du visage en colère du capitaine Nova lui traversa l'esprit. Mais il était trop tard pour faire marche arrière. Il lui fallait en savoir plus.

Il contourna le bureau et posa un doigt sur le clavier de l'ordinateur qui s'alluma aussitôt. Plusieurs dossiers étaient classés en rang d'oignon sur le bas de l'écran. Il s'agissait pour la plupart de listings de prospects et de clients. Rien d'intéressant en soi. Au moment où il s'apprêtait à renoncer, la notification sonore d'un mail attira son attention. L'objet indiquait en haut à droite: Stocks Le Waleys.

D'une main subitement devenue fébrile, il fut sur le point d'ouvrir le message quand des voix lui parvinrent en provenance du couloir. La perspective d'être découvert le fit bondir sans réfléchir pour se dissimuler derrière la pile de caisses. Son cœur s'emballa quand il imagina que les inconnus avaient peut-être dans l'idée de transporter le stock de champagne qui lui servait de cachette dans un autre lieu. Cette pensée le fit tressaillir car il en serait alors fini de son enquête officieuse et de sa carrière officielle. Sans parler des retombées dans la presse. Il voyait déjà écrit en gros caractères sur cinq colonnes à la Une du Times : « Un inspecteur de Scotland Yard pris en flagrant délit d'espionnage en France ».

Les inconnus s'étaient arrêtés au milieu du couloir et continuaient à discuter. Leek crut distinguer sans qu'il pût les identifier une voix masculine et une autre féminine. Des mots lui parvenaient : *champagne… livraison… export…* Rien de plus naturel dans cet endroit.

Puis, les voix se remirent en mouvement. Sans doute en direction de l'arrière-salle du bar. Leek voulut profiter de ce répit pour sortir du bureau et s'éclipser par la cour mais alors qu'il actionnait le loquet de la porte, les voix se rapprochèrent. Elles lui parurent plus agitées que précédemment. Il regagna sa cachette en se demandant à nouveau s'il ne s'était pas laissé aller à une négligence professionnelle qui pourrait lui coûter cher.

Tout à coup, un claquement sec le fit sursauter. Dans son esprit embrouillé, il prépara hâtivement une raison alambiquée à sa présence. Ses neurones en alerte lui conseillèrent d'expliquer qu'il s'était trompé de pièce en cherchant les toilettes. Une excuse extravagante, certes, mais pas impossible à admettre pour des Français qui jugeaient les Anglais excentriques.

Les inconnus avaient pénétré dans une pièce attenante. Le bruit caractéristique de caisses de champagne transportées jusque dans la cour lui parvenait à travers la paroi. Le manège dura ainsi cinq bonnes minutes avant qu'un couinement de chaussures sur le sol lui indiqua que les mystérieux livreurs s'éloignaient dans le couloir. Leek, rassuré par le silence, expira lentement pour se débarrasser de son anxiété. Il patienta encore une longue minute pour s'assurer que la sortie était libre.

Quand il se pensa en sécurité, il commença à s'extraire de sa cachette. Il n'avait pas fait un pas qu'un grincement de serrure le fit sursauter. La porte s'entrebâilla lentement. Une voix masculine lança au loin : *Laisse tomber, on reviendra les chercher plus tard.* Et une voix féminine lui répondit : *il ne faudra pas tarder.* Enfin, un calme bienvenu enveloppa de nouveau les lieux.

Il fut temps pour Leek de s'extirper de sa planque et de rejoindre Tante Agatha et Andrew Thomson. Avant de tirer la porte derrière lui, il hésita une seconde à retourner près de l'ordinateur pour prendre connaissance du contenu du mail à l'objet énigmatique : Stocks le Waleys. Cependant il n'en fit rien, trop heureux de s'en tirer à si bon compte. Il regarda une dernière fois derrière lui et ses yeux se posèrent sur le mur de caisses qui lui faisait face. Le nom de *Champagne Cruize* sur chacune d'entre elles le laissa perplexe. Il fit une photo avec son téléphone portable puis ouvrit une des caisses pour en extraire une bouteille qu'il photographia également avant de la cacher dans le bas d'une armoire. Il referma la caisse et sortit en s'assurant que la voie était libre.

Plusieurs minutes s'étaient écoulées depuis son départ. Trop sans doute car les deux occupants le regardèrent comme quelqu'un que l'on avait perdu de vue depuis longtemps. Tante Agatha réagit la première :

— Vous vous étiez perdu, mon cher ?

— Non, pas vraiment. J'ai voulu prendre l'air pour vous laisser discuter. Vous en êtes où ? questionna-t-il en regardant le jeune homme.

— Pour ainsi dire nous avons terminé. Mais peut-être, avez-vous, des questions de votre côté ?

Dans l'attente d'une réponse, Andrew Thomson laissa son regard aller de l'un à l'autre. Leek marqua une pause puis commença par des mots rassurants.

— Je note que vous êtes un garçon sérieux et je félicite vos parents pour leur éducation. Mais comme il faut bien que jeunesse se passe, il arrive que certains esprits se laissent aller à des débordements avec l'espoir de rattraper leurs bêtises au dernier moment. Notamment des dettes. Le poker est un jeu de cartes dangereux pour les débutants, n'est-ce pas ?

Le visage du fils d'Archibald Thomson devint livide. Les propos entendus avaient un caractère général mais il avait compris qu'ils s'adressaient à lui.

— Je pense qu'il est temps mon garçon que je vous avoue la raison de ma présence ici, aujourd'hui. Vous vous êtes mis sans le savoir dans de sales draps. Les relations amicales que vous avez tissées en France et que vous imaginez sincères ne sont motivées que par l'argent. Seul votre titre de noblesse intéresse des individus cupides, supposés être vos amis, qui comptent tirer profit de votre naïveté.

Leek laissa s'écouler une longue minute avant de reprendre.

— Je suis un inspecteur de Scotland Yard missionné pour vous ramener sain et sauf – et avec un casier judiciaire vierge – dans votre pays. Et éviter ainsi qu'une tache ne vienne assombrir le beau dessin de l'arbre généalogique de la famille Thomson.

Alors qu'il s'attendait à une réaction de défense, une demande d'explication détaillée ou une dénégation totale, Leek fut étonné d'entendre le jeune homme dire simplement : *Comment m'avez-vous retrouvé ?* Question naïve d'un garçon naïf à laquelle il négligea de répondre.

— À présent que vous êtes informé, vous n'avez qu'un seul choix : quitter les lieux, prendre un billet retour pour Londres et demeurer planqué plusieurs semaines dans l'une des vingt-deux suites de votre confortable château du Lincolnshire. Fort mal chauffé en hiver, mais par chance nous sommes en été. Qu'en pensez-vous ?

Le ton neutre volontairement choisi par Arthur Leek ne laissait aucune place à un atermoiement. Aussi Andrew Thomson, très ébranlé par la mise en garde, acquiesça-t-il immédiatement. Cependant dans un réflexe naturel mais stupide, il demanda :

— Puis-je prévenir mes amis de ma décision de retourner en Angleterre ?

— Surtout pas. Ils ne doivent être au courant de rien. Votre vie serait en danger. Vous leur avez servi de faire-valoir et ils voudront forcément vous faire taire. Ce sont des escrocs sans foi ni loi.

— Mais le contrat de madame Agatha Brixton…

— Il n'est pas signé donc pas de problème. Maintenant je vais vous faire une proposition que vous ne pourrez refuser.

L'inspecteur laissa traîner sa voix et maintint de nouveau un court suspens. Il aimait bien ces instants où il était le maître de la situation.

— Nous allons vous mettre en sécurité. Préparez quelques affaires et suivez-nous. En contrepartie, vous devrez nous raconter tout ce que vous savez sur vos… amis.

— Mais je ne suis au courant de rien. Je doute qu'il s'agisse réellement d'escrocs d'ailleurs.

— Nous verrons cela plus tard, acheva Leek. Une question avant de quitter les lieux : qui sont les deux personnes que j'ai croisées dans le couloir tout à l'heure ?

— Je n'en sais rien, je ne les ai pas vues.

Leek jeta un œil à Tante Agatha qui confirma la réaction. Personne n'avait pénétré dans cette pièce durant toute son absence.

Charles Nova parut interdit devant l'audace de l'inspecteur Leek quand celui-ci lui raconta au téléphone sa visite au Bar à champagne. Et surtout quand il lui apprit qu'il avait mis Andrew Thomson en sécurité.

— Vous vous rendez compte que vous avez informé un suspect sur le déroulement d'une enquête en cours ?

— Ce jeune homme n'a participé à aucun délit, capitaine. Seul son patronyme a été utilisé à des fins répréhensibles.

— Oui, pour épater de riches pigeons afin de leur soutirer de l'argent.

— Pigeons ? s'étonna Leek.

— Victimes, si vous préférez inspecteur.

— Je crois qu'il va nous être plus utile, à présent, caché qu'en liberté. Il faut le mettre sous protection en attendant de boucler le ou les responsables de nos trois morts. Nous l'avons ramené au domicile des Sandre.

— Trouvez une chambre d'hôte discrète dans un village isolé et j'enverrai un de mes hommes assurer sa protection. S'il se passe n'importe quoi lié à ce jeune homme, vous en serez tenu pour responsable. Et venez me voir cet après-midi à 15h.

Charles Nova avait raison dans le fond. Pourtant le petit doigt de Leek lui disait qu'il n'avait pas eu tort d'agir ainsi.

CHAPITRE 28

Les deux hommes se regardaient en chiens de faïence. Un bouledogue français face à un cavalier King Charles. Aucun des deux n'avait encore touché à la tasse de café déposée sur le bureau du capitaine par un jeune planton, intimidé par l'atmosphère lourde de la pièce.

Charles Nova, malgré la sympathie qu'il lui portait, n'avait toujours pas digéré l'initiative risquée de l'inspecteur. Leek, satisfait d'avoir repris la main sur sa mission, réfléchissait à la manière de rétablir le contact avec le capitaine. Assis, face à face, le premier se grattait la nuque en se demandant par quoi commencer. Le second se lissait la moustache d'un geste naturel de la main.

Le capitaine négligea de revenir sur l'épisode Andrew Thomson et passa directement aux dernières informations en sa possession. Ses hommes avaient épluché les comptes des champagnes Sandre et ils avaient fait de même pour les champagnes Cruize.

Dans les deux cas, des sommes suspectes avaient transité vers le compte d'une société de conseil dirigée par Lucas Sartis.

— Depuis quelques années, précisa le capitaine, les affaires d'Éric Sandre sont florissantes. Le résultat comptable a explosé. Depuis quelle date précisément, allez-vous me demander ? Depuis la création de la société de Lucas Sartis ! Une coïncidence, n'est-ce pas ?

— Heureuse coïncidence, en effet. Lucas Sartis fait gagner beaucoup d'argent à Sandre qui en retour, je suppose, reverse des sommes conséquentes pour le travail accompli.

— Exact. Ce n'est pas tout. Nous avons également épluché les rachats effectués récemment dans le monde du champagne et nous les avons rapprochés avec les noms de sociétés impliquées dans des affaires de fraudes. C'est également enrichissant, si je puis dire. Lucas Sartis parvenait par des stratagèmes éprouvés à produire du champagne frauduleux sous des marques qui, quelques mois plus tard, sans doute pour éviter le discrédit et la ruine, se vendaient au plus offrant… qui n'était autre qu'Éric Sandre.

— Une remarquable combine, admit Leek. La même utilisée à l'encontre de la malheureuse Helen Cruize qui a cru en la sincérité des sentiments de Lucas Sartis. À ce sujet, j'aurai à vous informer de mon côté. Mais poursuivez.

— Quant à Éric Sandre, le patron voyageur. Eh bien, il ne voyage pas tant que ça. Il dispose d'un studio discret à Paris où il séjourne souvent. Son compte société et son compte privé font état de sommes considérables dépensées en frais divers : restaurants, sauteries, déplacements en jet, achats de costumes, location de résidences, etc.

— Une fourmi en Champagne, une cigale à Paris, résuma Leek.

— Exactement. Et ce n'est pas tout. Notre homme voit régulièrement son ami Lucas Sartis. Sa concierge parisienne a reconnu ce dernier grâce à un cliché pris au cours d'une réception mondaine à Reims qui remonte à quelques mois où on le distingue – pas trop bien ma foi – en présence d'Helen Cruize.

— Donc un lien est établi entre Sandre et Sartis. Le premier a introduit le second dans le milieu du champagne. Il a fait entrer le loup dans la bergerie.

La mine boudeuse du capitaine Nova laissa la place à un sentiment de satisfaction. Celui de progresser enfin dans une affaire jusque-là nébuleuse pour lui. Le profil d'Éric Sandre se dessinait peu à peu. Une personnalité ambigüe, transformée sans doute par sa rencontre avec le mystérieux Lucas Sartis.

— Ce Sartis dont nous n'avons toujours pas retrouvé la trace, reprit le capitaine.

— J'ai mon idée là-dessus, assura Leek sans vouloir développer sa pensée.

Leek, à son tour, lista au capitaine les dernières informations fournies par Clara Dévigne sur Ève Lamotte : son entrée dans l'entreprise comme cheffe de cave suite à une rencontre qualifiée de *fortuite* avec Éric Sandre, sa jalousie maladive envers Sylvia MacDougall qui lui avait volé Patrice Lelann, l'amour de sa vie, et le fait qu'elle affirmait ne pas connaître Lucas Sartis, *à peine croisé lors de soirées du club de vigneronnes.*

— À ce sujet, notre filature n'a rien donné la concernant, reconnut le capitaine. Sauf qu'elle s'est rendue tout dernièrement, en compagnie d'un inconnu, au Bar à champagne de la société Le Waleys pour y prendre plusieurs caisses.

— Cette indication est plus intéressante que vous ne le pensez, capitaine. Pour en terminer sur Lamotte mon informatrice m'a avoué douter de sa sincérité.

— Les femmes ont le don de nous mener en bateau, déclara le capitaine dans un élan de misogynie qu'il rattrapa aussitôt en ajoutant : enfin pas toutes heureusement.

— Ah, se rappela Leek, je dois vous dire aussi qu'une interview du patron des champagnes Sandre va être publiée en version courte sur le site web du magazine *Bulles & Millésimes.* La version longue et remaniée sera réservée au magazine papier à paraître en septembre. À propos des champagnes Cruize, notre homme dit avoir proposé – je cite – *son aide au seul héritier*. Mais ce coup de main a tout l'air d'un coup de force pour racheter l'entreprise.

Le faisceau de présomptions désignait – ils en convinrent sans hésiter – deux suspects : Lucas Sartis et Éric Sandre. Avec l'argent comme moteur.

Le capitaine s'interrogea à haute voix :

— Mais que fait-on de Patrice Lelann ? Un artiste tombé là par hasard ? Un gigolo ou un manipulateur ? Un solitaire désireux de capter l'héritage des MacDougall ou un amant sincère ?

— Hum… comment dire ?… Vos questions sont judicieuses, admit Leek, mais elles se heurtent à la réalité. Sa liaison avec Sylvia MacDougall lui assurait un avenir radieux alors pourquoi la tuer ? Et ce testament qui apparaît soudain dans l'étude d'un notaire inconnu de la famille ? Il le désigne comme le principal héritier. Cela pose une question essentielle : quel intérêt de tuer le mari de votre maîtresse qui vous a en estime et qui vous fait cadeau de sa fortune ? Je dirais qu'il est dans une position inconfortable, au milieu d'un drame, dont il est le spectateur mais qui fait de lui un acteur, un suspect.

Les deux enquêteurs lâchèrent la bride à leurs réflexions sur le terrain encombré des suppositions et des hypothèses.

— Oui. Tout ça ne tient pas, reprit Leek. Il nous manque un maillon. Il est peut-être à chercher du côté de l'anxiété formulée par Sylvia MacDougall quelques minutes avant sa mort. Elle a confié à Jeanne Sandre qu'elle voulait lui parler du – je cite – *secret d'Helen* et également de son mari Ewen *qui perdait la tête.*

— Oui et alors ? Le secret d'Helen évoque le champagne frauduleux vendu à un tarif au-dessus de sa valeur. Quant au mari, il était vraiment très malade.

— Seulement, vous oubliez le Cluedo, glissa Leek avec malice.

— Le Cluedo ?

— Oui, je vous en ai déjà parlé. Le vieux Ewen ne perdait pas du tout la tête. Il m'a fait passer depuis son lit et de façon habile un message codé sur sa situation. En empruntant les noms des personnages du Cluedo. Il voulait me dire qu'il se considérait comme une victime, un John Boddy en somme. Et sans doute a-t-il essayé également d'alerter son épouse…

— Semant le trouble chez elle et c'est cela qu'elle voulait confier à son amie Jeanne.

— Exactement capitaine. Et pour ce qui est du *secret d'Helen*, il s'agissait comme vous le pressentiez d'informations importantes liées aux arnaques de Lucas Sartis dont elle avait pris connaissance.

Leek passa distraitement un doigt sur sa moustache. Le puzzle finissait de se composer dans sa tête et une excitation commença à le gagner.

Il regarda le capitaine, prit sa respiration et proposa :

— Je pense que je dispose de la clef ou plus précisément des clefs de notre énigme. J'aurai encore quelques points à affiner et deux photos sur mon portable à vous transférer ainsi qu'une adresse où il faudra envoyer vos hommes au plus vite. De votre côté, je vous propose de convoquer tous les témoins sur la scène du crime dans le hall des champagnes Le Waleys. Donnez-moi seulement au minimum vingt-quatre heures avant de convoquer tout ce petit monde.

Sensible au ton sérieux de son vis-à-vis, le capitaine Nova évita de relancer la conversation. La conviction de l'inspecteur de Scotland Yard était faite. Le dénouement de cette affaire n'était plus qu'une question d'heures.

CHAPITRE 29

Mercredi 12 juillet 2023

La soirée qui suivit la rencontre avec le capitaine Nova à la gendarmerie ainsi que la matinée du mercredi furent nécessaires à Leek pour réunir les dernières informations dont il avait encore besoin avant de procéder à la reconstitution demandée.

Il avait joint son collègue de Londres, rendu visite à Andrew Thomson placé sous protection dans une chambre d'hôte gardée par un gendarme dans un village voisin, transféré par mail les deux photos promises au capitaine et confirmé deux ou trois détails qui le chiffonnaient.

Vers onze heures, le mercredi, il fit un saut au Bar à champagne où après avoir échangé avec la serveuse sur les qualités réciproques du meunier et du pinot noir – il oublia le chardonnay – qui entraient dans la composition du *Vin des Rois*, il allégua un besoin de se rendre aux toilettes. Une fois dans le couloir menant à la cour intérieure, il poussa la porte du bureau de la direction pour constater comme il l'avait imaginé la disparition des caisses de champagne Cruize. Par chance la bouteille cachée dans le bas de l'armoire était toujours à sa place. Il n'y toucha pas et adressa un texto au capitaine pour la faire récupérer par ses hommes.

À son retour, son téléphone portable lui indiqua un appel et il s'excusa auprès de la serveuse de ne pouvoir rester davantage pour des *raisons professionnelles.* Une fois à l'extérieur, il prit la communication. C'était David Brown. Après quelques plaisanteries salaces dont ce dernier se délectait au grand dam de ses collègues féminines, ils en arrivèrent au sujet qui préoccupait Leek. L'information qu'il lui transmit était capitale. Leek le remercia et sans répondre à une question grossière interrompit la conversation.

Il ne lui restait plus qu'à regagner la propriété de la famille Sandre et attendre l'heure de la confrontation des suspects.

Il était 13 h, quand Leek passa le seuil du salon où les rideaux avaient été tirés afin de réduire l'ardeur des rayons du soleil. Tante Agatha, Clara Dévigne et Jeanne Sandre, installées sur les deux canapés, causaient dans la pénombre. Imogen qui ne se sentait toujours pas à sa place, se tenait à l'écart sur une chaise de style médaillon Louis XVI. Elle les écoutait avec une réserve presque gênante de politesse.

Tante Agatha, tout en suivant la discussion somme toute banale de ses deux amies sur les avantages comparés des vacances à la plage ou à la campagne en France, observait distraitement l'inspecteur. Lorsqu'elle s'aperçut qu'il lissait sa fine moustache d'un mouvement nonchalant du doigt, elle interpréta ce geste anodin comme l'annonce d'une information importante à venir.

— Vous semblez satisfait, inspecteur, dit-elle en le dévisageant.

— Qu'est-ce qui vous fait dire cela, chère madame ?

— Votre moustache, mon cher ! Votre moustache ! N'avez-vous jamais imaginé de vous laisser pousser la barbe ?

— Pour quoi faire ?

— C'est la mode de nos jours. Les adeptes de cette nouvelle religion capillaire s'appellent des *hipsters.*

Jeanne Sandre et Clara Dévigne interrompirent leur échange en entendant cette allusion futile qui avait eu pour effet de dessiner un sourire de contentement sur les lèvres de l'inspecteur. Ni l'une ni l'autre ne souhaita rebondir sur le sujet. Imogen, en revanche, sortit de son mutisme pour expliquer que la barbe lui faisait toujours penser aux soldats de la Légion étrangère.

Sur l'invitation de la maîtresse de maison, le petit groupe se dirigea vers la cuisine où une odeur d'andouillettes de Troyes, grillée et accompagnées de frites, faillit faire faire demi-tour à Leek.

Une heure et demie plus tard, le téléphone de Leek vibra sur la table basse du salon autour de laquelle le petit groupe prenait un café. Tante Agatha évoquait pour la troisième fois consécutive l'extrême compétence des Français en termes de grillades. *Ils font mieux que les Américains,* affirma-t-elle de façon péremptoire, *qui grillent trop leurs viandes et sont plus raffinés que les Britanniques qui font de l'à-peu-près.* Imogen la regardait en souriant béatement et en fouillant dans sa mémoire pour se souvenir de la dernière fois où elle avait vu sa patronne dans une cuisine.

Clara Dévigne feuilletait un exemplaire du magazine *Bulles & Millésimes* et suivait du regard l'inspecteur Leek, visiblement barbouillé par la moitié d'andouillette et la poignée de frites bien grasses de son repas de midi. Il avait négligé de prendre l'appel par politesse et il entendit la sonnerie lui signaler un message vocal. De toute évidence, il attendait la fin de la démonstration culinaire de l'octogénaire pour écouter à l'écart le message vocal qui venait de lui être notifié.

Enfin, quand Tante Agatha, continuant à monopoliser la parole, élargit le sujet de la discussion à l'art de vivre à la française, l'inspecteur jugea le moment opportun et demanda de l'excuser. D'un pas qu'il voulut débonnaire, il s'éloigna jusque sur la terrasse avec son téléphone à la main. Quelques secondes d'écoute de sa messagerie suffirent pour le voir soudain tourner sur lui-même et s'accrocher d'une main à la branche solide d'un buisson pour ne pas tomber. Les propos du capitaine Nova lui avaient glacé le sang. Il n'en croyait pas ses oreilles.

Un long moment lui fut nécessaire pour reprendre ses esprits et échafauder plusieurs hypothèses. Enfin, il se ressaisit et pianota sur son écran. La voix de Charles Nova, un ton trop haut, l'accueillit froidement montrant ainsi son extrême nervosité.

— Je savais au fond de moi que je n'aurais pas dû faire confiance à votre protégé. Andrew Thomson nous a bien baladés, mon vieux. Il a mis les voiles à la barbe du gendarme chargé de sa surveillance.

Un hipster lui aussi ? Leek repensa à sa discussion avec Tante Agatha. Il ne comprenait pas ce que venait faire à ce moment de la discussion la barbe du gendarme. Dans le doute, il jugea plus prudent de ne pas solliciter d'explication. Le capitaine poursuivit :

— Votre idée de l'informer sur l'enquête en cours n'était pas la meilleure que vous ayez eu, inspecteur. Voici la preuve que, même les gens du célèbre Yard, sont faillibles. Et moi, là-dedans, je joue ma carrière.

Cette remarque, somme toute blessante, eut pour effet d'aiguillonner Leek qui, jusque-là, était demeuré dans un registre de contrition. Agacé, il maîtrisa le débit de ses paroles et avec un calme olympien déclara :

— Cher ami, je comprends votre agitation. Cela fait tout de même deux fois que vos hommes laissent filer une personne placée sous leur protection. En ce qui concerne Andrew Thomson, je reste confiant dans la capacité de la gendarmerie française à remettre la main dessus.

Il laissa passer un court instant puis reprit :

— Voyez-vous, nous avons affaire à un fils de lord. Et comme tous les fils de lord qui crachent sur le patrimoine familial tout en acceptant l'argent de poche de la fin de mois, la seule ressource quand tout va mal est de retourner chez papa et maman. De se cacher dans un des châteaux de la famille. En France, vous diriez *se mettre au vert*.

— Votre français progresse, ironisa le capitaine.

— Ce qui revient à dire, poursuivit Leek sans relever la remarque, que notre grand dadais est tout simplement allé chercher son passeport dans le but d'un retour au pays. Depuis le Brexit, les contrôles sont très pointilleux à la frontière. Je vous conseille donc de ne pas perdre de temps et de le cueillir à son agence d'Épernay où il doit centraliser tous ses papiers officiels. Je vais vous transmettre l'adresse par texto, mais je pense que vous l'avez déjà.

— Mes hommes y vont en ce moment même ainsi qu'à son domicile.

— Il y a du progrès, le félicita Leek.

La passe d'armes n'avait plus lieu d'être et les deux hommes firent pour ainsi dire la paix. Leurs voix retrouvèrent un débit régulier et l'ironie céda la place à des sentiments amicaux.

— J'ai confiance en ce garçon. À l'heure qu'il est, la panique s'est emparée de lui et son seul but est de trouver refuge en Angleterre. Avez-vous arrêté un jour et une heure pour la reconstitution, capitaine ?

— En raison du 14 juillet, j'ai arrêté la date de la convocation au lundi 17 juillet à 18h dans le hall des champagnes Le Waleys.

— Ah oui, les Français et leur Révolution ! Le roi Louis XVI guillotiné. L'incontournable Fête nationale. Un jour férié sacré en France.

Le raccourci de l'inspecteur suscita chez le capitaine un rire amusé. Tout ne s'était pas déroulé en un jour. Il ne releva pas et crut bon d'ajouter :

— Votre pays est passé à côté de ce genre de sursaut révolutionnaire.

— Détrompez-vous, capitaine. En 1649 nous avons aussi tranché la tête d'un roi. Il s'agissait de Charles Ier.

Leek n'aimait pas évoquer les guerres internes qui avaient endeuillé le Royaume-Uni. Notamment la sempiternelle opposition entre l'Écosse et l'Angleterre. Selon lui, le long règne exemplaire d'Élisabeth II avait tout effacé. Aussi, se réjouissait-il aujourd'hui de l'image réconfortante que Sa Majesté Charles III et son épouse, Camilla, renvoyaient au peuple britannique. Éloigné de son sujet par cette digression historique, il précisa qu'il se tenait prêt pour la confrontation.

CHAPITRE 30

Lundi 17 juillet 2023

Le lundi à dix-sept heures, plusieurs gendarmes filtraient déjà l'accès aux champagnes Le Waleys. Les convocations avaient été adressées la semaine précédente et personne ne manquait à l'appel. Sauf la docteure Christelle Lenoir.

Dans le hall, une fébrilité palpable parmi l'assistance était à l'origine de regards fuyants et de sourires crispés. La certitude que l'assassin – ou les assassins ? – était présent suscitait une suspicion interdisant les confidences. Chacun campait dans un silence gêné et scrutait le moindre détail susceptible de lui fournir un indice. Volontairement, l'inspecteur Leek et le capitaine Nova avaient choisi de demeurer à l'écart avec Imogen dans une pièce voisine.

Tante Agatha, Clara Dévigne et Jeanne Sandre arrivèrent comme l'avait demandé l'inspecteur à

17h45. Leur entrée fut d'autant plus remarquée qu'elles ne paraissaient en rien perturbées par la reconstitution. Elles saluèrent une à une les membres du club de vigneronnes pour terminer par Patrice Lelann. Ce dernier, visiblement très affecté de se retrouver sur le lieu du drame, avait le visage défait et traînait derrière lui une infinie tristesse. À plusieurs reprises, il sembla même qu'il cherchait des yeux Sylvia MacDougall dont il ne se remettait pas de la mort prématurée.

Cette douleur n'échappa pas à Tante Agatha. *Amant sincère ou parfait comédien ?* susurra-t-elle à l'oreille de la journaliste en pointant discrètement un index vers l'artiste. Clara Dévigne ouvrit de grands yeux interrogatifs et tenta de son côté d'entrevoir l'inspecteur de Scotland Yard dont l'absence dans le hall l'étonnait. Jeanne Sandre essayait pour sa part de nouer vainement une conversation avec Ève Lamotte qui semblait l'ignorer.

À dix-huit heures précises, le capitaine Nova fit son apparition suivi de l'inspecteur. Imogen se glissa dans leur sillage et alla se poster près de la porte du hall. Leek lui avait demandé de scruter les faits et gestes des personnes présentes en qualité d'observatrice neutre.

Durant un temps qui parut très long, le gendarme conserva le silence augmentant de ce fait le sentiment de malaise qui se lisait sur les visages. Puis il commença :

— J'ai demandé à monsieur Arthur Leek, inspecteur de Scotland Yard, de m'assister pour une reconstitution de la soirée au cours de laquelle madame MacDougall a trouvé la mort. Comme vous vous en souvenez, une réunion de travail s'est préalablement déroulée dans la salle de réunion qui se trouve de l'autre côté de cette porte en face de moi. Je vais vous inviter à vous y rendre et à reprendre exactement les places que vous aviez. Ensuite, nous reviendrons ici même, sur ce qu'il faut bien appeler la scène de crime pour, minute par minute, reconstituer le déroulement tragique de la mort de la victime. Inspecteur avez-vous quelque chose à ajouter ?

— Oh, juste un point capitaine. Chacun d'entre vous est autorisé à faire à haute voix une remarque s'il le juge utile.

Le petit groupe s'engouffra à l'invitation de Charles Nova dans la salle de réunion où une atmosphère lourde flottait et où le souffle froid de la mort semblait être sur le point de révéler une sinistre vérité. Le fantôme de Sylvia MacDougall hantait les lieux. Il sembla même à une des membres du club de vigneronnes – une femme forte d'une soixantaine d'années – que le siège où leur hôtesse s'était assise ce soir-là avait bougé. Elle ne put retenir un petit son aigu d'effroi qui fit se retourner vers elle tous les regards.

Leek avec beaucoup de tact se rapprocha de la sexagénaire et tira en arrière le fauteuil devant lequel elle se trouvait pour l'inviter aimablement à y prendre place. Elle le remercia d'un sourire crispé.

Puis, il demanda si les places occupées étaient bien les mêmes que la fois précédente. En même temps qu'il prononçait ces mots, il scrutait la réaction de Tante Agatha. Cette dernière reconstituait mentalement la scène de la réunion au cours de laquelle, avait été évoquée la création de son propre club dans le sud-ouest. Elle tentait de se remémorer avec exactitude l'emplacement de chacune des participantes.

L'inspecteur regretta, à cet instant, de n'avoir pas assisté la première fois à l'intégralité de la réunion laissant le petit comité à ses échanges. Il se souvint qu'il avait quitté les lieux pour se rendre dans le parc et entraperçu, sur le chemin du retour, la docteure Lenoir pénétrant par une porte dérobée. Rendu curieux par cette intrusion, il l'avait suivie jusque dans un couloir donnant accès à la chambre d'Ewen MacDougall, le propriétaire des lieux. L'homme alité, à qui il avait pu parler, lui avait tenu alors de biens étranges propos sur de supposés collègues de Scotland Yard.

— Serait-il possible madame Sandre, commença Leek que vous nous disiez ce qui s'est passé durant cette réunion et si des faits précis ont attiré votre attention. Mesdames, vous pouvez intervenir à tout moment.

— Eh bien oui, chacune était à la même place. La réunion a débuté par un mot d'introduction de Sylvia qui nous a souhaité la bienvenue. Ensuite, j'ai pris la parole pour présenter Tante Agatha et préciser son souhait de créer un club de vigneronnes, fondé sur une base associative identique à la nôtre...

— Avez-vous trouvé votre hôtesse soucieuse ou fatiguée ? interrogea le capitaine Nova.

— Non, pas au début, indiqua Jeanne Sandre en prenant les autres femmes à témoin.

— Que s'est-il passé ensuite ? reprit Leek.

— La réunion s'est déroulée normalement, je crois. Je n'ai noté rien d'anormal à mon sens.

L'inspecteur surprit une expression curieuse sur le visage de Clara Dévigne. Comme si quelque chose la chiffonnait.

— Je... Je pense qu'avant de nous mettre au travail, Sylvia, nous a demandé si nous voulions un thé ou une boisson. Quelques-unes ont commandé du café ou du thé ou encore des jus de fruit.

— Oui, c'est exact, admit Jeanne Sandre mais cela n'a pas changé le cours de la réunion.

— Pourtant, intervint Leek, cela signifie qu'il a fallu aller chercher les boissons dans la cuisine.

— Sauf erreur, précisa Tante Agatha, il me semble que c'est madame Lamotte qui a eu la gentillesse de s'occuper de cette question.

L'intéressée écarta les bras pour marquer le brusque embarras qui s'emparait d'elle.

— C'est absolument la vérité. Sylvia m'a demandé de m'en occuper. Enfin non, je me suis proposée plus précisément de rapporter le plateau qui se trouvait dans la cuisine. D'ailleurs tout avait été préparé, j'ai juste eu à faire chauffer un peu d'eau pour les thés.

— Vous vous êtes donc rendue dans la cuisine et vous n'avez rien remarqué d'anormal ? s'enquit Leek.

— Rien d'anormal, je n'ai d'ailleurs croisé personne. Ah, pardon ! Si, j'ai vu Patrice… enfin je veux dire monsieur Lelann dans le hall qui attendait patiemment la fin de la réunion.

— Il vous a vue ? questionna le capitaine Nova.

— Oui, car nous avons échangé de loin un signe de politesse de la main. Ensuite je suis retournée dans la salle de réunion.

— Avez-vous laissé les boissons sans surveillance pendant un court laps de temps ?

— Non, inspecteur.

Leek et Nova se regardèrent discrètement pour juger de leurs réflexions réciproques. Mais ni l'un ni l'autre, à cet instant, ne voyait d'indice intéressant dans ce récit.

Cependant tandis que chacune des membres présentes revivait intérieurement le souvenir de cet épisode des boissons, Leek eut l'impression qu'un indice précieux venait de lui passer sous le nez.

D'autres témoignages vinrent confirmer et parfois compléter les propos d'Ève Lamotte. Sur le détail des boissons et de qui avait bu quoi. Les précisions qui suivirent sur le déroulement de la réunion n'apportèrent aucun élément nouveau.

Le capitaine Nova considéra ce premier acte de la reconstitution peu concluant. Leek se montra moins sévère. Cependant un sentiment d'insatisfaction lui rongeait l'esprit et il cherchait comment s'en débarrasser quand, au moment où il ne s'y attendait pas, quelques mots de Tante Agatha lui revinrent à la mémoire. Elle lui avait dit que leur hôtesse paraissait soucieuse et *sur le point de défaillir*. Il lui fallait confirmer ce point.

— Mesdames, merci pour votre aide à résoudre ce terrible drame. Avant de nous rejoindre dans le hall, je souhaiterais revenir sur une question posée par le capitaine Nova. Avez-vous trouvé au cours de la réunion madame MacDougall soucieuse ou embarrassée par je ne sais quoi.

Le gendarme ouvrit de grands yeux interrogatifs. Pourquoi ce diable d'inspecteur de Scotland Yard insistait-il sur ce point ?

Les réponses des personnes présentes se firent vagues et divergentes. Les discussions croisées qui suivirent donnèrent subitement à la réunion l'allure d'une salle de classe laissée sans professeur.

Chacune y allait de son interprétation sans pour autant pouvoir confirmer quoi que ce soit. Leek en demeura frustré et il invita l'assistance avec l'accord du capitaine Nova à regagner le hall où Patrice Lelann et Imogen les attendaient.

CHAPITRE 31

Quand Leek sollicita le silence pour annoncer le début de la reconstitution de la sinistre soirée, tous les visages se figèrent dans un profond recueillement.

— Avant de poursuivre, je voudrais récapituler les éléments d'enquête dont nous disposons à ce stade. Nous avons, premièrement, la forte probabilité d'un suicide en ce qui concerne Helen Cruize, suite à une rupture sentimentale avec le dénommé Lucas Sartis et suite, également, à un scandale commercial aux conséquences dramatiques pour son entreprise. Ensuite un meurtre, celui de Sylvia MacDougall, empoisonnée ici même sous nos yeux et, enfin, la mort suspecte du mari trompé, Ewen MacDougall. Celui-là même qui a fait de l'amant de sa femme, Patrice Lelann, son héritier.

Les principales questions qui se posent, à présent, sont les suivantes : Helen Cruize s'est-elle vraiment suicidée ? Que signifie la bouteille de champagne de marque Cruize non débouchée retrouvée à ses pieds ? Qui est le principal suspect dans le meurtre de Sylvia MacDougall ? A-t-elle été tuée pour la faire taire ? Pour supprimer un éventuel obstacle à la transmission de l'héritage d'Ewen MacDougall à Patrice Lelann ? Ou pour une autre raison qui reste à définir. Et ce malheureux époux, malade et alité, est-il décédé de mort naturelle ou l'a-t-on, si je puis dire, *aidé* à passer de vie à trépas ?

Je tiens à préciser que monsieur Lucas Sartis et la docteure Lenoir, qui a prodigué les premiers soins à madame MacDougall, ont tous les deux disparu et sont activement recherchés par la gendarmerie.

Après avoir parcouru des yeux l'assistance, Leek, satisfait de l'effet produit sur son auditoire, patienta avant de céder la parole au capitaine Nova. Après s'être éclairci la voix, ce dernier invita Patrice Lelann à se rapprocher pour refaire les gestes qui avaient été les siens jusqu'au moment crucial où la victime s'était effondrée sur le sol.

L'intéressé, terrorisé à l'idée de revivre l'effroyable drame, s'exécuta avec des gestes gauches. Il évoqua d'abord une discussion avec une des membres du club puis expliqua qu'il avait pris deux flûtes de champagne sur un plateau posé sur un meuble qu'il désigna du doigt.

— Ensuite, j'ai rejoint Sylvia et je lui ai tendu un verre.

Sa voix était faible du fait de l'émotion. Il mesurait à cet instant les conséquences de son geste. Tout le monde, effectivement, l'avait vu remettre la flûte à sa maîtresse avant de la voir s'effondrer sur le sol.

— J'ai tué celle que j'aimais, murmura-t-il. Je suis coupable de ce malheur qui va me hanter pour le reste de mes jours.

Saisie d'effroi, l'assistance resta plusieurs minutes silencieuse à s'interroger sur la spontanéité de l'aveu. La stupeur se mélangeait à la colère et au chagrin. Deux gendarmes à la demande du capitaine Nova s'avancèrent vers Patrice Lelann pour lui passer les menottes.

Clara Dévigne paraissait consternée par cet acte odieux et, sur sa droite, Imogen pensait qu'elle aurait pourtant donné le bon Dieu sans confession à ce charmant jeune homme, assassin de sa maîtresse. Tante Agatha, prudente, lançait un regard suspicieux à l'inspecteur Leek qui ne disait rien depuis plusieurs minutes.

— Un instant, messieurs voulez-vous ? lança-t-il soudainement en direction des gendarmes.

Leek passa un doigt furtif sur sa moustache avant de poursuivre.

— Il ne vous viendrait pas à l'idée de mettre en prison un innocent, n'est-ce pas ?

Le capitaine le dévisagea puis se gratta le haut de la tête. Que pouvait encore ajouter l'homme du Yard après cet aveu en public ?

L'inspecteur regarda un long moment le sol, à l'endroit même où Sylvia MacDougall était restée sans vie. Quelques détails lui étaient revenus à l'esprit qu'il analysait intérieurement. Et bizarrement, il remercia Ève Lamotte pour le témoignage rapporté lors du simulacre de réunion dans la pièce voisine quelques minutes auparavant.

— En réalité, madame, je subodore que vous avez omis certains détails. Vous vous êtes effectivement rendue dans la cuisine pour préparer les boissons. Toutefois, contrairement à ce que vous nous avez conté, monsieur Lelann ne se trouvait pas dans le hall mais plus près de vous. Peut-être même dans la cuisine. Et là, ce fut une occasion inespérée de lui déclarer de nouveau votre flamme. Car vous n'avez jamais accepté qu'il vous ait quittée. C'est en substance ce que vous avez avoué à un témoin. Mais comme cet artiste est un gentleman, il vous a repoussée et vous a réaffirmé, encore et encore, son amour pour Sylvia MacDougall.

Le regard glaçant d'Ève Lamotte transperçait l'inspecteur de son mépris. Mais ce dernier, sûr de son fait, interrogea :

— Pouvez-vous avoir l'obligeance de confirmer ce point monsieur Lelann ?

— C'est... C'est exact. Ève m'a...

Il ne put poursuivre car le désespoir l'étreignait. Leek pointa un doigt accusateur vers la cheffe de cave.

— La fidélité de monsieur Lelann a exacerbé votre volonté de vengeance à l'encontre de votre rivale. Vous avez compris que tant qu'elle vivrait, votre amant vous tournerait le dos. Le projet de vous en débarrasser vous trottait dans la tête. Ce soir-là, en début de réunion, l'occasion était trop belle. Seule devant la tasse de thé destinée à votre future victime, vous avez versé le poison que vous transportiez sur vous. De l'arsénite de sodium. La mort d'Helen Cruize vous en avait donné l'idée et, en votre qualité de cheffe de cave, vous y aviez accès facilement.

Dans un silence de plomb, Leek raconta avec quel cynisme, elle avait ensuite assisté à la lente agonie de celle qui lui avait volé son amant. Et, comment avec le même cynisme, elle était allée chercher du secours auprès de la docteure Lenoir, qui se trouvait au chevet d'Ewen MacDougall.

— C'est ce détail qui m'a ouvert les yeux. À aucun moment, vous n'avez hésité pour trouver le chemin de la chambre de monsieur MacDougall. Vous connaissiez donc bien les lieux. Madame Sandre m'a d'ailleurs rapporté votre façon de vous proposer, à la moindre occasion, pour venir ici, chez les MacDougall. Toujours votre fol espoir d'y rencontrer Patrice Lelann et de le reconquérir.

La stupeur qui régnait dans le hall fut à son comble lorsque Leek, en se tournant vers Patrice Lelann, lui demanda une confirmation :

— Était-ce bien le cas monsieur Lelann ? Madame Lamotte multipliait, n'est-ce pas, les occasions pour vous rencontrer chez votre maîtresse et pour vous déclarer sa flamme ?

— C'est exact. Et à chaque fois, je la repoussais.

Depuis le début de la démonstration de Leek, Ève Lamotte le regard agressif et un sourire en coin ironique, se refusait à répliquer, à vouloir se défendre. Elle restait de marbre. Imperturbable, l'inspecteur reprit.

— Une confidence m'a également mis sur la voie. Celle de tante Agatha qui avait trouvé au cours de la réunion Sylvia MacDougall *sur le point de défaillir*. Ce détail m'a fait supposer que le poison avait été ingurgité en début de réunion et non pas au moment de l'apéritif. L'arsénite de sodium ne tue pas sa victime en quelques minutes. Alors, comme la seule boisson consommée était le thé apporté par madame Lamotte, le doute n'était plus permis.

Admiratif de l'esprit de déduction de l'inspecteur, Charles Nova choisit de ne pas réagir. Leek monopolisait la parole sans aucune protestation de la part d'Ève Lamotte ni de quiconque dans l'assistance. À ce stade cependant, il lui manquait les aveux de la jeune femme car il avait d'autres révélations à faire. D'un ton martial, Leek s'adressa à Patrice Lelann dans l'espoir qu'elle volerait à son secours et dirait enfin la vérité :

— Monsieur, pour les enquêteurs, le motif de votre inculpation est tout trouvé : malgré la générosité d'Ewen MacDougall qui vous nommait à la tête de la Fondation artistique Le Waleys, vous en vouliez encore davantage. Peut-être avez-supposé que votre maîtresse émettait des doutes sur vos agissements ? Dès lors le mieux était de la faire taire et, c'est la raison pour laquelle, vous l'avez empoisonnée. Voilà une version sommaire de votre culpabilité qui suffira pour vous envoyer en prison.

Ève Lamotte, guère affectée par l'hypothèse de l'inspecteur qui faisait de son ex-amant un assassin, resta murée dans un mutisme obstiné. Les secondes s'écoulèrent sans que personne, parmi l'assistance, n'osa émettre une objection.

— Vous nous mettez au supplice, monsieur Leek, lança Tante Agatha.

— Je comprends votre impatience, mon amie. Qui a réellement tué Sylvia MacDougall ? Écartons d'emblée Patrice Lelann malgré ses aveux publics qui arrangeraient bien les affaires de madame Lamotte. Et puisqu'elle préfère sacrifier son ex-amant pour se protéger et protéger ses complices, je vais vous dire ce qui s'est réellement passé et…

La porte du hall donnant sur l'extérieur s'ouvrit brusquement à ce moment-là provoquant, du fait de la tension générale, quelques cris aigus effrayés de la part des membres du club. Un gendarme à la carrure de rugbyman vint chuchoter à l'oreille du capitaine Nova. Ce dernier, sous les regards curieux de l'assistance, répondit doucement en prenant soin de ne pas être entendu de son entourage.

Après avoir opiné de la tête, Charles Nova, d'un geste de la main, invita l'inspecteur à poursuivre.

— La seule vérité, monsieur Lelann, est que vous êtes innocent. Vous croyez toujours, à tort, que le poison se trouvait dans la coupe de champagne remise par vos soins à votre maîtresse. Et dans un élan qui vous honore, vous vous accusez inutilement. Je dirais que vous parlez avec votre cœur.

— Mais alors, inspecteur, qui est l'assassin ? relança à brûle-pourpoint Tante Agatha. Madame Lamotte, oui ou non ? Nous sommes toutes en danger.

— Je vous rassure, chère madame : toutes les issues sont étroitement surveillées par nos amis gendarmes. Notre assassin ne peut s'échapper.

Subitement Ève Lamotte intervint. La voix éraillée par la colère, elle exigea des preuves :

— Il reste un mystère à éclaircir monsieur Poirot. Comment pourrez-vous prouver que j'ai versé le poison dans le thé et comment se fait-il que les gendarmes n'aient pas retrouvé le flacon contenant ledit poison.

— Leek pas Poirot, rectifia-t-il très agacé. J'y viens, madame. Voyez-vous avant de procéder à cette reconstitution, j'ai effectué plusieurs vérifications. Tout d'abord concernant la docteure Christelle Lenoir, on m'a affirmé – oh, surprise ! – qu'elle avait été rayée voici plusieurs mois de l'Ordre des médecins. J'ai voulu savoir pourquoi et j'ai appris qu'il lui avait été reproché la mort suspecte de malades dont elle avait la charge. À chaque fois, il s'agissait de personnes âgées sans héritier.

— Comment s'est-elle retrouvée au chevet de monsieur MacDougall ? demanda Clara Dévigne.

— Fidèle complice de Lucas Sartis, elle a été introduite naïvement par Patrice Lelann auprès d'Ewen MacDougall pour lui apporter les soins que sa santé nécessitait. À vrai dire, elle était chargée de le tuer à petit feu. Ce qu'elle a fini par faire le soir de l'apéritif. Et c'est vous qui lui avez donné le feu vert madame Lamotte. Quand vous vous êtes rendue dans la chambre où elle se trouvait et que vous l'avez informée de la mort de l'épouse. Dès lors le rideau s'est levé sur le dernier acte du diabolique stratagème imaginé par Lucas Sartis. La docteure Lenoir a étouffé le malheureux Ewen et il ne restait plus qu'à faire surgir dans les jours suivants le faux testament qui désignerait Patrice Lelann comme héritier.

De nouveau, comme il aimait à le faire, l'inspecteur laissa passer un court moment puis expliqua :

— Cependant, il faut le dire, l'escroquerie ne prévoyait pas la mort de Sylvia MacDougall. Vous avez décidé de la tuer pour vous venger de votre rivale et faire payer votre ex-amant pour son dédain à votre égard. Vous saviez – parce que complice de ce forfait – que la révélation d'un testament – associée à la mort soudaine de sa maîtresse – ferait de lui un coupable idéal au regard de la justice. Quant au flacon que vous évoquiez, gageons que les gendarmes le retrouveront dans la trousse de la docteure Lenoir. N'est-ce pas capitaine ?

Charles Nova, impressionné par la déduction de l'inspecteur, confirma tout d'abord la découverte d'une fiole ayant contenu le poison et indiqua qu'un relevé d'empreintes avait été effectué. Les résultats étaient attendus pour le lendemain. Puis, il poursuivit :

— Christelle Lenoir a tout avoué cet après midi à la gendarmerie. C'est ce qu'est venu me dire tout à l'heure un de mes hommes. Elle a été interpellée, il y a vingt-quatre heures, alors qu'elle s'apprêtait à prendre le ferry pour l'Angleterre afin de rejoindre Lucas Sartis. Elle refuse d'être associée au meurtre de Sylvia MacDougall et nous a informés du lieu où se trouvait le flacon. Nous l'avons effectivement retrouvé dans sa sacoche à son domicile parisien. Elle confirme avoir vu madame Lamotte glisser cette fiole discrètement en lui demandant le secret sur son geste en prétextant agir avec l'accord de Lucas Sartis.

— Et mon accident devant le Bar à champagne ? Qui est responsable ? questionna Tante Agatha, le regard tendu.

— La docteure Lenoir a confirmé qu'elle était au volant, précisa le capitaine Nova. Il s'agissait de vous faire peur. L'ordre lui en avait été donné par Lucas Sartis. En fait, cet établissement, appartenant à la marque Le Waleys, était le QG de la bande. C'est dans ce lieu d'ailleurs qu'une partie du champagne frauduleux Cruize a été entreposé un long moment. L'inspecteur Leek a eu la bonne idée avant que tout disparaisse mystérieusement de photographier un stock de caisses ainsi qu'une des bouteilles qu'il a cachée dans une armoire et que nous avons récupérée. Nous en analysons actuellement le contenu et il paraît probable qu'elle contient du champagne frelaté.

Leek craignit, par égard pour Jeanne Sandre, que le capitaine dans la foulée n'évoquât une autre photo qu'il lui avait transmise. Il s'agissait du selfie adressé par Éric Sandre au magazine *Bulles & Millésimes*. Contrairement à ce que l'homme d'affaires avait déclaré à son entourage, il n'était pas à l'autre bout du monde mais comme le prouvait la géolocalisation du document à Paris. Par chance, le capitaine fit montre de délicatesse.

Soulagé Leek, posa son regard sur Jeanne Sandre puis lui apporta les explications qu'elle attendait :

— Madame, votre mari a eu le tort de faire confiance à des personnes peu recommandables. Il s'est laissé influencé par de beaux parleurs. En l'occurrence Lucas Sartis, le diable en personne, qui, à l'heure qu'il est, serait selon mes collègues du Yard caché dans l'un des quartiers les plus malfamés de Londres.

Lucas Sartis a fait miroiter à votre mari la possibilité de réaliser des affaires en or. De son côté, il coulait des entreprises avec des pratiques frauduleuses et, de l'autre, votre époux, en toute bonne fois, les rachetait. Il faisait donc une affaire juteuse et Lucas Sartis recevait une confortable commission pour son entregent.

Le capitaine Nova prit le relais.

— Et c'est ce même individu qui a séduit votre amie Helen Cruize et abusé de sa générosité en produisant dans ses propres entrepôts du champagne frauduleux.

— C'est machiavélique, lâcha Clara Dévigne.

— Malheureusement, ce n'est pas la seule facette de ce sinistre individu. Il avait élargi son escroquerie sur le plan national auprès de personnes âgées jusque dans des maisons de retraite. Il captait ainsi des héritages en déshérence grâce à la complicité de professionnels de la santé et des représentants du droit.

L'artiste leva les yeux en direction de Leek pour la première fois depuis le début de la démonstration des faits. La mine abattue, il murmura quelques mots qui firent froid dans le dos.

— Je n'ai pas pris soin de protéger Sylvia, elle est morte par ma faute. Je suis le messager de la mort.

— Toujours cette manie de vous accuser qui vous honore, monsieur, déclara Leek. Toutefois, si vous n'êtes en rien coupable du meurtre de votre maîtresse, vous n'êtes cependant pas comme vous dites en France : tout clair.

Clara Dévigne malgré l'émotion qui l'étreignait à l'écoute des faits corrigea :

— Tout blanc, inspecteur c'est mieux.

— Oui, tout *blanque*, prononça l'inspecteur en insistant sur la dernière lettre du mot. Vous avez été, jeune homme, abusé par le dénommé Lucas Sartis en acceptant de séduire Sylvia MacDougall pour faciliter votre carrière artistique. Vous ignoriez, toutefois, les sombres desseins de votre complice et notamment la création d'un faux testament pour empocher l'héritage du mari. Sartis comptait bien ensuite vous rançonner d'une façon ou d'une autre.

L'artiste ouvrit la bouche mais aucun mot ne sortit. Il fit *oui* de la tête.

— Ce qui n'était pas prévu, continua Leek, c'est que Patrice Lelann tomberait amoureux de Sylvia MacDougall et que la jalousie de madame Lamotte viendrait compromettre le plan maléfique, ourdi par Lucas Sartis.

— Mon Dieu, dans quel monde vivons-nous, s'exclama Tante Agatha. Mais dites-moi qui a tué cette malheureuse Helen Cruize, inspecteur ?

— Elle-même, enfin presque. Elle a été sans doute poussée – voire aidée – à se suicider par Lucas Sartis. Il lui a sans doute annoncé brutalement et, sans ménagement aucun, qu'il la quittait. En même temps, elle a compris qu'il l'avait escroquée avec cette affaire de champagne frauduleux. À la fois trahie, abandonnée, déshonorée et au bord de la faillite, elle a choisi la mort. Je le soupçonne de lui avoir lui-même remis le poison – de l'arsénite de sodium – pour quitter définitivement ce monde qui l'avait faite tant souffrir. Ce qui m'a mis sur la voie est la bouteille de champagne de la marque Cruize non débouchée que nous avons trouvée sur le sol, aux pieds d'Helen Cruize. Je dis bien *non débouchée*. Il ne s'agissait donc pas d'une bouteille destinée à un ou des invités, présents ou à venir, mais d'un indice laissé aux enquêteurs. D'ailleurs, l'analyse du liquide prouvera que nous avions affaire à du champagne frauduleux. Incapable de dénoncer son amant de son vivant, elle l'a désigné en mettant fin à ses jours.

Un silence pesant suivit cette ultime révélation. Il reflétait le malaise qui s'était emparé de l'assistance. Chacun revivait les événements de ces dernières semaines et les visages bienveillants d'Helen Cruize et de Sylvia MacDougall accompagnaient leurs pensées.

— Avez-vous des nouvelles de mon mari ? s'enquit Jeanne Sandre avec anxiété.

— Il est actuellement entendu à la gendarmerie. Nos investigations confirmées par ses propos montrent qu'il a été effectivement abusé par Lucas Sartis.

— Mon Dieu ! laissa échapper Tante Agatha, provoquant l'étonnement des quelques personnes à ses côtés. La vie n'est pas plus tranquille en Champagne qu'à Cognac.

L'inspecteur Leek qui en avait vu de toutes les couleurs à Londres et dans des villes voisines aussi bien que dans les coins les plus reculés de la campagne de sa chère Angleterre, préféra ne pas réagir à la remarque. Le mal ne connaissait pas de frontières. Il était présent partout.

CHAPITRE 32

Mercredi 19 juillet 2023

Deux jours plus tard, dans la propriété de la famille Sandre à Aÿ-Champagne, une discussion amicale prolongeait l'événement majeur du début d'après-midi qu'avait représenté la cérémonie d'intronisation au sein d'une confrérie des vins de champagne.

Leek s'était trouvé un peu ridicule devant le mur de dignitaires chapeautés, en tenue d'apparat, avec sur les épaules une cape d'un joli bleu bordé d'or et tenant dans une main gantée un sabre pacifique. Étant donné le délai très court imparti, Jeanne Sandre avait obtenu, à titre exceptionnel, l'accord pour une intronisation à effectif réduit.

Tante Agatha, Clara Dévigne et enfin Arthur Leek s'étaient prêtés volontiers à la cérémonie. Imogen avait refusé considérant que cela ne relevait pas de sa classe sociale et que, de toute façon, à choisir, elle aurait préféré devenir ambassadrice des vins charentais ou du cognac. Quant au capitaine Nova, également sollicité, il avait décliné l'invitation pour des raisons déontologiques. *À l'heure de la retraite, peut-être,* avait-il suggéré.

Sans comprendre le texte écrit sous ses yeux, l'inspecteur Leek avait lu avec application le serment qui faisait de lui un défenseur des vins de champagne à travers le monde. Et lorsque Clara Dévigne s'était amusée à lui demander de répéter ce qu'il venait de lire quelques minutes plus tôt, il s'aperçut qu'il n'avait retenu que les noms de Saint Rémi et de Saint Vincent. *Pour le reste,* lui avait-il avoué, *c'était du chinois.*

— Vous avez noté au passage l'allusion du grand Maître à Napoléon Bonaparte ? interrogea Clara Dévigne avec malice.

— Ah, oui ? J'ai entendu son nom. Décidément votre Napoléon est partout. Que faisait-il dans la région ? Du tourisme ? demanda-t-il avec humour.

— Non, il était venu remporter une victoire contre les Russes et les Prussiens. Vous savez depuis la Révolution de 1789, les rois et le tsar n'étaient pas nos amis en Europe. Et puis, il a eu cette formule extraordinaire au soir du 13 mars 1814, il a sabré une bouteille de champagne en prononçant ces mots : *Je ne peux vivre sans champagne, en cas de victoire, je le mérite ; en cas de défaite, j'en ai besoin.*

— J'ai toujours pensé que ce bon mot revenait à Winston Churchill. Vous êtes sûre que…

— Oui Arthur, je suis sûre, assura la journaliste.

La conversation dériva, de nouveau, sur la conclusion de l'enquête après les décès successifs d'Helen Cruise, de Sylvia et d'Ewen MacDougall.

— Cette affaire où se mêlaient les sentiments et l'argent, sur fond de rachat de maisons de champagne renommées a été l'une des plus complexes que j'ai été appelé à démêler, avoua Leek. Un suicide (Helen Cruize) dont il a fallu chercher les raisons dans un amour trahi et un honneur bafoué suite à une escroquerie. Un premier meurtre (Sylvia MacDougall), conséquence de la jalousie d'une femme délaissée (Ève Lamotte) par son amant (Patrice Lelann). Un second meurtre (Ewen MacDougall), destiné à tirer bénéfice d'un faux testament. Le tout manipulé par un seul homme : Lucas Sartis.

— Il y avait effectivement de quoi perdre son latin, reconnut Clara Dévigne.

— Son latin ? s'enquit Leek les sourcils relevés.

— Ou perdre son français si vous préférez, rectifia-t-elle. Ou son anglais.

Clara Dévigne s'intéressa ensuite au cas d'Andrew Thomson.

— Il semble tiré d'affaire, rassura Leek. Aucune charge ne sera retenue contre lui, car, par chance, il n'a pas eu le temps de faire signer un seul contrat pour l'obtention d'un hypothétique *Royal Warrant* de la Couronne britannique. Quelle naïveté tout de même. Cela en dit long sur l'éducation de nos jeunes lords.

— J'ai entendu dire qu'il pourrait rester en France et suivre des cours de commercialisation des vins de champagne ? questionna Clara Dévigne.

— C'est exact, répondit Leek. Sa famille va éponger ses dettes dont une, très conséquente, contractée au poker auprès de Lucas Sartis à Londres. Mais je pense qu'elle sera effacée, car il ne serait pas étonnant qu'elle ait fait suite à une arnaque avec des complices. Suite à des plaintes de plusieurs joueurs dupés, une enquête est menée actuellement par le Yard. Quoi qu'il en soit Andrew a promis de suivre le droit chemin.

— Bonne nouvelle. Quand je pense à Patrice Lelann, poursuivit-elle, je ne peux m'empêcher de considérer que lui aussi est passé très près de sérieux ennuis.

— Effectivement, reconnut Leek, son amitié avec Lucas Sartis n'a pas valeur de complicité aux yeux de la justice. Il a été embarqué dans ce qui n'était à ses yeux qu'un moyen de gagner facilement de l'argent. Il n'a pas mesuré le danger car il n'était pas au courant du faux testament ni de l'ampleur de cette escroquerie et de la noirceur de ses instigateurs.

Et que va devenir ce jeune artiste ? s'inquiéta Tante Agatha.

— Il semblerait qu'il se soit rapproché du journaliste, Bastien Anglet du magazine *Bulles & Millésimes* et il se peut qu'il soit un jour parti prenant dans un nouveau projet d'exposition dans les vignes.

— Quel bel hommage à la mémoire de Sylvia MacDougall, releva Tante Agatha. L'amour peut porter l'âme très haut dans le ciel, mais il peut aussi, comme nous l'avons vu, la faire s'échouer dans les bas-fonds de l'opprobre.

— Vous évoquez la jalousie d'Ève Lamotte ? s'enquit Clara Dévigne. Oui, c'est vrai, elle a été rongée par ce mal insidieux qui a détruit jusqu'à son amour-propre.

Les regards se posèrent avec tendresse sur Jeanne Sandre qui demeurait très silencieuse depuis le début de la conversation. Qu'adviendrait-il de son mari ? Très courageusement et dans un réflexe de gentleman, l'inspecteur Leek vola à son secours.

— Le capitaine Nova m'a transmis le montant des escroqueries organisées de manière méthodique par Lucas Sartis avec la complicité active d'Ève Lamotte et de professionnels du droit. Il s'élève à près de 12 millions d'euros. Une somme, comme vous dites chez vous, *as-tro-no-mique.* L'homme ne se limitait pas qu'aux vignobles, il allait chercher ses proies jusque dans les maisons de retraite un peu partout en France. Selon mes collègues de Scotland yard, il vient enfin d'être interpellé à Londres. Quant à Éric Sandre absolument rien ne prouve son implication volontaire dans ce réseau d'escrocs. Sa bonne foi a été abusée. Il a proposé de lui-même de rétrocéder dans de bonnes conditions les sociétés indûment acquises.

Un sourire timide revint sur les lèvres de Jeanne Sandre. Tante Agatha pour égayer cet instant suggéra de fêter l'événement.

— Que diriez-vous d'un *Tea Time* au champagne, mes amis ?

— Moi, je suis toujours partante quand il s'agit de sabler le champagne, rebondit Clara Dévigne sous l'œil étonné de l'inspecteur.

— *Sabler* le champagne ? répéta Leek, la mine inquiète. Comme à la plage ? Mais il sera imbuvable.

Les rires l'emportèrent. Même leur hôtesse ne put retenir un petit fou rire.

— Je m'occupe de tout, proposa Imogen, heureuse de pouvoir – insista-t-elle – servir à quelque chose.

— Sabler ou sabrer le champagne ? se renseigna encore Leek auprès de Clara Dévigne. Pouvez-vous m'expliquer, je ne saisis pas.

— Pour commencer, lui dit-elle, je vais vous demander de passer au tutoiement. Nous sommes en France quand même. Et ensuite, tu devras apprendre à sabrer – comme Napoléon – une bouteille de champagne pour ensuite inviter tes amis à sabler le *Vin des Rois*.

— *My God*, le *Vin des Rois* et des Reines, corrigea-t-il, avec un air malicieux.

DU MÊME AUTEUR

L'Armée fantôme d'Aquitaine, éditions Sud-Ouest, 2022.

La Prophétie du masque des ténèbres, éditions Sud-Ouest, 2023.

Un cognac pour Scotland Yard, éditions Moissons Noires, 2023

PLUS D'ACTUALITÉS SUR LE BLOG :

rogeranglument.blogspot.com

MOISSONS
NOIRES

www.gesteditions.com

Par ce logo, nous témoignons d'une volonté de réduire les impacts environnementaux liés aux activités de l'imprimerie.
Nous choisissons un imprimeur impliqué dans la réduction des gaz à effet de serre. Le choix de nos papiers assure que la production a été faite à partir d'un produit à base de bois et a suivi le cahier des charges d'une gestion durable des forêts européennes.
Achevé d'imprimer chez CPI Firmin Didot (179180)
en France en avril 2024 pour le titre « Meurtres en Champagne ».

Mise en pages : Alice Rousseau – Alice au pays des livres

Dépôt légal : 1er semestre 2024

11, rue Norman-Borlaug
79260 La Crèche
05 49 05 37 22
contact@gesteditions.com